grafit

Die dänische Originalausgabe »Det tomme hus« erschien 1982 bei
Forum Publishers, Kopenhagen

Deutsche Erstausgabe

Chemnitzer Str. 31, D-44139 Dortmund
Internet: http://www.grafit.de
E-Mail: info@grafit.de

Umschlagillustration: Peter Bucker
Druck und Bindearbeiten: Clausen & Bosse, Leck
ISBN 3-89425-540-4
1. 2. 3. 4. 5. / 2006 2005 2004

Kirsten Holst

Volles Haus

Kriminalroman

Aus dem Dänischen von
Hanne Hammer

grafit

Die Autorin

Kirsten Holst wurde 1936 in Lemvig geboren. Sie hat bisher 15 Kriminalromane geschrieben und ist mit dem Edgar-Allan-Poe-Preis ausgezeichnet worden. Ihre Romane wurden ins Schwedische, Finnische, Deutsche, Holländische, Tschechische und Japanische übersetzt.

Volles Haus ist nach *Du sollst nicht töten!* (2000), *Wege des Todes* (2001), und *In den Sand gesetzt* (2002) der vierte Krimi mit den Kommissaren Høyer und Therkelsen, der bei Grafit erscheint.

1.

Der frühe Märzmorgen breitete sich fahl und zögerlich über der Stadt aus wie ein Rekonvaleszent, der nur notgedrungen das warme Bett verlässt. Auf der Straße hatte sich die leichte Decke aus in der Nacht gefallenem Schnee durch die vielen Autoreifen in einen schmierigen Morast verwandelt, der die Beine der wenigen Fahrradfahrer, die dem Wetter trotzten, mit Matsch bespritzte, und auf dem Gehweg bewegten sich die Fußgänger in dem Versuch, das Gleichgewicht zu halten, mit Storchenbeinen an den Hauswänden entlang. Hier und da waren einige früh aufgestandene Hausbesitzer oder Hausmeister mit Schneeschiebern beschäftigt und man hörte den eintönigen Laut von Metall, das auf Stein trifft.

Der Hafen machte keinen sonderlich belebten Eindruck. Ein kalter Wind füllte die Nasenflügel mit dem unvermeidlichen Geruch nach Teer, Tauwerk, Öl, Fjord und Industriefisch und rief vage Erinnerungen an Austern und Bier wach. Auf Deck eines Küstenmotorschiffs tauchte der Koch auf und goss mit einem Platsch einen Eimer schmutziges Wasser über die Reling, sodass von den niedrigen eisgrünen Wellen des Hafens ein bleicher Dunst aufstieg. Etwas weiter entfernt pfiff eine Rangierlok und sauste fast ausgelassen über die Schienen. Zwei Vorruheständler, die sich noch nicht daran gewöhnt hatten, morgens länger zu schlafen, klapperten, die Hände in den Taschen, auf ihren gummibesohlten Holzschuhen leise die Hafenstraße hinunter, nachdem sie eine Runde um ihren alten Arbeitsplatz gedreht hatten. Beide warfen im Vorbeigehen einen Blick auf das leer stehende Haus und der eine machte eine Bemerkung, die im Geräusch eines vorbeifahrenden Tankwagens unterging.

In dem grauen Morgenlicht, das den Verfall verschleierte, sah das leer stehende Haus mit seiner weißen Fassade, den reinen, klassizistischen Linien und der imposanten Eingangstür fast vornehm aus. Wie ein Palais aus dem vorigen Jahrhundert, in dem ein wohlhabender Reeder sein Domizil gehabt hatte und von dem aus er die Ankunft seiner Schiffe im Hafen hatte beobachten können. In Wirklichkeit war es ein Hotel gewesen, doch mit Sicherheit eins der vornehmsten der Stadt. Hier, auf der Sonnenseite des Hafens, spielte die Musik, hier florierte das Vergnügungsleben und das alte Hotel war das Herzstück all dessen gewesen. Aber dann hatte die Entwicklung eine andere Wende genommen und das Hotel verlor erst langsam und dann immer schneller seinen Glanz, um schließlich von der Gemeinde übernommen und zu Wohnungen umgebaut zu werden. Und als auch diese nicht mehr den Anforderungen entsprachen, wurden der Abriss des Gebäudes und die Errichtung eines neuen Wohnblocks beschlossen. Doch zuerst mussten die Bewohner raus, mussten neue Wohnungen für sie gefunden werden, was nicht von einem Tag auf den anderen ging, und als auch der letzte Mieter, eine alte Witwe, sich schließlich zu sterben entschlossen hatte, um der Gemeinde weitere Mühen zu ersparen, und das Haus endlich leer stand, war auch die Gemeindekasse leer und das Bauvorhaben wurde eingestellt. Jetzt stand das Haus einfach an dem Platz, den ein geschäftstüchtiger Unternehmer einmal als den *besten der Stadt* bezeichnet hatte, und verfiel. Den Balkon, von dem aus Herren mit Kaiser-Wilhelm-Bärten und Damen mit Sonnenschirmen und hellen Kleidern das Leben im Hafen betrachtet hatten, schien nur die Erinnerung an die vergangene Pracht aufrecht zu halten; mehrere Fenster des Gebäudes waren kaputt und bei Tageslicht konnte man sehen, dass der Putz großflächig abblätterte. Der letzte Akt war erreicht, die letzte Szene.

In einer der oberen Etagen des Hauses erwachten langsam dessen illegale Bewohner. Der Tag streckte ein paar graue Hände hinein und tastete sich vorsichtig an die Stuckornamente der Decke heran, die die letzten Mieter, ein kreatives junges Paar, rosa und giftgrün gestrichen hatten, streifte einen Typen mit schwarzen Locken, der versuchte, einen Ofen in Gang zu bringen, sowie eine kleine Gruppe, die in der Nähe des Fensters auf dem Boden kampierte. Der Rest des Raums lag noch im Halbdunkel.

Die Hausbesetzer hatten sich aus strategischen Gründen für die oberste Etage entschieden. Zum einen war es leichter, sich hier zu verschanzen, und zum anderen ging man davon aus, dass die Polizei ihr Tränengas zuerst auf die unteren Etagen richten würde. Letzteres war eine überflüssige Überlegung, denn es war fraglich, ob das Tränengas in diesem Raum überhaupt seine Wirkung entfalten würde. Knapp zwanzig Menschen waren hier zusammengekrochen. Überall auf dem Boden lagen Matratzen herum, Schlafsäcke in allen möglichen Farben, mit und ohne Inhalt, Bücher, Zeitungen, Musikkassetten, Pappbecher, Flaschen mit Stearinkerzen und leere Blechdosen, die als Aschenbecher benutzt wurden. In einer Ecke standen eine Stereoanlage und ein Fernseher, unter dem Fenster war ein Gasradiator mit einer Elf-Kilo-Gasflasche aufgestellt worden, zu dem Ofen in der Mitte des Zimmers führte ein Trampelpfad.

Doch war die Unordnung nichts gegen den Geruch.

Der Gestank in dem Raum war nahezu unerträglich. Ungewaschene Körper, Petroleum, Friteusenfett, Zigarettenrauch und feuchte Kleidung bildeten die Hauptbestandteile. Hinzu kam der unverkennbare Geruch nach Fäkalien, der das ganze Haus zu durchdringen schien. Die Hausbesetzung dauerte jetzt sechs Wochen.

Ursprünglich war das Haus von ungefähr siebzig jungen Leuten besetzt worden, die ein Jugendzentrum haben wollten – und das sofort. Inzwischen hatte sich die Zahl der illegalen Bewohner auf knapp zwanzig Personen reduziert, die noch immer in dem Abrisshaus ausharrten, in dem es weder Licht noch Heizung noch Wasser gab. Letzteres hatten die Besetzer offenbar übersehen oder als unwesentlich abgetan, obwohl es nicht lange gedauert hatte, bis alle Toiletten des Hauses verstopft waren. Einige halbherzige Versuche, Wasser zum Nachspülen in Eimern zu holen, waren im Sande verlaufen, als sich die Aufgabe als nahezu undurchführbar erwies, sodass man sich letztendlich mit dem Versuch begnügt hatte, die zu dieser Wohnung gehörende Toilette in einem halbwegs benutzbaren Zustand zu halten.

Die desertierten Rebellen hatten zumindest einige Vorteile der Zivilisation schätzen gelernt, die sie bisher als nahezu selbstverständlich angesehen hatten: fließend warmes und kaltes Wasser sowie eine Toilette mit Spülung.

Dem Typen mit den schwarzen Locken war es endlich gelungen, dem Ofen Leben einzuhauchen. Er richtete sich auf und sah zu der Gruppe am Fenster hinüber.

»Kannst du bitte einen Kessel Wasser holen, Søren?«, fragte er.

»Mach es doch selbst«, murmelte Søren mürrisch.

Der Lockenkopf sah von ihm zu dem blonden Mädchen, das neben Søren saß, und zu dem grünen Bündel, das vor ihnen auf dem Boden lag. Dann zuckte er mit den Schultern, nahm den Kessel und ging hinaus, um ihn mit Wasser aus einer Milchkanne zu füllen, die draußen stand.

»Jetzt reicht es aber, Søren!« Das blonde Mädchen sah Søren vorwurfsvoll an, während sie gleichzeitig das Mädchen in dem grünen Schlafsack tröstend streichelte. »Es reicht.«

Søren wand sich unbehaglich unter ihrem Blick.

»Ist schließlich nicht meine Schuld«, murmelte er.

»Wessen Schuld ist es dann, verdammt nochmal?«, schrie das Mädchen.

»Müsst ihr so laut schreien?«, klang es aus einem der anderen Schlafsäcke. »Ihr weckt uns doch alle.«

»Es ist Morgen, Lars«, sagte der Lockige, der gerade wieder hereinkam. »Du kannst ruhig aufstehen. Es graut ein neuer Tag.«

»Mensch, halt doch die Klappe«, sagte Lars, während er sich aufsetzte und mit fast hellwachen Augen im Zimmer umsah. »Weint sie, Winie?«, fragte er und zeigte auf das grüne Bündel.

»Was geht das dich an?«, sagte Winie. Ihr Atem stand im Raum wie weißer Nebel.

»Was ist los?«, fragte Lars unbeeindruckt.

Niemand antwortete ihm.

»Okay, dann ist es eben meine Schuld«, räumte Søren ein. »Aber schließlich habe ich das nicht gewollt, okay? Ich meine, es funktioniert einfach nicht. Ich war nie länger als einen Monat mit einem Mädchen zusammen und jetzt läuft das mit Louise schon seit zwei Monaten. Das ist ein Rekord. Und das in dieser gottverdammten Höhle hier, wo wir fast schon aufeinander kleben. Ich halte es einfach nicht mehr aus.«

Das grüne Bündel murmelte irgendetwas und Søren sah Winie fragend an.

»Es war deine Idee«, übersetzte sie.

»Komm, hör auf, ich hatte nicht das Geringste damit zu tun«, protestierte er.

Wieder murmelte das grüne Bündel etwas und Søren guckte von ihm zu Winie.

»Sie sagt, dass es deine Idee war, dass ihr mitmacht«, erklärte sie.

»Es hat sie schließlich niemand gezwungen«, wandte er ein.

»Jetzt stell dich nicht dümmer, als du bist, Mann!«, rief Winie. »Du weißt genau, dass sie nur mitmacht, weil du das vorgeschlagen hast.«

»Na und?« Søren ging jetzt in die Offensive. »Ich weiß überhaupt nicht, was dich das angeht.«

»Es geht mich etwas an, weil ich auch gehe, wenn sie geht«, sagte Winie.

Überall im Zimmer kam jetzt Leben in die Schlafsäcke.

Der Lockenkopf am Ofen sah zu Winie hinüber. »Seid ihr bald fertig mit Streiten? Das ist ja nicht zum Aushalten.«

»Halt du dich da raus, Anders!«, sagte Winie, ohne ihn anzusehen.

Das grüne Bündel bewegte sich und Louise tauchte aus dem Schlafsack auf, die Augen verweint und die roten Haare in alle Richtungen abstehend.

»Natürlich gehe ich«, sagte sie. »Ich habe die Nase voll von diesem eiskalten, stinkenden Haus. Ich habe die Nase voll von Fritten und Würstchen und fauligem Wasser und ich habe die Nase voll von dir!« Hasserfüllt sah sie Søren an. »Ich verstehe dich nicht. Vor einer Woche hast du gesagt, dass du dich mit mir verloben willst, wenn wir hier rauskommen, und erst gestern hast du gesagt, dass du mich liebst, und jetzt machst du einfach so Schluss.«

Ihre Stimme brach, die Tränen liefen, sie schniefte kräftig und packte wütend ihre Sachen zusammen.

»Ich habe doch gesagt, dass es mir Leid tut, weil ich weiß, wie du dich fühlst, okay?«, murmelte Søren entschuldigend, ohne sie anzusehen. »Nach spätestens vierzehn Tagen werde ich es wahrscheinlich bereuen, aber ich kann einfach nicht ... es funktioniert nicht. Verdammt nochmal, wir können uns nicht verloben. Ich bin doch erst achtzehn.«

»Deshalb können wir doch trotzdem zusammenbleiben« sagte Louise. »Ich habe schließlich nicht angefangen, von Verlobung zu reden.«

Sie hatte ihren Schlafsack zusammengerollt und in die Hülle gestopft. Sie sah sich suchend auf dem Boden um, stieg über ein paar Schlafsäcke, sammelte ein paar Kassetten und einen Pullover zusammen und stopfte alles obendrauf.

Winie stand einen Moment unentschlossen da und sah von ihr zu Søren, bevor sie eine resignierte Bewegung machte und selbst zu packen begann.

Lars saß, den Schlafsack um die Schultern, da und sah ihnen interessiert zu. Er fand, dass er viel gelernt hatte in den sechs Wochen, die er dabei war, ganz verloren waren sie also nicht.

»Wir haben bald kein Heizöl mehr«, sagte Anders und sah bekümmert zum Ofen hin. »Einer von uns muss einen Kanister holen.« Er drehte sich um und bemerkte plötzlich, was vor sich ging. »Ihr geht doch nicht etwa?«, rief er.

Louise zog wortlos und mit einem wütenden Ruck die Schnur der Schlafsackhulle zusammen.

»Ihr geht doch jetzt nicht, oder?«, fragte Anders und sah sie appellierend an. »Ihr könnt doch nicht einfach so gehen!«

Louise drehte sich zu Winie um. »Bist du fertig?«, fragte sie.

Winie nickte und nahm ihren Schlafsack. Sie gingen Richtung Tür.

»Ihr könnt doch nicht einfach so gehen!«, wiederholte Anders.

»Das kannst du verdammt nochmal glauben, dass wir das können!«, sagte Louise. »Wir gehen nach Hause, nehmen ein warmes Bad, waschen uns die Haare, frühstücken gut und legen uns in ein richtiges Bett. Glaubst du etwa, ich bleibe mit diesem … diesem Arschloch zusammen hier?«

»Ihr könnt doch nicht einfach aus persönlichen Gründen gehen«, versuchte es Anders. »Wo bleibt denn da die Sache? Was ist mit dem Haus?«

»Die Sache! Das Haus!«, sagte Louise mit spöttisch verzerrter Stimme. »Glaubst du, wir sind scharf darauf, mit Chauvinisten wie euch zusammen zu sein? Du musst verrückt sein. Außerdem könnt ihr auch gleich aufgeben. Niemand interessiert sich für euch. Man lässt euch hier verrotten.«

Sie marschierte auf die Tür zu, Winie im Gefolge.

»Nun denn!«, rief Lars ihnen nach und winkte.

Anders sah aus, als wollte er sie aufhalten, doch dann ließ er die Arme herunterfallen und seufzte tief. Er drehte sich zu Søren um.

»Wir müssen zumindest mit runtergehen und hinter ihnen zusperren«, sagte er.

Søren erhob sich mürrisch.

»Verdammt, stinkt das!«, sagte Louise und hielt sich

die Nase zu, als sie unten im Flur standen und warteten, bis Anders und Søren die Barrikaden vor der Tür entfernt hatten.

»Irgendjemand muss den Schrank als Klo benutzt haben«, meinte Winie und machte mit dem Kopf eine Bewegung in Richtung des Schranks unter der Treppe.

»Nein, das riecht irgendwie anders«, sagte Louise. »Wie nach verwesendem Fleisch. Nach Eingeweiden oder so.«

»Kein Wunder bei dem Fraß hier«, sagte Winie. »Wir können froh sein, dass wir nicht Typhus oder die Ruhr bekommen haben oder was es sonst noch so alles gibt.«

Endlich war die Tür auf. Die Mädchen atmeten begierig die frische Luft ein, nahmen ihre Sachen und liefen in den Hof.

Anders sah ihnen nach, bis sie durch die Einfahrt verschwunden waren. Dann schloss er mit einem Seufzer die Tür und befestigte Riegel und Querstangen wieder, bevor er gemeinsam mit Søren die Kiste mit den Steinen auf ihren Platz vor der Tür schob.

»Idiotisch, dass wir den Kanister nicht mitgenommen haben«, sagte er. »So müssen wir das hier alles nochmal machen.«

Søren antwortete nicht.

»Jetzt sind wir nur noch siebzehn«, fuhr Anders fort. »Warum zum Teufel musstest du dich auch mit ihr streiten?«

»Ich weiß nicht. Es hat eben nicht funktioniert«, erklärte Søren noch einmal.

»Es war auch nicht gerade clever, von Verlobung zu reden«, sagte Anders.

»Verdammt nochmal, was sagt man nicht alles, wenn man Eindruck auf eine Braut machen will, oder?«

Sie stiegen die Treppe hinauf.

»Riecht verdammt streng hier«, sagte Søren und schnupperte.

»Holst du Petroleum, wenn wir gefrühstückt haben?«, fragte Anders. Søren zögerte.

»Ich weiß nicht«, sagte er dann. »Eigentlich denke ich auch darüber nach, zu gehen.«

Anders blieb abrupt stehen und sah ihn über die Schulter hinweg an. »Das meinst du nicht ernst!«

»Doch, mal ganz ehrlich, sie hat doch Recht, oder? Louise, meine ich. Niemand interessiert sich für uns. Sie lassen uns einfach in Vergessenheit geraten.«

»Aber Jesper sagt, dass die Gemeinde die Räumung des Hauses verlangt.«

»Das ist jetzt über eine Woche her, dass er das gesagt hat, und absolut nichts ist passiert«, Søren schüttelte den Kopf. »Daran glaube ich nicht.«

»Natürlich kommen sie«, sagte Anders. »Und wenn die Bullen erst hier sind, rückt auch die Presse an. Wir brauchen die Konfrontation, Mann! Begreifst du das nicht?«

»Mit siebzehn Mann? Das wird eine ganz große Sache. Es bringt nichts, Revolution zu spielen, wenn die anderen nicht mitspielen wollen.«

»Revolution *spielen*? Wie meinst du das? Das ist kein Spiel, hörst du.«

»Okay, dann eben nicht. Aber jetzt sind wir seit sechs Wochen hier und gemütlich ist es nicht gerade.«

»Hattest du das erwartet?« Anders starrte ihn mit eiskalten graugrünen Augen an. Søren fühlte sich unwohl unter seinem Blick.

»Nein«, sagte er. »Aber ... ich hatte nicht damit gerechnet, dass es so lange dauert. Da ist ja auch noch die Schule, nicht? Bis zur Prüfung sind es nur noch zwei Monate und ...«, er zuckte mit den Schultern.

»Nur noch ein paar Tage. Bleib noch ein paar Tage. Jesper sagt, dass bald etwas passieren wird.«

»Okay, bis Samstag«, sagte Søren. »Aber keinen Tag länger. Dir macht das natürlich nichts. Du rennst die Hälfte der Zeit draußen herum. Und ich habe keine Lust, Petroleum zu holen. Das kannst du einen deiner Lakaien machen lassen.«

Høyer saß bereits an seinem Schreibtisch, sah die Post durch und trank seinen ersten Becher Kaffee, als Therkelsen in sein Büro kam.

»Scheißwetter!«, knurrte Therkelsen, während er das Wasser von seiner Mütze klopfte.

»Guten Morgen!«, meinte Høyer sarkastisch. »Nichts ist so aufmunternd an einem grauen Tag wie dein fröhliches Lächeln.«

»Ach, halt doch die Klappe!«, lachte Therkelsen und ging zu der Tür zu seinem Büro, um seinen Mantel aufzuhängen.

Beide Büros hatten Türen zum Gang, aber Therkelsen hatte es sich zur Gewohnheit gemacht, bei Høyer vorbeizuschauen, wenn er morgens kam.

»Komm und lass uns einen Kaffee trinken«, sagte Høyer. »Damit wir in die Gänge kommen.«

»Eines schönen Tages werden wir uns eine Kaffeevergiftung zuziehen«, meinte Therkelsen, während er sich die Hände rieb.

»Schneit es?«, fragte Høyer und sah unwillkürlich aus dem Fenster.

»Pappschnee«, sagte Therkelsen. »Fast schon Schneeregen. Die Temperaturen liegen um den Gefrierpunkt, aber es ist scheußlich nasskalt. Und das Auto wird nicht warm, sieh mal!«

Er streckte die Hände aus. Die Finger an beiden Händen wachsbleich.

»Weiße Finger«, stellte Høyer fest. »Das lässt auf eine schlechte Durchblutung schließen. Du solltest aufhören zu rauchen.«

»Was du nicht sagst!«, schnaubte Therkelsen, der sich bereits seine Pfeife stopfte. »Ich finde, dieser Winter zehrt an einem.«

»Das hast du letztes Jahr um diese Zeit auch gesagt, wenn ich mich recht erinnere«, sagte Høyer.

»Schon möglich. Ich finde auch, dass es jedes Jahr schlimmer wird. Jetzt kann der Frühling wirklich bald kommen.«

»Er ist auf dem Weg«, sagte Høyer.

»Wer sagt das?«, fragte Therkelsen misstrauisch, als er sich seine Pfeife angezündet hatte.

»Das hier.« Vorsichtig hielt Høyer ein zerdrücktes Schneeglöckchen zwischen zwei Fingern und reichte es Therkelsen.

»Verdammt!«, rief Therkelsen. »Schicken dir deine Fans jetzt Blumen?«

»Es ist von Sofie«, sagte Høyer. »Es war in dem Osterbrief«, fügte er erklärend hinzu.

»Den hat sie doch nicht selbst geschrieben«, sagte Therkelsen.

Sofie war Høyers Enkelkind. Das erste. Und dem Großvater zufolge ein Wunderkind, aber es gab schließlich Grenzen. Sofie war gerade ein Jahr alt geworden und Therkelsen weigerte sich zu glauben, dass sie Osterbriefe schrieb.

»Nein, natürlich nicht«, sagte Høyer so todernst, als wäre der Gedanke gar nicht so absurd. »Den hat ihre Mutter geschrieben, aber Sofie hat etwas gezeichnet.«

Vorsichtig legte er das Schneeglöckchen wieder in den Brief und steckte ihn in den Umschlag. Therkelsen war überzeugt, dass er ihn zu Hause als Erinnerung aufbewahren würde.

»Also, ich glaube, dass das heute ein guter Tag wird«, sagte Høyer. »Eigentlich mag ich den Mittwoch nicht. Haben die Wochentage bei dir Farben?«, fuhr er fort.

»Was?«, fragte Therkelsen und nahm verblüfft die Pfeife aus dem Mund. »Wer hat Farben?«

»Die Wochentage«, wiederholte Høyer.

»Nein, weiß Gott nicht!« Therkelsen schüttelte den Kopf, als käme ihm allein der Gedanke absurd vor. »Ich verstehe überhaupt nicht, was du meinst!«

»Das liegt daran, dass du ein fantasieloser Mensch bist«, sagte Høyer. »Viele Menschen verbinden eine bestimmte Farbe mit einem bestimmten Wochentag.«

»Kann schon sein«, lachte Therkelsen. »Und du gehörst vermutlich zu ihnen. Welche Farbe hat denn für dich der Mittwoch?«

»Grau«, sagte Høyer. »Der Mittwoch ist grau. Der Dienstag grün und der Donnerstag braun. Der Freitag ist weiß. Der Samstag lila und der Sonntag rot. Für mich, versteht sich.«

»Das klingt total verrückt«, sagte Therkelsen. »Und welche Farbe hat der Montag? Blau?«

»Nein«, sagte Høyer und schüttelte den Kopf. »Mein Montag nicht. Der ist gelb. Kanarienvogelgelb.«

»Kanarienvogelgelb!«, rief Therkelsen. »Ich glaube nicht, dass ich den Mut hätte, an einem kanarienvogelgelben Montag aufzustehen. Wer weiß, vielleicht fängt er an zu zwitschern! Irgendetwas Interessantes dabei heute?« Er zeigte mit der Pfeife auf den Poststapel.

Høyer zuckte mit den Schultern. »Sieht nicht so aus.

Da ist ein Brief von einem, der meint, Bettina in Schweden gesehen zu haben.«

»Hm«, sagte Therkelsen. »Aber du glaubst das nicht?«

Høyer schüttelte den Kopf. »Nein, tue ich nicht. Wir finden sie, wenn der Schnee weg ist und die Tümpel aufgetaut sind. Warte nur ab.«

Einen Moment saß er in Gedanken versunken da. Therkelsen blies eine Rauchwolke in die Luft und sah Høyer durch sie hindurch an. Der Fall Bettina war ein heikles Thema. Die zwölfjährige Bettina war Anfang Dezember auf dem Heimweg von einer Freundin verschwunden. Die Strecke betrug nur gut einen Kilometer, aber Bettina war nie zu Hause angekommen. Die Letzte, die sie mit Sicherheit gesehen hatte, war eine Frau, die sie von dem Kiesweg auf die Landstraße hatte einbiegen sehen. Seitdem war sie wie vom Erdboden verschluckt.

»Das ist doch schon einmal was, dass die Leute den Fall nicht einfach vergessen haben«, sagte Therkelsen.

»Ja«, räumte Høyer ein. »Aber wir hätten mehr davon, wenn sie uns auch etwas zu erzählen hätten.« Er seufzte leicht. »Nun gut, aber wie gesagt, sie wird schon noch auftauchen. Und das Fahrrad auch.«

»Tja«, sagte Therkelsen. Beide wussten, dass sie auf keinen Fall lebendig auftauchen würde. »Sonst noch was?«, fragte er.

»Sieht nicht so aus«, sagte Høyer. »Die Nachtschicht hatte auch nichts. Zumindest nichts, was wir brauchen können. Und auch nichts, worum wir uns kümmern müssen.«

»Letzteres ist doch nicht schlecht«, sagte Therkelsen. »Und von der Charmeoffensive am Freitag hast du auch nichts Neues gehört?«

»Von der *Charmeoffensive?*«, wiederholte Høyer.

»Ja, von der *Charmeoffensive* oder: *Wie wir lernten, die Bullen zu lieben!*«, sagte Therkelsen lachend.

»Ach so, das besetzte Haus. Nein, ich weiß nicht einmal, wann die stattfinden soll.«

»Um sieben Uhr morgens. Sie wollen sie im Bett überraschen. Unser Big Boss hat sechzig Leute bereitgestellt.«

»Sechzig Mann? Das ist nicht wahr!«

»Doch, das sind alle, die er zusammenbekommen und sich im Umkreis ausleihen konnte. Und nichts mit Visieren, Knüppeln, Hunden oder Tränengas. Sie sollen mit Samthandschuhen angefasst werden. Ob sie ihnen auch Frühstück im Bett servieren, weiß ich nicht, aber es sollte mich nicht wundern.« Er schüttelte den Kopf. »Mehr als zwanzig dürften es übrigens nicht mehr sein.«

»Es sind siebzehn«, sagte Høyer. »Ich habe heute Morgen Louise, die Tochter eines Nachbarn, und ihre Freundin getroffen. Sie hatten das Kampieren satt, glaube ich. Und nachdem, was Louise erzählt hat, brauchen sie ein Bad dringender als ein Frühstück. Man sah ihr an, dass das stimmte. Die beiden meinten, dass das ganze Haus stinkt wie ein Raubtierkäfig, nur zehnmal schlimmer.«

»Vielleicht empfangen sie die Plattfußindianer ja als Befreier«, lachte Therkelsen. Er bezeichnete die Kollegen von der Ordnungspolizei in der Regel als Plattfußindianer. »Also, danke für den Kaffee. Ich werde mal in mein Büro gehen und sehen, ob da etwas Spannendes auf mich wartet.«

»Du musst doch heute um eins in der Hehlereigeschichte vor Gericht«, erinnerte ihn Høyer.

»O nein, das hatte ich erfolgreich verdrängt. Und du hast gesagt, das würde ein guter Tag.«

»Ja, warum auch nicht?«, sagte Høyer. »Ich muss ja nicht vor Gericht.«

Der Landpolizist Thorsen drehte *seine Runde,* wie er das nannte. Das bedeutete, dass er seinen Bezirk abfuhr, wie er es nun seit über dreißig Jahren fast jeden Morgen tat, und es gab nicht viel, das seiner Aufmerksamkeit entging. Der Schäferhund Jacques lag auf dem Rücksitz und döste. Bis vor ungefähr einem Jahr hatte er reglos und kerzengerade neben ihm gesessen und wachsam alles beobachtet, was vor sich ging, doch eines schönen Morgens war er auf den Rücksitz gesprungen und seitdem war das sein fester Platz.

»Ja, ja, wir werden alt, Jacques«, sagte Thorsen halblaut und rollte seine Kirschkerne im Mund herum. Es war eine Angewohnheit aus seiner Zeit als Geländeläufer. »Man bekommt keinen Durst, wenn man ein paar Kirschkerne im Mund hat«, behauptete er und er wusste, wovon er sprach. Er war einmal dänischer Meister im Geländelauf gewesen und jütischer Meister im Zehnkampf, doch jetzt waren die Kirschkerne das einzige sichtbare Zeichen dieses Abschnitts seines Daseins. Die Silberbecher und Bronzepokale, die viele Jahre lang in einem Regal in seinem Büro gestanden hatten, waren in einer Kiste auf dem Speicher verschwunden, als ihm eines Tages klar geworden war, dass sie ihn lediglich daran erinnerten, dass er alt geworden war.

Eigentlich hatte er sich gar nicht so sehr verändert. Ein stämmiger, fast weißhaariger Mann mit bleichen Brauen und Augenwimpern über freundlichen blauen Augen, die ganz unerwartet unwirsch blicken konnten. In seinen ersten Jahren hier draußen war er der Schrecken und Held des nahe gelegenen Kinderheims für Jungen gewesen. Es hatte nicht einen Jungen gegeben, den er nicht einholen konnte, und er hatte keine Bedenken gehabt, von seiner Hand Gebrauch zu machen. Das hieß in Thorsens Terminologie, dass die Welpen ein paar hinter die Ohren bekamen, wenn er das für angemessen hielt. Jetzt war das Heim geschlossen, und die vielen Stunden hinter dem Schreibtisch mit dem stetig wachsenden Papierkram sowie die vielen Kilometer hinter dem Steuer hatten Thorsens Muskeln und Glieder steif und seine Taillenweite umfangreicher werden lassen, aber er war noch immer ein guter Polizist.

»Ja, ja, wir werden alt, Jacques«, wiederholte er. »Aber du hast wenigstens gewusst, wann es an der Zeit war, dich zurückzuziehen.«

Im Laufe der Jahre war die Diskussion mit dem Hund, wann er seinen Abschied nehmen sollte, zu einem täglichen Ritual auf seiner Runde geworden. Im Mai wurde er achtundsechzig und eigentlich hatten Asta und er schon vor vielen Jahren beschlossen, dass er mit siebenundsechzig aufhören würde. Doch als es so weit war, hatte Thorsen sich nicht dazu durchringen können. Und in gewisser Weise war Asta daran schuld. Nicht dass er Angst hatte, sich zu langweilen oder zu Hause zu sein, sie lebten schließlich seit vielen Jahren eng zusammen, nein, es hatte mit Astas Erwartungen an das Rentnerdasein zu tun. Sie war fest entschlossen, dass sie es auf ihre alten Tage gut haben sollten, was sich allmählich zu einer fixen Idee entwickelt hatte. Manchmal hatte Thorsen den Eindruck, dass ihr Leben in den letzten sieben, acht Jahren eine lange Vorbereitung auf das Alter gewesen war. Sie hatten das Haus isolieren lassen, solange sie *noch gut verdienten.* Die Küche war modernisiert worden, im letzten Jahr hatten sie neue Betten und Federbetten bekommen, sie besaßen Staatsanleihen und hatten Geld auf der Bank und Asta sah ihn schief an, wenn er sich nur eine Zigarre anzündete. Und was die Flaschen anging, die er zu seinem sechzigsten Geburtstag und zu seinem vierzigjährigen Dienstjubiläum bekommen hatte, so standen die meisten noch im Keller, wo sie Staub ansammelten und auf die *Rente* warteten.

»Asta«, protestierte er manchmal. »Warum zum Teufel sollen wir jetzt jeden Pfennig umdrehen, um im Alter wie die Fürsten leben zu können.«

»Wie die Fürsten!«, pflegte sie dann zu sagen. »Von der *Rente?*«

Sie konnte das Wort Rente aussprechen, dass es wie ein Schimpfwort klang.

»So niedrig ist sie nun auch wieder nicht«, hatte Thorsen eingewandt. »Und wir haben schließlich auch ein bisschen auf die Seite gelegt.«

Aber an dem Punkt ließ sie nicht mit sich reden und Thorsen hatte das abergläubische Gefühl beschlichen, dass das Schicksal ihn, nur um sich einen bösen Spaß zu erlauben, an dem Tag tot umfallen lassen würde, an dem er in Rente ging, und aus genau diesem Grund schob er den Tag immer weiter hinaus.

Plötzlich verringerte er die Geschwindigkeit. Sein Unterbewusstsein hatte etwas registriert, was nicht stimmte, aber es dauerte einen Augenblick, bevor ihm klar wurde, was es war. Vorsichtig fuhr er noch ungefähr fünfzig Meter weiter den matschigen Weg hoch, hielt an und blickte über das Feld. Ja, richtig!

Am Wegrand lag ein altes Herrenfahrrad und von dem Fahrrad aus führten Fußspuren über das Feld, auf dem der Schnee noch weiß und unberührt lag. Sie verschwanden an dem Hang, der zum Schafstümpel hinführte.

Thorsen stieg aus dem Auto und blieb einen Augenblick mit geöffneter Tür stehen und sah Jacques an, der zu schlafen schien. Nein, Thorsen bestand nicht darauf.

Insgeheim hatte er beschlossen, dann seinen Abschied zu nehmen, wenn Jacques einmal sterben würde, weshalb er streng darauf achtete, ihn keinen unnötigen Strapazen zu unterziehen.

Er ging über das Feld und den Abhang hinunter zu dem Tümpel. Vor dem Rand des Eises standen zwei spitze Holzschuhe ordentlich nebeneinander.

Thorsen blieb eine Weile stehen und blickte kopfschüttelnd über den Schafstümpel.

»Was für eine Scheißmethode«, murmelte er. »Was für eine Scheißmethode«. Aber natürlich war die eine Methode so gut wie die andere und diese schien wenigstens effektiv gewesen zu sein.

Der Schafstümpel war klein und selbst an der tiefsten Stelle nicht tiefer als zwei Meter. Der Mann hatte fast bis zur Mitte des Tümpels eine Rinne in das Eis getreten, sich dann vermutlich flach hingelegt und unter das Eis geschoben. Thorsen seufzte. Es würde nicht leicht werden, ihn herauszuholen. Früher hatte er vom nächsten Hof immer ein paar Kerle bekommen, die ihm geholfen hatten, aber das gehörte einer anderen Zeit an, deshalb war es wohl besser, die Feuerwehr zu alarmieren.

Er seufzte noch einmal und ging langsam zum Auto zurück, während er sich fragte, wer das sein könnte, der da seinem Leben ein Ende gemacht hatte. In den letzten Jahren war so etwas ein wenig zu oft vorgekommen, fand er, nur hatten die meisten den Strick genommen.

Die Feuerwehr hatte die Leiche geborgen. Sie waren in einem Gummiboot hinausgestakt und hatten das Eis zerschlagen, bis sie ihn endlich greifen konnten.

Thorsen sah zu, wie sie den Mann auf die Trage legten und diese ins Auto schoben. Als Letztes sah er die nassen

Wollsocken. Selbst gestrickte. Jens Olsen war es also gewesen. Wer hätte das gedacht, dachte Thorsen. Ein stiller, wortkarger Mann, der seinen kleinen Hof bewirtschaftete und früher für andere gearbeitet hatte, bis er einen Unfall mit dem Traktor hatte. Thorsen wusste nicht viel über die Familie. Sie gehörten irgendeiner Sekte an und blieben meistens für sich. Der Mann mochte um die fünfzig sein, die Frau ungefähr zehn Jahre jünger. Jens Olsen war schon viele Jahre Witwer gewesen und sie war mit ihrer Tochter allein. Zusammen hatten sie, soweit Thorsen wusste, noch vier oder fünf kleine Kinder. In Gedanken versuchte er, eine kleine Rede vorzubereiten, von der er wusste, dass er sie doch nicht halten würde. In solchen Situationen musste man sich vom Gefühl leiten lassen. Es war keine schöne Nachricht – weder für den Boten noch für den Empfänger.

Er hatte Jens Olsens Haus fast erreicht, als er das gelbe Postauto sah, das ihm von der anderen Seite entgegenkam.

Thorsen fuhr an die Seite und bedeutete dem Postboten, anzuhalten. Er kurbelte das Fenster herunter.

»Haben Sie etwas für Jens Olsen?«, fragte er.

»Die Wochenzeitung«, sagte der Landbriefträger. »Das ist praktisch die einzige Post, die sie bekommen. Und seine Invalidenrente.«

»Was ist mit Rechnungen?«, fragte Thorsen.

»Die bekommen keine Rechnungen«, antwortete der Briefträger mit leiser Verachtung, als sei er der Meinung, dass es schon schlecht um einen stehen musste, wenn man nicht einmal mehr Rechnungen bekam.

»Nicht mal von der Futtermittelfirma?«, fragte Thorsen leicht verblüfft.

Der Postbote schüttelte den Kopf. »Nein, warum?«

»Nur so«, sagte Thorsen. »Sie gehen besser zuerst hinein. Bekommen Sie normalerweise einen Kaffee?«

»Nicht, wenn ich nur die Zeitung bringe«, sagte der Postbote. »Den gibt es nur, wenn die Invalidenrente kommt.«

»Ich warte dann hier«, sagte Thorsen.

»Wollen sie mit Jens Olsen reden?«, fragte ihn der Postbote neugierig.

»Nein«, sagte Thorsen wahrheitsgemäß. »Mit seiner Frau.«

»Hm.« Der Postbote zögerte ein wenig, doch da Thorsen nicht den Eindruck machte, als seien noch weitere Informationen von ihm zu erwarten, startete er das Auto und fuhr vor dem Hauswirtschaftsraum vor. Thorsen beobachtete im Rückspiegel, wie er aus dem Auto stieg und mit der Zeitung in der Hand zur Tür ging. Er klopfte einmal und ging hinein und Thorsen machte sich auf eine längere Wartezeit gefasst. Doch nur einen Moment später stand der Postbote neben seinem Auto, die Zeitung noch in der Hand. Er sah bleich und erschrocken aus.

Thorsen sah ihn an. Eine Ahnung befiel ihn, ohne dass er sich richtig im Klaren darüber war, was er da empfand.

»Sie ... ich denke, Sie sollten mitkommen Thorsen«, stammelte der Postbote unsicher. »Der Hund, wissen Sie. Er liegt im Hauswirtschaftsraum. Mausetot. Es sieht so aus, als ob ... Da ist schrecklich viel Blut. Sie sollten besser mitkommen.«

Thorsen war bereits ausgestiegen. Schnell ging er zum Haus. Die Tür zum Hauswirtschaftsraum stand offen und auf dem Boden lag in einer Blutlache ein schwarzweißer Hund mit einer Axt im Kopf. Doch das waren nicht die einzigen Blutspuren. Sowohl an der Außentür als auch an der Tür zur Küche klebte Blut, als hätte sie jemand mit blutigen Händen geschlossen. Rote Fußspuren führten von der Küchentür zur Tür zum Hauswirtschaftsraum, wo Holzschuhe fein säuberlich in einer Reihe standen. Er atmete einmal tief durch, öffnete die Tür zur Küche und blieb ganz still in der Türöffnung stehen. Der Postbote hatte sich hinter ihn gedrängt und blickte ihm über die Schulter.

»O Gott!«, rief er. »O Herrgott im Himmel!«

Dann drehte er sich schnell um und stürzte ins Freie.

2.

Thorsen blieb unbeweglich in der Tür stehen. Weder hörte er den Schrei des Postboten noch bemerkte er, wie dieser verschwand. In seinem Kopf herrschte eine dröhnende Leere. Seine Sinne waren wie betäubt. Er hörte nichts, sah nichts, fühlte nichts. Sein Hirn streikte, schien nicht begreifen zu wollen, was seine Augen ihm mitzuteilen versuchten. Vielleicht dauerte es Minuten, vielleicht nur Sekunden, bis es langsam wieder zu funktionieren begann und sein erster klarer Gedanke, für den er sich in dem Moment, als er ihn dachte, auch schon schämte, war: »Als Rentner wäre dir das erspart geblieben.«

Er atmete tief durch und schluckte seine Kirschkerne hinunter. Das half ein bisschen, fand er. Er versuchte, sich daran zu erinnern, dass er Polizist war. Er musste etwas tun. Aber was? Das hier war ein Tatort, aber kein gewöhnlicher. Es bestand kein Zweifel, was passiert war und wer es getan hatte. Sein Blick wanderte noch einmal durch die Küche, doch diesmal prägte er sich die Details ein, fotografierte den Raum förmlich ab. Gegenüber der Tür zum Hauswirtschaftsraum stand die Tür zu einer kleinen Kammer offen. An der den Fenstern gegenüberliegenden Wand stand zwischen zwei Türen ein altmodischer Ofen. Die eine Tür war geschlossen und führte wahrscheinlich ins Wohnzimmer, die andere stand weit offen und führte in ein Schlafzimmer, das kaum größer war als die Kammer. Sein Blick fiel auf einen Brief, der auf dem Küchentisch unter dem Fenster an einer grünen Kaffeedose lehnte. *An die Polizei* stand da in einer großen, etwas altmodischen Handschrift.

Unwillkürlich streckte Thorsen die Hand danach aus, doch dann schüttelte er den Kopf und steckte die Hände schnell in die Taschen. Nichts anfassen. Nur nichts anfassen. Alles musste bleiben, wie es war, und er musste schnellstmöglich Hilfe holen.

Er hatte sich gerade zum Gehen gewandt, als ein Laut ihn erstarren ließ. Ein Stöhnen. Jemand stöhnte. Jemand, der in diesem Schlachthaus noch am Leben war. Der Laut kam aus dem Schlafzimmer.

Thorsen zögerte einen Augenblick. Dann ging er vorsichtig um die kleinen leblosen Gestalten auf dem Boden herum ins Schlafzimmer.

Es war die Frau, die er gehört hatte. Sie lag auf der einen Hälfte des Doppelbetts. In der Mitte, eng an sie gepresst, lag ein Baby. Die andere Hälfte des Bettes war unberührt.

Thorsen ging zum Kopfende und beugte sich zu der Frau hinunter, während er es vermied, in ihr verunstaltetes Gesicht zu sehen.

»Wer ist da?«, murmelte sie und blickte ihn mit einem halb offenen Auge an.

»Polizei«, sagte er. »Thorsen.«

»Warum?« Ihre Stimme klang verwundert und anklagend zugleich. »Was soll das? Er war es doch nicht.«

Thorsen runzelte die Augenbrauen. Was hatte sie da gesagt? Er sah sie verwirrt an.

»Wie meinen Sie das?«, fragte er unsicher. »Hat Jens Olsen nicht …?« Er machte eine Bewegung mit der Hand.

»Doch, das hier schon«, sagte sie und griff sich langsam mit einer Hand an den Kopf. »Aber nicht das Mädchen. Mit dem Mädchen hatte er nichts zu tun.«

Thorsen biss sich auf die Lippe. Sicher wusste sie nicht, was sie sagte.

Wieder stöhnte die Frau.

»Ich rufe einen Arzt«, sagte Thorsen und berührte ihren Arm. »Gleich kommt ein Arzt.«

Sie schien ihn nicht zu hören.

Ihre Hand tastete über die Bettdecke nach dem Kind.

»Der Kleine«, sagte sie. »Er ist so kalt. Würden Sie ihn bitte zudecken!«

Erst jetzt ging Thorsen auf, dass sie wahrscheinlich keine Ahnung hatte, was passiert war.

Vorsichtig beugte er sich über die Frau und zog behutsam ein Stück der Bettdecke über den zertrümmerten Kinderschädel.

»So«, sagte er und stellte fest, dass seine Stimme belegt war. Dann richtete er sich schnell auf und verließ das Zimmer. Er hatte keine Kirschkerne mehr und jetzt überwältigte ihn die Übelkeit.

Høyer hatte gerade den Hörer aufgelegt, als Therkelsen hereinkam.

»Wie wäre es mit ein paar warmen Frikadellen zu Mittag, Høyer? Du bist doch Strohwitwer. Ich lade dich ein«, sagte er und fügte erklärend hinzu: »Ich muss heute nicht ins Gericht. Er ist krank geworden.«

»Der Richter?«, fragte Høyer leicht verwundert.

»Wenn es nur so wäre!« Therkelsen schnitt eine Grimasse. Richter Bækgaard war sein liebster Feind. »Nein, Chlorophyll-Jørgen. Er ist heute Vormittag ins Krankenhaus gekommen. Bauchspeicheldrüsenentzündung, haben sie gesagt. Es klang ziemlich ernst.«

»Das ist es auch«, sagte Høyer. »Man kann daran sterben und dann ist es ernst. Das kommt vom Suff. Kann es jedenfalls, und in seinem Fall scheint das auch ziemlich wahrscheinlich.«

»Also, was sagst du? Frikadellen?«

Høyer schüttelte den Kopf. »Nein, aber du kannst mich begleiten. Thorsen hat gerade angerufen.«

»Thorsen?«, Therkelsen sah ihn fragend an. »Etwas Besonderes?«

»Mord«, sagte Høyer lakonisch.

»Mord? Da draußen?«, Therkelsen klang ungläubig. Als wäre ein Mord in Thorsens Bezirk absolut unvorstellbar.

»Ja.« Høyer erhob sich. »Klingt nach einer hässlichen Geschichte. Die Presse würde es eine Familientragödie nennen. Der Mann ist mit einer Axt Amok gelaufen. Hat die Frau und vier Kinder umgebracht und ist anschließend ins Wasser gegangen.«

»Verdammt«, rief Therkelsen. »Da hätte ich Bækgaards One-man-Show dann doch vorgezogen.« Er klopfte seine Pfeife aus und stopfte sie in die Tasche. »Du hast Recht«, sagte er dann. »Mittwoch *ist* ein grauer Tag.«

Høyer und Therkelsen hatten sich in das kleine Wohnzimmer zurückgezogen, um den Technikern Platz zu machen. Direkt neben der Tür stand ein Ölofen, aber der Raum war eiskalt. Das Zimmer wurde offenbar nicht jeden Tag benutzt. Eine Weile redete keiner von ihnen. Therkelsen stand am Fenster und stopfte seine Pfeife mit ungewöhnlicher Sorgfalt, während Høyer sich auf einem der Wohnzimmerstühle niedergelassen hatte. Er ließ den Blick durch das Zimmer schweifen. Die Möbel hatte er schnell erfasst. Da war ein Esstisch mit sechs Stühlen aus imitiertem Nussbaumholz und ein dazu passendes Büfett, das an der hinteren Wand stand. An einer der Längswände stand ein altmodisches Sofa mit einer geblümten Sofadecke. Darüber hing ein Wandteppich, eine Art Gobelin, der zwei Hirsche vor einem Gebüsch zeigte. Über dem Büfett hing ein fotografischer Druck des leidenden Christus. Auf der Fensterbank standen kleine Topfblumen. Zimmerhopfen und Feuernelken. Høyer verzog leicht den Mund, als sein Blick sie streifte. Den Boden unter dem Esstisch bedeckte gebohnertes Linoleum mit einem verwischten persischen Teppichmuster. Das war alles.

Thorsen kam ins Wohnzimmer.

»Das ist unheimlich!«, sagte Høyer und schüttelte den Kopf. »Irgendwie unheimlich!«

»Widerlich«, stimmte Thorsen zu. »Zeit, dass ich gehe. Ich kann so etwas nicht mehr. Mit dem Alter wird man offensichtlich empfindlicher.«

»Das hat nichts mit dem Alter zu tun«, sagte Høyer. »Wir anderen können das genauso wenig. Vor ungefähr zwanzig Jahren habe ich etwas Ähnliches erlebt und da war es nicht anders. Aber das habe ich nicht gemeint. Ich meinte das Haus. Und das Wohnzimmer hier. Ich habe das Gefühl, dreißig, vierzig Jahre in der Zeit zurückversetzt worden zu sein. In eine Gesindewohnung aus den Vierzigerjahren oder meinetwegen auch aus den Fünfzigern. Mit den auf wenigen Quadratmetern zusammengepferchten Menschen, diesen Möbeln hier, ja eigentlich mit allem. Ich hätte geschworen, dass es so etwas nicht mehr gibt.«

»Hier draußen gibt es noch ein paar davon«, sagte Thorsen. »Aber natürlich nicht mit so vielen Kindern. Da wohnen alte Menschen.«

»Ja, da kann man mal sehen«, sagte Høyer.

»Wovon haben sie eigentlich gelebt?«, fragte Therkelsen. »Doch nicht von diesem winzigen Hof hier?«

»Nein«, sagte Thorsen, »das sind nur zwölf Morgen

Land. Früher hat Olsen auswärts gearbeitet, aber dann hatte er einen Unfall mit dem Traktor und hat sich den Rücken verletzt. Er hat den niedrigsten Satz der Invalidenrente bezogen. Von der Unfallversicherung haben sie wohl auch etwas bekommen und außerdem war da noch das Kindergeld. Sie hatten nicht viel, das seht ihr ja, aber ich glaube nicht, dass sie finanzielle Probleme hatten. Nicht in dem Sinn.«

Høyer nickte. Er kannte solche Menschen. Nein, sie hatten bestimmt keine finanziellen Probleme. Nicht in dem Sinn, wie Thorsen sagte. Es gab keine drohenden Tilgungsraten für den Hof, kein Auto und keinen Fernseher. Für diese Menschen ging es einfach darum, etwas am Leib und das tägliche Essen auf dem Tisch zu haben. Für sie hätte das Sozialamt ebenso gut eine Stadt in Russland sein können. Nicht weil es für sie eine Frage der Ehre war, selbst zurechtzukommen, wie einige Romantiker meinten, sondern weil sie keine Ahnung von ihren Rechten hatten. Høyer schüttelte resigniert den Kopf.

»Wie war er?«, fragte er.

Thorsen dachte nach. »Ein stiller, ruhiger Mann«, sagte er dann. »Ein sehr stiller Mann.«

»Hm«, sagte Høyer.

Thorsen merkte, dass man eine etwas genauere Beschreibung von ihm erwartete. »Er hat nie etwas gesagt, zu dem er nicht stehen konnte, und auch das nur widerwillig. Wenn man ihn an einem herrlichen Sommertag draußen auf dem Feld traf und sagte: ›Schönes Wetter heute, Olsen!‹, dann sah er einen erst einmal lange an, als wollte er sichergehen, dass man auch meinte, was man sagte. Dann sah er zum Himmel und anschließend in die Landschaft, und erst wenn er wirklich überzeugt war, dass das Wetter auch schön *war*, sagte er: ›Ja, das sieht ganz gut aus.‹ So hatte er jedenfalls nicht zu viel gesagt. Ihr kennt den Typ, nicht?«

Høyer musste unwillkürlich lächeln. Ja, er kannte den Typ und er konnte die Situation vor sich sehen, aber dann schüttelte er wieder nachdenklich den Kopf. Ein stiller, ruhiger Mann. Ein sehr stiller Mann. Was hatte ihn plötzlich dazu getrieben, mit einer Axt Amok zu laufen?

»Du hast das eine Kind weggenommen, nicht?« In Wirklichkeit war es mehr eine Feststellung als eine Frage.

Thorsen nickte. »Ja, das musste ich. Wegen der Feuerwehrleute. Der Junge lag ja direkt … na ja, ich habe den Umriss mit Kreide aufgezeichnet, das habt ihr ja selbst gesehen. Sie kamen mit der Trage nicht durch. Er lag ja fast in der Tür zum Schlafzimmer, ich würde sagen, er hat versucht, zu seiner Mutter zu flüchten. Und der große Junge wollte sich wohl hier im Wohnzimmer in Sicherheit bringen, aber die Tür war verschlossen. Wahrscheinlich damit die Kinder nicht raus- und reinrennen. Das Wohnzimmer wurde bestimmt nicht jeden Tag benutzt.« Er schwieg abrupt, als sähe er die Situation plötzlich vor sich.

Eine Weile war es still.

Therkelsen räusperte sich. »Wann hast du den Mann gefunden?«, fragte er.

»Um Viertel nach neun. Ich war auf dem Heimweg. Ich brauche ungefähr eine Stunde, um meine Runde zu drehen, und im Winter bin ich immer ein bisschen später dran als im Sommer. Es macht keinen Sinn zu fahren, bevor es hell ist.«

»Wie spät war es, als du hierher kamst?«, fragte Høyer.

»Das muss Viertel nach elf gewesen sein. Ich habe nicht gleich daran gedacht, auf die Uhr zu sehen, aber als ich die Feuerwehr gerufen habe, war es kurz nach zwölf. Ich habe sie gebeten, einen Arzt mitzubringen. Und direkt danach habe ich euch angerufen.«

»Was hat der Arzt gesagt?«, fragte Therkelsen.

»Nicht viel.« Thorsen zuckte mit den Schultern. »Ihm ist schlecht geworden. Wegen der Kinder. Das ist immer am schlimmsten, nicht? Aber auch als er sich wieder erholt hatte, konnte er nicht viel sagen. Die Frau musste ja so schnell wie möglich ins Krankenhaus.«

»War sie bei Bewusstsein?«, fragte Høyer.

»Nein, da nicht mehr. Aber als ich kam. So einigermaßen. Ich glaube nicht, dass ihr klar war, was passiert ist. Mit den Kindern, meine ich.«

»Das wird kein schönes Erwachen«, sagte Therkelsen. »Wenn sie überhaupt wieder aufwacht.«

»Ehrlich gesagt, glaube ich nicht daran«, sagte Thorsen und schüttelte sich leicht. Er sah Høyer und Therkelsen an. »Hört mal, wie wäre es, wenn wir zu mir nach Hause fahren und einen Kaffee und einen kleinen Schnaps trinken. Es besteht ja kein Grund, dass wir hier sitzen, und ich habe auch draußen nichts mehr zu tun.«

»Tja«, Therkelsen sah Høyer an, »das wäre vielleicht nicht schlecht.«

»Nein, das wäre sogar sehr gut«, sagte Høyer. »Ich sehe nur nochmal schnell zu den Technikern rein. Sie dürften bald fertig sein, aber wir haben wohl schon ein einigermaßen klares Bild, was passiert ist. Wir wissen nur nicht, was das Ganze ausgelöst hat.«

Asta Thorsen servierte Kaffee und selbst gebackenes Brot, ohne Fragen zu stellen oder Kommentare abzugeben. Als langjährige Ehefrau eines Landpolizisten sah sie ihre Aufgabe darin, es wie die drei Affen zu machen und darüber hinaus das Telefon zu bedienen, zu allen möglichen Zeiten Kaffee zu servieren, für Thorsens Wohlbefinden zu sorgen und ihr Haus in Ordnung zu halten. Und all das erledigte sie vorbildlich. Kinder hatten sie nie gehabt.

»Sie säumt sogar ihre Putzlappen und versieht sie mit Namen«, pflegte Rigmor Høyer mit einer Mischung aus Nachsicht und Ehrfurcht zu sagen.

Thorsen stellte die Flasche mit Kräuterschnaps und drei Gläser auf den Tisch. Für den Schnaps war er zuständig.

»Soweit wir das beurteilen können, war Jens Olsen also den größten Teil der Nacht auf«, begann Høyer, während er halb in Gedanken Thorsens Manöver mit der Flasche und den Gläsern verfolgte. »Gegen Morgen hat er dann die Axt geholt. Es hat erst gegen fünf zu schneien begonnen und seine Fußspuren zum Holzschuppen waren im Schnee zu sehen.«

Thorsen schob Høyer ein volles Glas hin.

»Danke«, sagte Høyer. »Er holt also die Axt draußen aus dem Schuppen. Bestimmt hat er damit gerechnet, sein Vorhaben ausführen zu können, ohne dass jemand wach wird. Er war schließlich kein Unmensch, nicht?« Letzteres kam ein wenig aggressiv, weil er sich die Kommentare vorstellte, die von gewissen Teilen der Presse zu erwarten waren. »Er fängt mit der Frau und dem Baby an, aber dann läuft alles schief. Vielleicht hat die Frau geschrien, jedenfalls werden die Kinder in der Kammer wach und er erwischt nur noch das kleinste der Kinder, das Mädchen, im Bett. Ob sie aufgewacht ist, wissen wir nicht. Die beiden Jungen versuchen zu fliehen und der Größte hat sich wahrscheinlich mit Händen und Füßen gewehrt. Das Ganze hat bestimmt nicht lange gedauert.« Høyer schwieg einen Moment. »Dann geht er durch den Hauswirtschaftsraum hinaus, tötet aus irgendeinem Grund auch den Hund, der dort liegt, dann nimmt er sein Fahrrad, fährt zum Schafstümpel hinunter, schiebt sich unter das Eis und ertrinkt.«

Høyers Stimme hatte völlig nüchtern geklungen, fast tonlos, während er den Tathergang rekonstruierte, und die beiden anderen hatten mit ausdruckslosen Gesichtern zugehört, aber als Høyer fertig war, stieß Thorsen einen tiefen Seufzer aus und griff nach seinem Glas.

»Also ich weiß nicht, aber ich glaube, ich brauche jetzt einen Schnaps«, stieß er hervor und führte das Glas zum Mund, ohne auf die anderen zu warten. Die Situation lud nicht zum Zuprosten ein.

»Das Problem ist, herauszubekommen, warum er das getan hat«, fuhr Høyer einen Moment später fort.

»Stand das nicht in dem Brief?«, fragte Thorsen verblüfft.

»Jedenfalls nicht direkt«, sagte Høyer. »Du kannst ihn ja selbst lesen und sehen, was du daraus schließt.«

Es war dieselbe große, altmodische Handschrift wie auf dem Briefumschlag, aber von Zeile zu Zeile wurde die Schrift krakeliger und unleserlicher.

Thorsen ließ langsam den Blick über das Papier gleiten, dann schüttelte er den Kopf und gab den Brief Høyer zurück.

»Er ist verrückt«, sagte er. »Das schließe ich daraus. Total verrückt. Oder besser gesagt war. Das Ganze hat doch weder Hand noch Fuß. Religiöser Wahnsinn, wenn ihr meine Meinung hören wollt.«

»Ja, vielleicht«, sagte Høyer und zuckte mit den Schultern. »Aber was sagst du zu der Bemerkung über das Mädchen?«

»Nichts«, sagte Thorsen. »Das hat nichts zu bedeuten.«

»Oder doch«, sagte Therkelsen.

»Wir müssen der Sache auf jeden Fall nachgehen«, meinte Høyer.

»Ihr meint den Fall Bettina?« Thorsen klang skeptisch.

»Ja«, sagte Høyer. »Denn von ihr ist doch wohl die Rede, oder? Daran besteht nicht der geringste Zweifel. Hört zu.« Er hielt das Papier ein Stück von sich weg und las laut: *»Ich bin ein Sünder. Der Teufel handelt in mir und durch mich. In meinem Herzen habe ich Ehebruch begangen und die Sünden der Väter vererben sich auf die Kinder, deshalb lasst die kleinen Kinder zu Ihm kommen, denn wer sich über eines dieser Kleinen entrüstet, den möge ein Mühlstein in das tiefe Wasser ziehen. Ein Ehebrecher ist auch ein Mörder, deshalb habe ich in meinem Herzen die kleine Bettina getötet und der Sold der Sünde ist der Tod, doch wer an Ihn glaubt, geht nicht verloren, denn Er ist die Auferstehung und das Leben.«*

Thorsen schüttelte den Kopf. »Man hört doch, dass der Mann total verrückt war. Das ist sonnenklar.« Plötzlich verstummte er, ihm war ein Gedanke gekommen. »Ob sie das gemeint hat?«

»Wer?«, sagte Therkelsen. »Wer hat was gemeint?«

»Seine Frau«, sagte Thorsen. »Jens Olsens Frau. Ich habe noch kurz mit ihr gesprochen und da hat sie gesagt, dass er das nicht getan hat. Zuerst hat mich das verwirrt, weil ich dachte, sie meinte das andere, das Gemetzel, aber dann hat sie gesagt, dass er nichts mit dem Mädchen zu tun hatte.«

»Mich würde interessieren, ob er mit ihr darüber gesprochen hat«, sagte Therkelsen.

»Das werden wir wohl nie erfahren«, meinte Thorsen.

»Mit wem kann er sonst gesprochen haben?«, fragte Høyer.

Thorsen zuckte mit den Schultern. »Mit niemandem, denke ich. Er war, wie gesagt, ein sehr stiller Mensch.« Er dachte kurz nach. »Es sei denn, er hat sich dem Pfarrer – oder wie sie ihn nennen – anvertraut. Dem Missionar. Sie waren ja Mitglieder irgendeiner Sekte. Es ist also nicht ausgeschlossen, dass er mit ihm geredet hat. Obwohl ... der hätte ihm das doch bestimmt ausgeredet. Aber das mit Bettina ... nein, das glaube ich nicht. Nicht Jens Olsen. Das ist absolut unwahrscheinlich. Außerdem hat er kein Auto. Und sie ist doch von einem Auto mitgenommen worden, nicht?«

»Ja«, räumte Therkelsen ein. »Aber wenn der Mann selbst schreibt, dass ... Glaubst du, er kann sich ein Auto geliehen haben?«

»Ich glaube nicht einmal, dass er einen Führerschein hatte. Oder ... doch, den hat er bestimmt gemacht, als er Soldat war. Ja, er muss einen Führerschein gehabt haben, aber ich habe ihn seit seinem Unfall nicht mehr fahren sehen.«

»Hm«, sagte Høyer. »Wo wohnt dieser Pfarrer oder Missionar oder wie auch immer er genannt wird?«

»Im letzten Haus rechts, wenn man Richtung Osten aus der Stadt fährt«, sagte Thorsen. »Ein großer, weißer Hof mit einer Scheune, die zum Weg hin liegt. Er heißt übrigens Carl Hansen.«

»Was ist er für ein Mensch?«, fragte Therkelsen.

»Tja, was ist er für ein Mensch?«, sagte Thorsen und kam mit einer seiner Kurzbeschreibungen. »Ein richtiger Supertyp.«

Therkelsen zog verblüfft die Augenbrauen hoch und Thorsen fügte hinzu: »Aber ich mag ihn nicht besonders. Scheinheilig ist er und selbstgefällig. Er glaubt, dass für ihn im Himmel ein Platz reserviert ist.«

»Glaubst du, dass er uns erzählen wird, ob Jens Olsen sich ihm anvertraut hat?«

»O ja, mehr als gerne«, meinte Thorsen. »Wenn er sich dadurch wichtig vorkommen kann.«

»Scheint ein charmanter Typ zu sein«, meinte Therkelsen. »Er heißt wohl nicht zufällig Bækgaard? Man könnte meinen, er gehört zur Familie.«

»Nein, habe ich nicht gesagt, dass er Carl Hansen heißt?«, fragte Thorsen verständnislos.

»Doch, hast du«, sagte Høyer. »Kümmer dich nicht um ihn. Auf alles, was auch nur im Entferntesten mit Bækgaard zu tun haben könnte, reagiert er absolut allergisch.«

Es war ein vierflügeliger Hof mit einem langen, niedrigen Herrenhaus rechts von der Einfahrt. Alles sah nach Wohlstand aus. Der Kontrast zu dem beengten Anwesen, von dem sie kamen, war überwältigend.

Carl Hansen öffnete ihnen selbst. Nach Thorsens Beschreibung des Mannes hätte Høyer vorbereitet sein müssen, aber er hatte trotzdem einen etwas asketischeren Menschen erwartet. An Carl Hansen war nichts Asketisches. Er war nicht nur fett, er glänzte geradezu. Als würde das Fett langsam schmelzen und durch die Haut nach außen drängen. Ein Rand sandfarbenen Haars umrahmte die blanke Glatze und verlieh ihm das Aussehen eines frivolen Mönchs. Seine Stimme war leise und salbungsvoll und passte zu dem jovialen Äußeren wie ein McCloudhorn zu einem Omnibus.

Høyer kam zu dem Schluss, dass Carl Hansen nicht sein Fall war.

Hansen führte sie ins Wohnzimmer, und sobald sie Platz genommen hatten, unterrichtete ihn Høyer so kurz wie möglich über den Stand der Dinge. Der Mann faltete stumm die Hände und saß lange mit geschlossenen Augen da. Høyer und Therkelsen wechselten einen Blick. Betete er oder war das Ganze nur Show?

Schließlich öffnete er die Augen und sah sie an. »Die Wege des Herrn sind unergründlich«, sagte er langsam. Seine Stimme schlang sich um die Worte wie eine Kuhzunge um ein Grasbüschel. »Aber warum kommen Sie zu mir?«

»Weil Jens Olsen einen Brief hinterlassen hat, dessen Bedeutung uns nicht ganz klar ist«, sagte Høyer. »Wir könnten uns vorstellen, dass er sich Ihnen anvertraut hat. Sie sind doch für Ihre Gemeinde sicher auch so eine Art Seelsorger, oder?«

Carl Hansen wirkte so altmodisch pfarrerhaft, dass Høyer einen Moment überlegt hatte, ob er ihn nicht mit ›Herr Pfarrer‹ anreden sollte, war jedoch zu dem Schluss gekommen, dass ›Herr Hansen‹ trotz allem angemessen war.

»Seelsorger ist wohl nicht das richtige Wort«, sagte Carl Hansen. »Wir sind der Auffassung, dass der Herr für unsere Seelen sorgt. Das ist nicht Sache der Menschen. Aber es stimmt, dass meine Brüder und Schwestern im Herrn sich mir hin und wieder anvertrauen, wenn sie Zweifeln und Anfechtungen ausgesetzt sind«, fügte er mit einem kleinen, selbstzufriedenen Lächeln hinzu.

Therkelsen sah zu Høyer hinüber. Hier also hatte Jens Olsen seine merkwürdige Sprache her.

»Sie könnten den Brief ja einmal lesen«, schlug Høyer vor. »Und sehen, ob er Ihnen etwas sagt.«

Er reichte den Brief Carl Hansen, der eine Brille aus der Brusttasche fischte und aufsetzte, bevor er mit kleinen murmelnden Mundbewegungen las. Er las den Brief zweimal, dann ließ er ihn sinken.

»Ach ja«, seufzte er. »Ja, das ist leider nur allzu klar.«

Høyer sah ihn eindringlich an. »Was heißt das?«, fragte er.

Carl Hansen reichte ihm den Brief, lehnte sich ein wenig im Stuhl zurück und legte die Fingerspitzen gegeneinander.

»Also, Jens Olsen ist zu mir gekommen ... ja, das muss einen Monat her sein. Vielleicht auch länger. Er hatte ein Problem.« Er machte eine kleine Pause. Dann fuhr er fort: »Hier muss ich wohl hinzufügen, dass seine Frau eine Tochter aus erster Ehe hatte. Ein achtzehnjähriges Mädchen.« Er verzog den Mund, als würde er etwas Unangenehmes schmecken. »Jens Olsens Frau gehörte nicht zu unserer Gemeinde, als sie geheiratet haben. Ich habe gehört, aber das ist wohl nur Gerede, dass ihr erster Mann nicht der Vater des Mädchens sein soll. Karen Olsen war ja auch noch recht jung, als sie es bekommen hat.« Er dachte einen Moment nach und nahm dann den Faden wieder auf. »Diese Tochter war in den Weihnachtsferien zu Hause und ... na ja, sie ist ein ziemlich hübsches Mädchen, vielleicht ein wenig zu rund und ein wenig zu ..., aber sehr hübsch, wie gesagt. Und Jens Olsen hat mir anvertraut, dass sie ... Wie soll ich das ausdrucken? ... Ja, dass sie Gedanken in ihm geweckt hat, die ... na ja, kurz gesagt, unanständige Gedanken. Er stand zu ihr schließlich *in loco parentis.* An Vaters statt.«

»War sie schwanger?«, fragte Therkelsen.

»Schwanger!« Carl Hansen sah ihn schockiert an. »Nein, nein. Nein, davon konnte nicht die Rede sein ... nein, überhaupt nicht. Jens Olsen hat sich vielleicht seine Gedanken gemacht, aber dabei ist es bestimmt auch geblieben.«

Wer weiß!, dachte Therkelsen, unterließ es jedoch, das

auszusprechen. Er war sich nicht sicher, ob es gut ankommen würde.

»Ja, aber wo lag dann das Problem?«, fragte Høyer verständnislos. »Wenn doch nichts passiert ist?«

»Er hat in seinem Herzen gesündigt«, erklärte Carl Hansen geduldig. »Ich glaube, darüber war er sich auch selbst im Klaren. Und darin konnte ich ihn nur bestätigen.«

»Was heißt das?«, fragte Høyer.

»Ich habe ihm erklärt, dass er in seinem Herzen Ehebruch begangen hat und dass das eine ebenso große Sünde ist, als wenn er es wirklich getan hätte, und dass er den Herrn bitten muss, den Dämon aus ihm zu vertreiben.«

»Haben Sie das wirklich gesagt?« Høyer sah ihn ungläubig an.

»Das habe ich, denn so ist es«, sagte Carl Hansen mit fester Stimme. »Ich habe ihm auch gesagt, dass vor dem Herrn alle Gebote gleich wichtig sind und dass er nicht besser ist als jemand, der das fünfte Gebot übertreten hat. Wie zum Beispiel der Mensch, der die kleine Bettina ermordet hat. Das war ja gerade zu der Zeit, als viel über den Fall gesprochen wurde«, fügte er erklärend hinzu.

»Das war vielleicht nicht ganz das, was zu hören er gebraucht hätte«, sagte Høyer. »Das war keine große Hilfe für ihn.«

»Ich bin, wie gesagt, kein Seelsorger«, sagte Carl Hansen gänzlich unbeeindruckt. »Ich konnte ihm nicht mehr sagen, als dass er beten und seine Sünden bereuen soll.«

Høyer musste sich beherrschen, keine Grobheit zu erwidern. Er hatte das Bedürfnis, dem Mann in sein selbstzufriedenes, glänzendes Gesicht zu schlagen. Begriff er wirklich nicht, dass er indirekt schuld an Olsens Tat war? Offenbar nicht.

Høyer atmete tief durch. »Was glauben Sie, hat er damit gemeint, dass er ›die kleine Bettina in seinem Herzen getötet hat‹?«, fragte er.

»Das bedeutet, wie er auch schreibt, dass ein Ehebrecher nicht besser ist als ein Mörder und dass er ein Ehebrecher war, weil er in seinem Herzen Ehebruch begangen hat«, erklärte Carl Hansen.

»Sie glauben nicht, dass er damit sagen wollte, dass er Bettina wirklich getötet hat?«

»Kaum.«

»Würde er sich in dem Fall auch so ausdrücken?«, fragte Høyer leicht irritiert.

»Das weiß ich nicht. Ich kann nicht in die Herzen der Menschen hineinsehen.«

Høyer gab es auf, auf diese Weise weiterzukommen.

»Wie Sie sicher wissen, ist Bettina ungefähr fünfzehn Kilometer von hier entfernt verschwunden und wir sind der Meinung, dass ein Auto sie mitgenommen hat. Jens Olsen hatte selbst kein Auto, aber es wäre denkbar, dass er sich eins geliehen hat. Wissen Sie, ob er sich manchmal ein Auto gemietet oder geliehen hat?«

»Das hat er nicht. Er brauchte keins. Aber es ist vorgekommen, dass er für andere gefahren ist. Er hat zum Beispiel meine Frau gefahren, als ich letztes Jahr im Krankenhaus lag.«

»Wann war das?«, fragte Therkelsen.

»Ja, lassen Sie mich nachdenken. Ich bin zu Heiligabend entlassen worden und habe fast vier Wochen im Krankenhaus gelegen. Ich wurde wegen eines Bruchs eingeliefert, aber es stellte sich heraus, dass ich auch Zucker habe.«

Über seine Krankheit sprach er in demselben salbungsvollen Ton.

»Und sonntags hatten Sie vermutlich Besuch?«

»Den hatte ich fast jeden Tag«, sagte er.

»Und Jens Olsen hat Ihre Frau gefahren?«

»Nicht jeden Tag. Nur samstags und sonntags, weil da kein Bus fährt. Meine Frau hat natürlich einen Führerschein, aber sie fährt nicht gerne im Winter, deshalb hat sie in der Woche den Bus genommen.«

»Aber samstags und sonntags hat Jens Olsen sie gefahren. War er da die ganze Zeit mit Ihrer Frau und Ihnen zusammen?«

»Nein, das war er nicht. Er kam immer mit rauf, um mich zu begrüßen, aber in der Regel ist er dann wieder gegangen und hat in der Vorhalle gewartet. Es kam auch vor, dass er seine Schwester besucht hat, wo er schon einmal in der Stadt war.«

»Und dazu hatte er sich Ihr Auto geliehen?«

»Ja. Aber ich kann nicht ernsthaft glauben ...«

Carl Hansen klang plötzlich ganz menschlich.

»Wann pflegte Ihre Frau wieder nach Hause zu fahren?«, fragte Høyer.

»Das war unterschiedlich. In der Regel war sie den ganzen Nachmittag bei mir, aber sie sind immer so gefahren, dass sie am Abend wieder zu Hause waren.«

»Erinnern Sie sich, wann sie am ersten Sonntag im Dezember aufgebrochen sind?«

»Nein, das kann ich nicht. Nicht aus dem Stegreif. Nein, das kann ich nicht. Ich bin aber ziemlich sicher, dass meine Frau ..., nur ist sie im Moment leider nicht zu Hause. Sie kann sich bestimmt daran erinnern. Sie hat ein phänomenales Gedächtnis.«

»Was für ein Auto fahren Sie?«, fragte Therkelsen.

»Einen Opel Rekord«, antwortete Carl Hansen. »Einen Opel Rekord, Baujahr 1955.«

»Baujahr 1955!«, rief Therkelsen ungläubig.

»Ja«, sagte Carl Hansen. »Baujahr 1955. Aber ich habe nichts davon gehört, dass … ich meine, es war doch von keinem bestimmten Auto die Rede.«

»Nein«, sagte Høyer. »Das war es nicht. Noch nicht.«

Sie warfen einen Blick in die Scheune, bevor sie zurückfuhren. Da stand der Opel Rekord. Frisch geputzt und blank gewienert und noch mit dem Originallack. Therkelsen sah auf den Kilometerzähler.

»Knapp achtzigtausend«, sagte er. »Ich möchte darauf wetten, dass der bei Regenwetter nicht vor die Tür kommt!«

»Und wenn doch, wird er anschließend gewaschen«, sagte Høyer mit einem kleinen Lächeln.

»Was für ein widerlicher Typ«, sagte Therkelsen, als sie sich in ihr eigenes Auto setzten.

»Jedenfalls hat er das Fass zum Überlaufen gebracht«, sagte Høyer. »Ist dir eigentlich aufgefallen, dass alle seine Formulierungen fast wortwörtlich in Jens Olsens Brief vorkommen? Nur ein bisschen abgewandelt.«

»Ja, und ob!«, sagte Therkelsen. »Was war das eigentlich für ein Ausdruck, den er da gebraucht hat? Das mit ›an Vaters statt‹?«

Høyer lachte. »*In loco parentis.* Ich denke, das bedeutet an Elternstelle, aber ich kann kein Latein, deshalb ist es möglich, dass er Recht hat. Auch wenn ich nicht darauf wetten würde, dass er Latein kann. Ich würde aber darauf wetten, dass er es aus *Stilk und Kompanie* hat. Das habe ich selbst.«

»Und was ist *Stilk und Kompanie?*«, fragte Therkelsen.

»Du willst doch nicht behaupten, dass es das zu deiner Zeit nicht gegeben hat. Das ist ein Jungenbuch.«

»Jedenfalls kann ich mich nicht daran erinnern«, sagte Therkelsen.

»Dann hast du es auch nicht gelesen«, sagte Høyer. »Sonst könntest du dich daran erinnern.«

Therkelsen war in Gedanken versunken.

»Die Frage ist, ob die Stieftochter überhaupt das eigentliche Problem war. Aber ...«

»Genau«, unterbrach ihn Høyer. »Oder ob es etwas ganz anderes war. Etwas viel Ernsteres.«

»Ihm stand schließlich ein Auto zur Verfügung«, dachte Therkelsen laut. »Mehr oder weniger.«

»Ja, aber vielleicht nicht zu dem Zeitpunkt. Das wird uns Carl Hansens Frau hoffentlich morgen sagen können. Und außerdem ist es nicht ausgeschlossen, dass Karen Olsen wieder zu Bewusstsein kommt und uns das eine oder andere erzählen kann.«

»Thorsen schien nicht daran zu glauben, dass sie es schafft«, sagte Therkelsen.

»Man kann nie wissen«, sagte Høyer. »Vielleicht ist es nicht ganz so schlimm, wie es aussah. Wir können zumindest anrufen und hören, was die Ärzte sagen. Wenn sie nicht schon ...«

»Und dann sollten wir uns den Fall Bettina wohl noch einmal vornehmen«, sagte Therkelsen. Er schwieg kurz, dann fuhr er fort. »In gewisser Weise wäre es gut, wenn er es war. Ich meine, dann wäre der Fall endlich abgeschlossen.«

Høyer nickte. Zweifellos wäre das gut. Dies war einer der Fälle, an die er nicht gerne dachte. Es gab zu viele lose Enden und insgeheim meinte er, dass das zum Teil an der Polizei lag.

Er seufzte leicht.

Høyer setzte einen Schlusspunkt unter das Protokoll und las es schnell noch einmal durch, dann griff er nach dem Telefonbuch und suchte die Nummer des Krankenhauses heraus.

Eine helle, leicht abgehetzte Stimme meldete sich. Die Person war nicht sonderlich mitteilsam, aber vielleicht gab es darüber hinaus, dass Karen Olsen gerade aus dem OP auf die Intensivstation gebracht worden war und möglicherweise eine Überlebenschance hatte, auch nicht viel zu sagen.

»Tja«, sagte Therkelsen, als Høyer es ihm erzählte. »Vielleicht sollte man ihr gar nicht wünschen, dass sie durchkommt.«

»Vielleicht«, sagte Høyer. »Andererseits ... es ist schon erstaunlich, was ein Mensch aushalten kann.«

»Ja, aber trotzdem«, wandte Therkelsen ein. »Vier Kinder! Da muss sie doch den Verstand verlieren!«

»Vielleicht«, sagte Høyer.

»Fährst du morgen hin?«, fragte Therkelsen.

»Ja, ich denke, ich werde morgen früh vorbeischauen. Es liegt sowieso fast auf dem Weg.« Plötzlich fiel Høyer etwas ein. »Übrigens, sag mal, diese Tochter, von der Carl Hansen gesprochen hat, man hat sie doch hoffentlich benachrichtigt?«

»Du kannst ganz beruhigt sein. Dafür hat Thorsen gesorgt. Auf ihn ist Verlass.«

»Ja, er ist okay. Weiß Gott, wen wir bekommen, wenn er geht.«

»Keinen neuen Thorsen«, sagte Therkelsen. »Dieses Modell wird nicht mehr hergestellt. Wir gehören zu den letzten.«

»Angeber!«, lachte Høyer. Er sah auf seine Uhr. Es war fast sieben.

»Nun, lassen wir es für heute gut sein«, sagte er. Er lehnte sich auf dem Stuhl zurück und streckte sich ausgiebig. Dann stand er auf und nahm seinen Mantel.

»Willst du nicht mit zu uns zum Essen kommen?«, fragte Therkelsen.

Einen kurzen Moment geriet Høyer in Versuchung. Der Gedanke, in ein leeres Haus zu kommen, war nicht sehr verlockend. Aber Therkelsens Kinder waren heute Abend auch nicht sein Fall. Er schüttelte den Kopf. »Nein danke. Heute nicht. Ich denke, ich nehme ein schönes warmes Bad und gehe zeitig ins Bett.«

Er ging zum Schreibtisch und griff nach Sofies Osterbrief. Einen Augenblick stand er gedankenversunken da. Sofie war ein Jahr alt. Etwa im gleichen Alter wie das Baby im Doppelbett. Unfassbar.

Er räusperte sich und steckte den Brief sorgfältig in seine Mappe. Und er hatte heute Morgen gesagt, dass das ein guter Tag werden würde.

Nein, der Mittwoch war und blieb ein grauer Tag.

3.

Es war schon sonderbar, grübelte Høyer am nächsten Morgen, als er mit dem Fahrstuhl nach oben fuhr. Die Krankenhäuser wurden immer größer und immer moderner, es gab immer mehr Ärzte und trotzdem standen, wie man hörte, immer mehr Menschen auf der Warteliste. Der Tag würde absehbar sein, an dem die eine Hälfte der Bevölkerung zu Patienten geworden war und die andere Hälfte sich mit ihrer Pflege beschäftigte. Vielleicht war das die Lösung der Arbeitslosigkeit.

Was wohl passieren würde, wenn man eines Tages all die Menschen ins Krankenhaus bestellen würde, die zurzeit auf der Warteliste standen? Alle auf einmal. Würde die Gesellschaft zusammenbrechen? Er bezweifelte das.

Der Fahrstuhl hielt auf der Intensivstation und er stieg aus. Langsam ging er, nach einem Büro Ausschau haltend, den Korridor hinunter. In dieser Umgebung fühlte er sich unsauber und fast unangemessen gesund. Er studierte die Türen. Endlich kam er zu einem kleinen Glaskäfig. Die Tür war offen und auf dem Schreibtisch stand ein halb voller Kaffeebecher. Eine vor kurzem ausgedrückte Zigarette qualmte im Aschenbecher vor sich hin. Doch keine Seele war zu sehen.

Er wollte sich gerade umdrehen und gehen, als eine Stimme direkt hinter ihm ihn zusammenzucken ließ.

»Suchen Sie jemanden?«

Høyer drehte sich um und blickte einem weiß gekleideten, großen, schwarzhaarigen und schwarzbärtigen Typen ins Gesicht. Ein wiedererkennendes, leicht spöttisches Lächeln huschte über das Gesicht seines Gegenübers.

»Weiß Gott, wenn das nicht der pfeifende Polizist ist. Was wirft man mir diesmal vor?«

Høyer lächelte. Er hatte den anderen auch erkannt. Ein Krankenpfleger, den er bei einem früheren Fall kennen gelernt hatte.

»Nichts, soweit ich weiß«, sagte er. »Und letztes Mal haben wir das im Übrigen auch nicht. Arbeiten Sie hier auf der Station?«, fügte er überflüssigerweise hinzu.

»Wenn ich arbeite, arbeite ich hier, ja«, sagte der andere. »Ich *bin* faktisch die Station, jedenfalls im Moment. Wir sind total unterbesetzt, aber das Problem kennt ihr ja auch. Ich bin hier der Chef und eigentlich sollte ich da drinnen sitzen, aber ich muss auch noch an tausend anderen Orten sein und ich vertrete nun mal die hirnrissige Auffassung, dass Patienten wichtiger sind als der ganze Papierkram. Sie sind wegen Karen Olsen hier?«

Høyer nickte.

»Ich versichere Ihnen meine Unschuld in diesem Fall. So weit müssen wir nun doch nicht gehen, um Kunden zu ergattern. Die kommen ganz von selbst. Sie ist übrigens vor fünf Minuten abgeholt worden.«

»Ist sie tot?«, fragte Høyer, während er eine leicht bedauernde Bewegung machte.

»Nein, quicklebendig! Sie ist auf eine andere Station gebracht worden. Auf die neurologische. Bestimmt ein bisschen früh, aber wir sind hier etwas in Verlegenheit. Im Moment ist es ganz schlimm. Ich weiß nicht warum. Die Kälte, die Dunkelheit, der lange Winter? Aber es ging ihr erstaunlich gut.«

»Gut?«, wiederholte Høyer.

»Nun ja, unter den gegebenen Umständen, natürlich. Eine makabre Geschichte, nicht? Was um Himmels willen geht im Kopf eines solchen Mannes vor? Manchmal habe ich das Gefühl, dass meine vier ganz schön anstrengend sind, aber trotzdem …« Er sah Høyer an und lachte kurz auf. »Ich habe mir übrigens überlegt, das als Drohung zu benutzen.«

Høyer hätte beinahe etwas gesagt, ließ es jedoch. Er brauchte dem Typen hier nichts zu erzählen und das war wohl *seine* Art, mit den Dingen fertig zu werden.

»Heißt das, sie hat eine Überlebenschance?«, fragte Høyer. »Eine reelle Chance?«

»Ja, die hat sie. Ja, die hat sie wohl. Aber ihr eines Auge ist …« Er zuckte mit den Schultern. »Aber das ist eigentlich auch egal.«

»Was heißt das?«

»Sie wird auf jeden Fall bald sterben, wenn Sie meine Meinung hören wollen«, sagte der andere. »Sie hat Krebs im fortgeschrittenen Stadium. Sie hat gewusst, dass sie *irgendetwas Schlimmes* hat, wie sie sagte, aber sie hat nicht gewusst, wer sich um die Kinder kümmern soll und so weiter, deshalb hat sie nichts unternommen. Ja, man sollte es nicht für möglich halten, aber so etwas gibt es.«

»Heißt das, dass sie reden kann? Dass man mit ihr sprechen kann?«

»Mehr oder weniger. Heute Morgen war sie recht klar.«

»Weiß sie, was passiert ist?«

Der andere schüttelte leicht den Kopf. »Ja und nein. Ich glaube nicht, dass es ganz zu ihr durchgedrungen ist. Oder sie ist einfach so. Ein wenig apathisch. Wir hätten lieber noch etwas gewartet, es ihr zu sagen, aber sie hat selbst gefragt, ob er auch die Kinder umgebracht hat. Es schien, als sei sie darauf vorbereitet gewesen.«

»Hm«, sagte Høyer.

»Sie liegt jetzt, wie gesagt, auf der Neurologischen, aber wie wäre es, wenn Sie die arme Frau ein paar Tage in

Frieden lassen? Sie wird Ihnen bestimmt auch nicht viel sagen können und höchstwahrscheinlich schläft sie jetzt.«

»Ja, vielleicht haben Sie Recht«, sagte Høyer unverbindlich. »Und danke für die Hilfe.«

Er ging zum Aufzug zurück und studierte die Aufschriften, während er innerlich den Kopf schüttelte. Die Krankenschwestern waren wirklich nicht mehr das, was sie einmal waren. Als er seinerzeit Soldat war, hatten sie manchmal die Schwesternschülerinnen des nahe gelegenen Krankenhauses zum Kasernenball eingeladen und sie wären bestimmt böse überrascht gewesen, wenn da ein paar große, bärtige Kerle aufgetaucht wären.

Die Neurologie hatte eine Stationsschwester. Sie sah sehr jung aus, fand Høyer, der immer häufiger feststellen musste, dass die Welt zunehmend von Kindern regiert wurde.

»Jaa«, sagte sie zögernd und sah Høyer zweifelnd an, als wäre sie nicht sicher, ob sie ihn zu der Patientin lassen sollte – auch wenn er noch so sehr Kriminalkommissar war. »Ist es wichtig?«

»Ja, natürlich ist es wichtig«, sagte Høyer leicht irritiert. Glaubte das Mädchen vielleicht, er sei zum Vergnügen hier?

»Ich glaube eigentlich, dass wir besser den Arzt ...«, begann sie, schien dann jedoch ihre Bedenken zu überwinden. »Nein, Unsinn, aber nur zwei Minuten.«

Sie bedeutete ihm mit dem Finger auf den Lippen, dass er draußen warten sollte, während sie hineinging, um nachzusehen, ob Karen Olsen wach war.

Einen Moment später kam sie wieder heraus und nickte ihm zu. »Aber denken Sie daran, nur zwei Minuten.«

Sie behandelte ihn wie ein Kind, dachte Høyer. Da war ihm der Grobian auf der Intensivstation fast schon lieber.

Das Zimmer hatte zwei Betten, von denen eins leer war. Karen Olsen lag in dem Bett am Fenster. Ihren Kopf umhüllte ein großer Verband, der auch den größten Teil ihres Gesichts verbarg. Sie starrte mit dem nicht verbundenen Auge an die Decke.

»Guten Tag, Frau Olsen«, sagte Høyer und versuchte, seine kräftige, dröhnende Stimme auf ein angemessenes Niveau zu dämpfen. »Man hat mir erlaubt, ein paar Worte mit Ihnen zu reden. Ich bin von der Polizei.«

»Thorsen?«, fragte sie mit schwacher Stimme, ohne den Blick von der Decke abzuwenden.

»Wie bitte?«, sagte Høyer. »Ach so, nein, nicht Thorsen. Ich heiße Høyer. Frau Olsen, wir möchten gerne wissen, ob Sie eine Ahnung haben, was Ihren Mann dazu gebracht hat, das zu tun.«

»Er war seltsam geworden«, sagte sie. »Er hat gesagt, dass er gesündigt hat. Das hat er am Abend gesagt. Dass er ein kleines Mädchen umgebracht hat.«

Høyer betrachtete den eingefallenen Mund. Der Mund einer alten Frau, dachte er. Und sie war erst achtunddreißig. Dann fiel ihm ein, dass ihr die Zähne ausgeschlagen worden waren.

Sie ließ die Zunge über die trockenen Lippen gleiten. »Er hat gesagt, dass es das Beste für die Kinder wäre, wenn sie zum Herrn kämen, bevor die Sünde Besitz von ihnen ergreift.«

»Heißt das, dass Sie damit gerechnet haben, dass er etwas Schlimmes tun wird … aus Verzweiflung?«

»Nein«, sagte sie. »Denn er hat schließlich nichts getan. Er hat nicht … kann nicht … das kleine Mädchen … alles nur Gerede.«

Ihre Stimme wurde immer schwächer. Zwischendurch erstarb sie ganz.

»Sind Sie ganz sicher, dass er es nicht war?«

»Ja.« Sie schloss bekräftigend das Auge.

»Warum, Frau Olsen? Woher wollen Sie das wissen?«

Sie antwortete nicht. Høyer blieb noch einen Augenblick sitzen und sah sie an, aber sie öffnete das Auge nicht wieder.

Die Krankenschwester machte vorsichtig die Tür auf und kam herein. Sie warf einen schnellen, kontrollierenden Blick auf die vielen Schläuche, Sonden und Tropfe und dann auf die Frau.

»Sie schläft jetzt«, flüsterte sie Høyer zu.

Høyer wunderte sich, wie sie sich so sicher sein konnte.

Ein älteres Paar und ein junges, pummeliges Mädchen mit verweinten Augen kamen an Høyer vorbei, als er zum Fahrstuhl ging. Von einer Ahnung ergriffen, blieb er stehen und folgte ihnen mit den Augen. Ja, richtig. Er sah, wie sie ein paar Worte mit der Krankenschwester wechselten, dann wurden sie zu Karen Olsen hineingeführt. Das also waren die Tochter und vermutlich Karen Olsens Eltern. Høyer hoffte, dass niemand dem Mädchen jemals erzählen würde, dass sie die indirekte und vermutlich völlig unschuldige Ursache für diese Tragödie war. Seine Gedanken streiften Carl Hansen, doch dann fiel ihm ein, dass Karen Olsen erst nach ihrer Heirat Mitglied der Gemeinde geworden war, sodass es der Tochter vielleicht erspart bliebe, seine Bekanntschaft zu machen.

»Was für eine Art, den Tag zu beginnen!«, rief Høyer, als er in Therkelsens Büro kam. »Du hast hoffentlich einen Kaffee für mich.«

Høyer hatte der Versuchung widerstanden, auf dem Weg zum Krankenhaus bei einem Bäcker zu halten, und jetzt bereute er seine Standhaftigkeit.

Therkelsen hatte am Fenster gestanden und ausgesehen, als würde er nachdenken, doch als Høyer hereinkam, drehte er sich um.

»Hier ist Kaffee«, sagte er und schob die Kanne zu ihm hinüber. »Du warst also bei Karen Olsen.«

Høyer nickte und schenkte sich einen Kaffee ein.

»Lebt sie noch?«, fragte Therkelsen.

Høyer gab ihm eine Zusammenfassung des Besuchs.

»Hm«, sagte Therkelsen. »Das macht uns, bei Lichte betrachtet, auch nicht viel klüger.«

»Nein«, sagte Høyer. »Abgesehen davon, dass *sie* jedenfalls nicht glaubt, dass ihr Mann etwas mit dem Fall Bettina zu tun hat.«

»So etwas glaubt man wohl nie. Aber allem Anschein nach weiß sie wohl wirklich nichts Konkretes.«

»Es ist immerhin möglich, dass sie etwas weiß und es uns nur nicht erzählt hat. Sie war sehr schwach. Ich glaube jedoch nicht, dass wir mehr aus ihr herausbekommen werden. Wir können natürlich einen Mann dorthin abbestellen, aber ich halte das für hoffnungslos.«

»Wir haben ja auch noch Carl Hansens Frau«, sagte Therkelsen. »Setzen wir unser Vertrauen in sie.«

»Ja«, sagte Høyer zweifelnd. »Bestimmt ist das so eine kleine Frömmlerin, bescheiden bis zum Gehtnichtmehr, die uns überhaupt nichts sagen kann.«

»Du bist ja richtig optimistisch heute«, sagte Therkelsen. »Um zwei sollten wir bei ihnen draußen sein, oder?«

Høyer nickte.

»Ich habe mir in der Zwischenzeit den Fall Bettina nochmal angesehen«, sagte Therkelsen. »Leider haben wir nur wenige Fakten. Ich habe die relevanten Uhrzeiten herausgeschrieben, damit wir sie zur Hand haben, wenn wir bei Hansens sind. Bettina hat die Freundin um 16.45

Uhr verlassen. Das steht fest. Und das passt auch dazu, dass sie um fünf zu Hause sein sollte. Sie ist auf dem Kiesweg zur Landstraße hochgefahren, wo eine Frau gesehen hat, wie sie nach links zu ihrem Haus abgebogen ist. Das ist die letzte sichere Spur, die wir von ihr haben. Da ist natürlich noch der Busfahrer, der ein Mädchen gesehen haben will, das mit einem Mann neben einem Auto stand und sich mit ihm unterhielt, aber er hat kein Fahrrad gesehen und auch keine Radfahrerin überholt. Und das hätte er eigentlich müssen.«

Høyer trank einen Schluck Kaffee. Er hatte das Gefühl, dass sie das Ganze schon hunderte von Malen durchgegangen waren, ohne weitergekommen zu sein.

»Der Bus hatte an dem Tag zehn Minuten Verspätung und der Fahrer meint, das Auto und das Mädchen, das vielleicht Bettina war, gegen 16.55 Uhr gesehen zu haben. Dann haben wir noch den Typen, der ein paar Hundert Meter weiter auf den Bus gewartet hat. Er sagt, dass während der Zeit, die er dort gestanden hat, und das waren mehr als zehn Minuten, nur ein Auto vorbeigekommen ist. Und das fuhr, ›als sei der Teufel hinter ihm her‹, obwohl es an dem Tag glatt und außerdem neblig war. Und ich habe Schwierigkeiten mir vorzustellen, dass ein Typ wie Jens Olsen fährt, ›als sei der Teufel hinter ihm her‹.«

»Du hättest auch Schwierigkeiten, dir vorzustellen, dass er seine ganze Familie mit der Axt ausrottet«, meinte Høyer.

»Ja, das stimmt natürlich«, räumte Therkelsen ein. »Aber da ist noch etwas anderes. Wenn er es war, dann hätte er zurück zum Krankenhaus fahren und Carl Hansens Frau abholen und in der Zwischenzeit das Mädchen und auch das Fahrrad loswerden müssen.«

»Es sei denn, sie lag im Kofferraum«, sagte Høyer.

»Mit dem Fahrrad und allem? In einem Opel Rekord, Baujahr 1955? Nein, das glaube ich nicht.«

»Nichtsdestotrotz muss irgendjemand genau das gemacht haben«, wandte Høyer ein.

»Nicht mit einem Opel Rekord. Ich glaube nicht, dass das möglich ist.«

»Wer weiß«, sagte Høyer. »Zumindest bin ich felsenfest überzeugt, dass das Mädchen, das der Busfahrer bei dem Auto gesehen hat, Bettina war. Und wenn da kein Fahrrad war, hat er es entweder übersehen oder es lag zu diesem Zeitpunkt schon im Kofferraum. Zu blöde, dass er sich nicht gemerkt hat, was für ein Auto das war.«

»Das tut man im Dunkeln eben nicht. Und schon gar nicht bei Schneeregen«, bemerkte Therkelsen.

»Nein, das war auch kein Vorwurf gegen den Mann«, sagte Høyer und schenkte sich einen neuen Kaffee ein.

»Und du bist dir immer noch hundertprozentig sicher, dass sie nie zu Hause angekommen ist?«, fragte Therkelsen vorsichtig.

»Ja«, sagte Høyer kurz angebunden. »Der Busfahrer hätte sie überholen müssen. Und die Nachbarn haben sie auch nicht kommen sehen.«

»Nein, aber das schließt doch nicht aus ...«, begann Therkelsen, doch Høyer unterbrach ihn.

»Und zum anderen sehe ich absolut keine Anhaltspunkte dafür, dass der Vater es gewesen sein soll.«

»Der Stiefvater«, berichtigte Therkelsen. »Sieh dir Jens Olsen an.«

»Das ist doch etwas ganz anderes. Ich bin der Meinung, dass wir einen Fehler gemacht haben, und das glaube ich noch immer.« Jetzt klang Høyer wütend.

»Man hat den Stiefvater ja nicht festgenommen«, versuchte Therkelsen ihn kleinlaut zu erinnern.

»Nein, aber man hat seinen Garten umgegraben. Was glaubst du wohl, was die Leute in so einem kleinen Ort davon halten?«

Als Høyer und Therkelsen sich im Fall Bettina festgefahren hatten, war die mobile Einsatztruppe der Polizei zu Hilfe gerufen worden, hatte jedoch Høyers Meinung nach alles nur noch schlimmer gemacht. Therkelsen war sich nicht sicher, ob die Truppe nicht doch Recht gehabt hatte.

»Ich glaube nicht und habe nie geglaubt, dass der Vater etwas damit zu tun hat«, beharrte Høyer. »Und wenn er nicht so leichtsinnig gewesen wäre zu sagen, dass sie ihm manchmal auf die Nerven gegangen ist und sie sich gerade an dem Tag gestritten hatten, glaube ich auch nicht, dass jemand auf diese verrückte Idee gekommen wäre.« Er sah Therkelsen an. »Überleg doch mal, wie oft dir deine Kinder auf die Nerven gehen.«

»Das sind aber meistens die Jungen«, sagte Therkelsen. »Vor allem der Große. Seine Mutter verwöhnt ihn zu sehr.«

»Genau das hat er auch gesagt.«

»Vergiss nicht, dass er nichts unternommen hat, als sie nicht nach Hause gekommen ist. Erst als die Mutter gegen halb sieben kam, sind sie langsam nervös geworden.«

»Das macht den Mann doch nicht zum Mörder.«

»Ich habe übrigens vor kurzem in einer Zeitschrift gelesen, dass die Mutter Antidepressiva nimmt und …«

»Ach, diese Wochenblättchen!«, fuhr Høyer ihn an. »Aber es könnte etwas dran sein. Was ich am meisten fürchte, ist der Tag, an dem sie sich fragt: ›Und wenn er es doch war? Die Polizei verdächtigt ihn schließlich.‹ Das Misstrauen ist gesät und ich hoffe, weiß Gott, dass wir den Fall aufklären können, bevor noch mehr passiert.«

»Und was ist, *wenn* er es war?«

»Nun gut, dann *wissen* wir das wenigstens. Aber ich glaube es nicht. Mein Gefühl sagt mir, dass er es nicht war.«

Normalerweise hatte Therkelsen großes Vertrauen in Høyers Gefühle, doch in diesem Fall war er unsicher. Er fand, dass Høyer sich auf eine bestimmte Theorie eingeschworen hatte, was er sonst nie tat.

»Mit anderen Worten: Du hoffst, dass es Jens Olsen war?«

»Hoffen ist vielleicht zu viel gesagt, aber es wäre die beste Lösung. Wenn es denn so sein soll.«

»Wenn das bloß kein Wunschdenken ist. Ich habe kein großes Vertrauen in den Brief. Wie viele derartige Briefe haben wir nicht schon gesehen. Kannst du mir auch nur einen guten Grund nennen, warum wir diesen ernster nehmen sollen als die anderen?«

»Ja, sechs.«

»Ich glaube nicht, dass Sex ...«

Høyer unterbrach ihn. »Nicht Sex. Ich kann dir sechs Gründe nennen, weshalb wir diesen Brief ernster nehmen sollten. Jens Olsen, seine Frau und seine vier Kinder!«

Therkelsen schwieg.

»Aber davon einmal abgesehen, bin ich auch nicht überzeugt, dass er es war. Mir wäre wohler, wenn er irgendetwas Konkretes geschrieben hätte. Wo wir sie oder das Fahrrad finden, zum Beispiel. Aber es gibt nicht den geringsten Hinweis.«

»Nein«, sagte Therkelsen. »Sehen wir mal, was die Frau Pfarrer zu sagen hat.«

»Ich habe übrigens nach Chlorophyll-Jørgen gefragt, wo ich schon einmal da war«, sagte Høyer. »Zumindest ist er noch am Leben.«

»Das wird er auch bleiben«, meinte Therkelsen. »Wir kommen um das Gerichtsverfahren nicht herum. Er hat schon früher keinen Gemeinschaftsgeist gezeigt, warum sollte er jetzt damit anfangen?«

Høyer hatte sich geirrt. Carl Hansens Frau war keine kleine, überbescheidene Frömmlerin, sie war riesig. Sie war einen Kopf größer als ihr Mann und fast doppelt so breit, aber sie bewegte sich mit einer Leichtigkeit, einer Anmut, die Høyer an einen tanzenden Elefanten erinnerte.

Es mochte sein, dass Carl Hansen von sich selbst beeindruckt war und dass seine Gemeinde von ihm beeindruckt war, aber seine Frau war es jedenfalls nicht. Sie behandelte ihn mit einer Art liebevoller Nachsicht. Høyer vermutete, dass sie es war, die zu Hause die Finanzen verwaltete.

Als sie kamen, war der Kaffeetisch bereits gedeckt und sie drängte sie geradezu ins Haus und schenkte ihnen Kaffee ein, bevor sie sich umsehen konnten.

»Trinken Sie«, sagte sie. »Der Kaffee ist gut. In diesem Haus mangelt es uns an nichts.«

Es schien ein Spruch zu sein, den sie schon unzählige Male von sich gegeben hatte. Ihr Mann räusperte sich leicht, sagte jedoch nichts.

»Nun«, sagte sie, sobald sie ihnen eingeschenkt hatte und die Platten die Runde machten. »Es geht also um Jens Olsen. Darum, wann wir vom Krankenhaus wieder nach Hause gefahren sind. Carl Hansen hat nicht ganz verstanden, was Sie genau wissen wollen. Ja, das ist eine Tragödie. Besonders für die Frau. Die anderen haben es ja hinter sich, kann man so sagen. Was wollen Sie wissen? Carl Hansen hat ein elendes Gedächtnis«, vertraute sie ihnen an.

»Ja, aber dafür ist deins umso besser«, lächelte ihr Mann und machte ein Gesicht, als erwarte er, dass sie ihm den Kopf tätschelte.

»Stimmt, und alles, woran ich mich nicht erinnern kann, kann ich nachschlagen«, sagte sie. »Ich führe Tagebuch. Das mache ich schon seit Menschengedenken. Es ist richtig deprimierend. – Nimm ruhig ein Plätzchen«, sagte sie zu ihrem Mann. »Sie sind mit Süßstoff gesüßt.«

Carl Hansen nahm gehorsam ein Plätzchen.

»Er ist doch zuckerkrank«, erklärte sie Høyer und Therkelsen. »Altersdiabetes. Und er ist zu dick. Da kommt eins zum anderen.«

Høyer begann sich Gedanken zu machen, ob sie jemals eine Pause einlegen würde, sodass er etwas sagen konnte.

»Ja, es ist deprimierend«, nahm sie den Faden wieder auf. »Ich weiß im Grunde genommen nicht, warum ich das mache. Mein Leben ist so unbeschreiblich langweilig. Es passiert nichts. Es ist unmöglich zu erkennen, ob ein Tagebuch von 1960 oder 1980 ist, so sehr gleichen sie sich. Ach ja, ich rede und Sie wollen mich etwas fragen.«

»Ja«, sagte Høyer schnell aus Angst, dass sie wieder anfangen könnte. »Wir möchten gerne wissen, ob Jens Olsen Sie am ersten Sonntag im Dezember zum Krankenhaus gefahren hat, und wenn ja – und das ist das Entscheidende –, wann ungefähr Sie wieder nach Hause gefahren sind.«

»Am ersten Sonntag im Dezember«, wiederholte sie und dachte nach. »Mit anderen Worten am zweiten Sonntag im Advent. Carl Hansen hat erzählt, dass Jens Olsen gestanden haben soll, Bettina getötet zu haben. Wenn er das wirklich geschrieben hat, muss er verrückt gewesen sein. Und das war er wohl auch. Ein bisschen merkwürdig war er ja immer schon. Er ist nie sonderlich intelligent gewesen und hat all das mit der Sünde und der Gnade so furchtbar ernst genommen. Es gibt Menschen, die sollten sich von der Religion fern halten, sie haben nicht die Psyche dazu.«

Ihr Mann räusperte sich nervös.

»Er mag es nicht, wenn ich so rede«, sagte sie und plötzlich erkannte Høyer ein Muster in der Art, wie sie über ihren Mann sprach. Wenn sie ›Carl Hansen‹ sagte, war er für sie da, wenn sie ›er‹ sagte, schien er blind und taub zu werden. Es war wie im Theater. »Also, wie gesagt«, fuhr sie fort, »das war nichts für Jens Olsen. Er hatte weder die entsprechende Psyche noch die entsprechende Konstitution. Aber es ging um den zweiten Adventssonntag und das muss ich nicht nachschlagen. Da sind wir um vier vom Krankenhaus losgefahren, weil wir an diesem Tag unsere Adventsfeier hatten. Sie hätte eigentlich am ersten Advent stattfinden sollen, aber da lag Carl Hansen ja im Krankenhaus, deshalb haben wir sie verschoben. Als sich dann jedoch herausstellte, dass er Zucker hat, konnten wir natürlich nicht so lange warten und haben am zweiten Sonntag gefeiert. Eigentlich ging es auch ohne ihn ganz ausgezeichnet.«

Ihr Mann räusperte sich erneut.

»Und Sie sind sich ganz sicher?«, fragte Høyer.

»Absolut. Um Punkt halb fünf sind wir hier auf den Hof gefahren. Jens Olsen hat mich abgesetzt und anschließend Karen und die Kinder zu Hause abgeholt. Ich hatte sie nämlich vor dem Fest zum Essen eingeladen.«

»Wann sind sie gekommen?«

Sie lächelte. »Eine Viertelstunde später. Und um fünf haben wir uns zu Tisch gesetzt. Das Essen war vorbereitet und der Braten fertig. Ich habe einen Herd mit Zeitschaltuhr. Und zum Dessert gab es Eis. Den armen Kindern kam es fast wie Weihnachten vor. Sie waren nichts Gutes gewöhnt.«

Plötzlich wischte sie sich eine Träne aus dem Augenwinkel. »Ich kannte die Kinder schon seit ihrer Geburt«, sagte sie entschuldigend. »Und Karen kenne ich ewig. Ihre Eltern arbeiteten zur Zeit meiner Eltern hier auf dem Hof.«

Høyer klopfte sich in Gedanken auf die Schulter. Er hatte also Recht gehabt. Sie verwaltete die Finanzen.

Einen Moment war es still.

»Eigentlich hat sie ein trauriges Leben gehabt«, sagte sie abschließend.

»Aber ein Platz in Abrahams Schoß ist ihr sicher«, psalmodierte Carl Hansen und nahm sich heimlich ein Plätzchen.

»Mag sein, nur habe ich das nie für einen verlockenden Aufenthaltsort gehalten«, sagte seine Frau kurz angebunden und Therkelsen verschluckte sich an einem Vanillekranz, während Høyer schnell ein Lächeln unterdrückte.

»Wie in aller Welt haben sich diese beiden bloß gefunden?«, fragte Therkelsen, als sie nach Hause fuhren.

Høyer lachte. »Eine gute Frage. Es ist schon bedauerlich, dass Jens Olsen sich nicht ihr anvertraut hat. Damit wäre ihm besser gedient gewesen.«

»Wenn er denn zu Wort gekommen wäre«, sagte Therkelsen trocken. »Aber jetzt wissen wir zumindest, dass er aus dem Spiel ist. Absolut.«

»Ja, und das ist in gewisser Weise ein Glück. Dann brauchen wir keine Zeit mehr auf den Beweis zu verschwenden, dass er es *nicht* war.«

»Es sei denn, Carl Hansens Frau lügt«, sagte Therkelsen. »Und das kann ich mir nicht vorstellen.«

»Nein, warum sollte sie auch?«, sagte Høyer. »Nicht dass ich glaube, sie hätte Probleme damit, aber ich sehe keinen Sinn darin.«

»Um die Frau zu schonen. Karen Olsen.«

»Nein, das glaube ich nicht. Sie ist offensichtlich eine sehr realistische Dame. Wir müssen der Tatsache ins Auge sehen, dass wir keinen Schritt weitergekommen sind.«

»Ja, das müssen wir wohl«, sagte Therkelsen und sah auf seine Uhr. »Und damit wäre der Tag wohl gelaufen. Wenn wir zurück sind, ist es nach vier. Und den Fall Bettina können wir auch erst mal wieder zu den Akten legen.«

Høyer blickte über die Landschaft. Die nach Norden weisenden Hänge waren noch immer mit Schnee bedeckt. Trotzdem lag ein Hauch von Frühling in der Luft.

»Ja, vorläufig«, sagte er. »Es sei denn, du bist über etwas gestolpert, was wir übersehen haben, aber das bist du wohl nicht. Ich habe allerdings das Gefühl, dass wir ihn nicht allzu weit weglegen sollten. Es dauert nicht mehr lange, bis die Leute wieder vor die Tür gehen und dann wird irgendetwas auftauchen. Sie kann ja nicht spurlos verschwunden sein.«

»Nein«, murmelte Therkelsen. »Oder?«

Høyer gähnte herzhaft.

»Müde?«, fragte Therkelsen, wendete den Kopf und sah ihn an. »Du hast gestern gesagt, dass du früh ins Bett gehen wolltest.«

»Ja«, Høyer zuckte mit den Schultern. »Aber es ging mir mies. Ich konnte den Tag einfach nicht abschütteln. Und Rigmor war auch nicht zu Hause, sodass …«

»Du deine Sorgen nicht abladen konntest«, sagte Therkelsen, um ihn ein wenig aufzuziehen.

»Ich muss meine Sorgen nicht abladen, aber wenn man

einfach mit jemandem über alles Mögliche reden kann, dann … dann wird es irgendwie erträglicher, du weißt schon. Jedenfalls endete es damit, dass ich wieder aufgestanden bin und mir einen großen Whisky eingegossen habe, um einschlafen zu können.«

Therkelsen nickte. »Ja, das war auch eine ungewöhnlich hässliche Geschichte. Ich hatte meine Kinder plötzlich so lieb, dass ich nicht einmal geschimpft habe, dass sie die Lautsprecher der Stereoanlage ruiniert haben. Ich habe ihnen nur ganz ruhig erklärt, dass sie jetzt eine Zeit lang ohne Musik auskommen müssen. Das schien sie zu erschüttern. Nicht dass sie ohne Musik auskommen müssen, sicher, das natürlich auch, aber dass ich nicht wütend geworden bin. Manchmal bin ich vielleicht doch zu unwirsch.«

»Wirklich?«, sagte Høyer. »Es tut ihnen bestimmt gut, wenn sie wissen, dass es gewisse Grenzen gibt.«

»Apropos Grenzen«, sagte Therkelsen. »Morgen läuft doch die große Charmeoffensive vom Stapel. Ich würde zu gerne wissen, wie das ausgeht.«

Høyer lachte.

»Das kannst du dann in der Zeitung lesen«, sagte er. »Wenn du nicht aufstehen und dabei sein willst. Es kann aber auch passieren, dass sie morgen früh in deinem Büro sitzen und ihren Morgenkaffee trinken. Nichts ist unmöglich.«

»Ja, weiß Gott«, sagte Therkelsen.

Søren stand in dem besetzten Haus am Fenster und blickte über den Hafen, wo sich die mageren Giraffenhälse der Kräne gegen den bleichen Himmel abzeichneten. Die anderen schliefen noch, schnarchend und prustend. Søren gähnte und ärgerte sich, dass er immer so früh aufwachte, es machte die Tage unerträglich lang. *Unerträglich.* Nie in seinem ganzen langen Leben hatte er sich so gelangweilt wie in diesen sechs Wochen.

Lesen, Radio hören, Kassetten hören, Karten spielen und reden. Nichts anderes. Doch, als Louise noch hier war, aber trotzdem. Und dann dieser Gestank! Aber er hatte Anders versprochen, bis morgen zu bleiben, also musste er dazu stehen, aber dann war Schluss. Anders hatte gut reden. Er strich die Hälfte der Zeit durch die Stadt. Um das Hinterland zu sondieren, wie er sagte. Das klang verdammt gut, aber Søren war sicher, dass er einfach mit seiner Braut zu Hause saß und es sich gut gehen ließ.

Eigentlich war er ein komischer Vogel, dieser Anders. Zu Anfang war er total begeistert gewesen und hatte von Revolution gefaselt und Pläne für dieses beschissene Jugendzentrum gezeichnet. Er hatte genau gewusst, wie viele sie sein würden und was sie wo machen wollten. Es gab einen Plan für jeden einzelnen Raum. Er war nicht ganz richtig im Kopf. Søren hatte sich geschworen, nie auch nur einen Fuß in dieses Haus zu setzen, falls sie es bekommen sollten. Sollten die anderen sich doch verdammt nochmal sagen lassen, was sie zu tun hatten. Das brachte doch nichts. Da konnte man auch genauso gut zu Hause sitzen. Da war es wenigstens sauber.

Lars war aufgewacht und kam in seinem Schlafsack zu ihm gehüpft.

»Hei«, sagte er und stellte sich neben Søren. »Wie wäre es, etwas frische Luft reinzulassen? Bevor wir ersticken.«

Ohne eine Antwort abzuwarten öffnete er ein Fenster.

»Zumachen, verdammt nochmal!«, brüllte es sofort aus einem der Schlafsäcke. »Es wird ja schweinekalt hier drinnen!«

»Zwischendurch müssen wir mal lüften«, rief Lars zurück. »Sonst ersticken wir an unseren eigenen Fürzen.«

Er drehte sich um und lehnte sich hinaus und sah auf die Straße hinunter. Dann drehte er sich schnell wieder zu den anderen um.

»Die Bullen!«, rief er. »Sie kommen!«

Plötzlich kam Leben in die Bündel auf dem Boden. »Wie viele sind es?«, rief einer.

Søren stieß Lars zur Seite und sah hinaus. »Ein ganzes Heer!«, rief er. »Verdammt, das ist wirklich ein ganzes Heer!«

Sie drehten sich unwillkürlich zu Anders um, der auf seiner Matratze sitzen geblieben war, als ginge ihn das alles nichts an.

»Was machen wir jetzt?«, fragte Søren.

»Nichts«, sagte Anders. »Noch nicht. Es dauert, bis sie hier oben sind. Sie müssen ja erst die Barrikaden überwinden.«

Søren sah ihn an. Er klang nicht sonderlich interessiert. Er klang, als wäre ihm in Wirklichkeit alles scheißegal. Diesen Eindruck machte er schon lange. Vielleicht war er enttäuscht, dass nicht mehr aus der Aktion geworden war.

Einer der Polizisten unten auf der Straße trat ein paar Schritte zurück, sodass er zu den Fenstern der Wohnung hinaufsehen konnte. Offenbar wussten sie, wo die Besetzer sich aufhielten. Woher sie das wohl wussten? Er führte ein Megafon zum Mund. »Kommt raus!«, rief er.

»Arschloch!«, schrie Lars zurück.

»Verpisst euch!«, johlten ein paar andere.

»Faschistenschweine!«

»Kommt raus!«, rief er noch einmal. »Sonst kommen wir und holen euch.«

»Müssen sie das nicht dreimal wiederholen?«, fragte Lars die anderen. Er steckte den Kopf erneut aus dem Fenster. »Dann kommt doch!«, rief er.

»Kommt raus!«

Der Polizist senkte das Megafon und blieb einen Moment abwartend stehen. Dann gab er den anderen Polizisten ein Zeichen, die sich nach Plan verteilten. Einige nahmen sich die Vordertür vor, während andere im Hof verschwanden.

»Was sollen wir tun?«, fragte eins der Mädchen und sah Anders nervös an.

»Abwarten«, sagte Anders. »Das dauert. Setzt euch auf eure Matratzen. Es soll ihnen erlaubt sein, uns hinauszutragen. Oder Tränengas einzusetzen.«

»Mensch, sollen wir uns denn nicht wehren?«, rief Lars. »So macht das doch keinen Spaß.«

»Ich will jedenfalls nicht von ihren Hunden gebissen werden«, sagte das Mädchen.

Lars sah aus dem Fenster. »Ich glaube, sie haben gar keine Hunde dabei«, sagte er.

»Gut, aber ich will auch nicht eingenebelt werden«, sagte das Mädchen. »Sollen wir nicht irgendetwas tun?«

»Du kannst ja aus dem Fenster springen!«, schlug Søren vor. »Dann kommst du in die Zeitung und wir bekommen etwas Reklame. Das dürfte unsere einzige Chance sein.«

»Du bist verrückt«, stellte sie fest und setzte sich auf ihre Matratze.

Es dauerte genau drei Minuten und sechsundfünfzig Sekunden, bis die ersten Polizisten in die Wohnung eindrangen. Die Barrikaden hatten offensichtlich nicht den Erwartungen der Hausbesetzer standgehalten. Die Polizisten öffneten die Tür zu dem Raum, in dem sich die jungen Leute aufhielten, standen einen Moment ganz still da und sahen sich die Unordnung an. Alle hatten sich demonstrativ Taschentücher vor Mund und Nase gebunden. Sie scheinen sich zu amüsieren, dachte Lars.

»Gott im Himmel, was für ein Saustall!«, rief einer von ihnen.

»Das ist chemische Kriegsführung«, lachte ein anderer. »Ist das nicht gegen ihre Prinzipien?«

Ein älterer Polizist kam ins Zimmer. Søren nahm an, dass er die Aktion leitete, weil auch er vor ein paar Minuten das Megafon in der Hand gehabt hatte.

»Nun, Freunde«, sagte er. »Packt euer Hab und Gut zusammen. Es ist an der Zeit, den Ort zu räumen. Ihr könnt mir nicht weismachen, dass es euch hier gefällt.«

Er schnupperte. Er trug als einziger keine Maske. Offenbar war er abgehärtet.

Die Hausbesetzer blieben demonstrativ sitzen. Ein paar Beamte kamen näher, beugten sich hinunter und hoben ein Mädchen hoch. Sie versuchte, sich freizustrampeln, aber im Handumdrehen hatten sie sie aus dem Raum getragen. Die Menge verringerte sich schnell.

Søren saß da, die Hände um die Knie geschlungen. Das also war die große Schlacht um das leere Haus. Verdammt! Wie konnte man gegen eine Herde lachender Polizisten Krieg führen, die aussahen, als amüsierten sie sich königlich. Das war einfach zu idiotisch. Er würde sich jedenfalls nicht wie ein Baby hier wegtragen lassen.

Als ein paar Beamte auf ihn zutraten, stand er schnell auf und begann, seine Sachen zusammenzusammeln. Einige andere folgten zögernd seinem Beispiel. Sie sahen sich an. Ihr Mienenspiel spiegelte eine Mischung aus Verlegenheit, Enttäuschung und Erleichterung.

Einer nach dem anderen verließen die Hausbesetzer die

Wohnung. Der Boden war noch immer mit Matratzen übersät und niemand schien sich um den Ofen, den Fernsehapparat oder den Gasheizkörper zu kümmern.

»Was ihr nicht mitnehmt, lassen wir von einer Firma holen«, sagte der ältere Polizist. »Auf eure Rechnung. Dann könnt ihr es später auf der Wache abholen.«

Jetzt war nur noch Anders da.

»Nun, junger Mann«, sagte der Alte. »Hast du vor, die Stellung zu halten?«

Anders antwortete nicht. Er saß mit zusammengekniffenem Mund da und starrte vor sich hin.

Der Alte winkte ein paar jüngere Kollegen heran und einen Moment später wurde Anders aus dem Zimmer getragen.

»Das ging ja kurz und schmerzlos«, stellte der Leiter der Aktion wenig später fest. »Aber wir sollten besser noch eine Runde durch das Haus machen, auch wenn es aussieht, als seien alle in dieser Wohnung gewesen.«

»Sie haben jedes Klo benutzt«, sagte ein anderer. »Pfui Teufel, stinkt das!«

»Eine Schande, dass das Haus abgerissen werden soll«, sagte der Alte und sah sich um. »Eigentlich ist es doch ein gutes Haus.«

»Es kostet mehr, es zu modernisieren, als neu zu bauen«, sagte einer. »Das rechnet sich nicht. Nein, soll doch ein Bulldozer den ganzen Scheiß platt machen.«

»Im wahrsten Sinne des Wortes!«, lachte einer seiner Kollegen.

Sie waren unten im Flur angelangt.

»Wonach zum Teufel riecht das hier?«, fragte der Alte und schnüffelte nachdenklich.

»Weißt du das immer noch nicht, Nielsen?«, fragte einer.

»Das riecht jetzt aber mehr nach Abfall«, meinte ein anderer. »Nach verwestem Fleisch oder so. Weiß Gott, vielleicht haben sie den Schrank als Mülleimer benutzt.« Er zeigte auf das Möbel.

»Ich denke, wir sollten uns den Schrank einmal ansehen«, sagte Nielsen, während er die Hand nach dem Griff ausstreckte, um ihn zu öffnen. »Mist, der ist ja vernagelt!«, rief er. »Kommt mit einem Brecheisen.«

Die Tür bestand aus dünnen Brettern. In wenigen Sekunden war sie geöffnet.

Nielsen sah in den dunklen Raum.

»Wie ich gedacht hatte. Meine Nase hat mich noch nie getäuscht«, sagte er zufrieden.

In dem Schrank konnten sie eine zusammengekrümmte männliche Gestalt ausmachen. Der Mann lag halb auf dem Bauch mit dem Rücken zur Tür. Halblange zottelige Haare waren zu erkennen.

Sie mussten ihn sich nicht länger ansehen, um festzustellen, dass er seit geraumer Zeit tot war.

4

Høyer hatte sein einsames Frühstück fast beendet, als das Telefon schellte. Er runzelte die Brauen, als er mit der Kaffeetasse in der Hand ins Wohnzimmer ging, um den Hörer abzunehmen. Wenn nur nichts passiert war, das das Wochenende ruinierte. Himmel, wie er sich darauf freute, dass Rigmor mit ihrer Fortbildung fertig war. Jetzt fehlte ihr nur noch eine Woche. Wenigstens war sie an den Wochenenden zu Hause. Er freute sich auf diese Wochenenden wie ein Kind auf den Heiligen Abend.

»Høyer!«, sagte er barsch, als er den Hörer abnahm, als wollte er bereits im Voraus jeden abschrecken, der mit schlechten Neuigkeiten kam.

Er hörte eine Weile zu, gab ein paar kurze Kommentare ab und sagte dann: »Ich fahre hin. Ruf bitte Therkelsen an. Du kannst ihm sagen, dass ich in einer Viertelstunde da bin. So ungefähr.«

Er ging in die Küche und stellte die Tasse in die Spülmaschine. Mord oder Selbstmord. Das konnte ja lustig werden. In der Diele warf er sich im Spiegel einen Blick zu, während er die Hand prüfend über die Wange gleiten ließ. Eine irritierende Angewohnheit. Er wusste ganz genau, dass er sich rasiert hatte, aber bevor er aus dem Haus ging, prüfte er es immer noch einmal nach.

Er zog die Lammfelljacke an und griff nach seiner Mappe, die hinter der Tür stand. Dann schloss er ab und ging zum Auto. Der schlimmste Berufsverkehr war vorbei und er hatte Glück mit den Ampeln, sodass wirklich kaum eine Viertelstunde vergangen war, als er vor dem geräumten Haus vorfuhr. Schon von weitem sah er den Polizisten, der vor der imposanten Eingangstür stand. Ein junger Typ mit hellem halblangem Haar unter der Mütze. Der sieht ja aus wie ein Mädchen, dachte Høyer.

Der Beamte drehte sich um, als Høyer neben dem Haus parkte. Es *war* ein Mädchen. Na schön, dann hatte sie ja eine gute Entschuldigung, sagte Høyer sich schmunzelnd. Sie schien sofort zu wissen, wer er war, denn sie legte die Hand an die Mütze und sagte: »Sie müssen in den Hof und durch die Hintertür hinein.«

Høyer sah sich um. Die Technik war offenbar noch nicht da. Oder sie hatten den Wagen im Hof geparkt, falls der Tote im hinteren Teil des Hauses lag.

»Sind die Techniker schon da?«, fragte er.

»Nein«, antwortete die Polizistin.

Høyer ging in den Hof. Die Hintertür war offen. Polizeirat Nielsen stand davor und sah aus, als würde er erwägen, das Haus zu kaufen. Er machte einen äußerst frischen Eindruck, fiel Høyer auf, aber er war natürlich auch seit Stunden auf den Beinen.

»Guten Morgen!«, sagte Nielsen. »Das ging ja schnell. Du bist der Erste. Die Techniker sind noch nicht da.«

»Ich habe den wachhabenden Beamten gebeten, Therkelsen zu benachrichtigen, er wird also auch bald auftauchen«, sagte Høyer. »Aber wir können ja schon mal reingehen und ihn uns ansehen. Es ist doch ein Er, oder?«

»Ja, ich habe ihn mir zwar nicht so genau angesehen, aber mit diesen Schultern ... ja, ich denke schon«, sagte Nielsen.

»Handelt es sich um einen der Hausbesetzer?«

»Das glaube ich, ehrlich gesagt, nicht. Soweit ich sehen konnte, ist er nicht mehr der Jüngste.« Er lachte ansatzweise. »Ungefähr mein Alter.«

»So alt!«, rief Høyer verblüfft.

»Danke«, sagte Nielsen trocken.

»Nein, ich meine, ich hatte angenommen, es sei einer der jungen Leute. Aber natürlich wissen wir nicht, ob zu Anfang nicht auch einige Ältere dabei waren.«

»Nein, darüber ist nichts bekannt. Und wir waren ziemlich gut informiert«, sagte Nielsen.

»Ja, was für ein trauriges Ende der Charmeoffensive. Wie ist es sonst gelaufen?«

»Wie nach Drehbuch. Still und ruhig. Das Ganze hat nicht länger als eine halbe Stunde gedauert. Wir haben sie alle zur Wache gefahren und anschließend den Typen hier entdeckt. In einem Schrank unter der Treppe.«

»Wie habt ihr ihn gefunden?«, fragte Høyer. »Ihr habt ja wohl kaum das ganze Haus durchsucht.«

»Nein, das war auch nicht nötig. Der Gestank, weißt du. Mir war sofort klar, dass irgendein Kadaver da drinnen lag, aber es hätte ja auch ein Hund oder eine Katze sein können«, sagte Nielsen. »Sollen wir reingehen und ihn uns ansehen oder sollen wir warten? Der Arzt taucht bestimmt auch bald auf.«

»Sehen wir ihn uns ruhig einmal an«, sagte Høyer. »Der Dienst habende Beamte hat von Mord oder Selbstmord gesprochen«, fuhr er fort, »was meinst du?«

»Das siehst du gleich selbst«, sagte Nielsen, indem er Høyer den Vortritt ließ.

»Igitt, was für ein Gestank!«, rief Høyer. »Der kann doch nicht von ihm kommen.«

Nielsen lachte. »Nein, im ganzen Haus sind die Klos verstopft. Es gibt kein Wasser. Als wir heute Morgen kamen, war es noch viel schlimmer. Seitdem hat die Tür offen gestanden.«

»Pfui, pfui, pfui«, sagte Høyer. »Riecht es im ganzen Haus so?«

»Ja, im Großen und Ganzen. Oben in der Wohnung, in die die Besetzer sich verzogen hatten, vielleicht nicht ganz so schlimm, aber dafür waren sie zu ungefähr zwanzig Leuten in einem Raum, du kannst dir also vorstellen, wie das war«, sagte Nielsen. »Ich glaube, dass sie mehr als entzückt waren, hier rauszukommen, aber das haben sie natürlich nicht laut gesagt.«

»Sind sie noch auf der Wache?«

»Ja, ich habe Bescheid gegeben, dass sie dort festgehalten werden. Aber ich habe auch angeordnet, dass sie in der Zwischenzeit duschen sollen. So ist es einfach nicht auszuhalten, mit ihnen in einem Raum zu sein.«

Høyer lachte. Dann beugte er sich über den Toten.

»Er riecht aber auch nicht gerade gut«, sagte er.

»Nein, er muss ziemlich lange hier gelegen haben«, meinte Nielsen. »Er war bestimmt schon hier, als die Hausbesetzer anrückten. Es sei denn, er hatte etwas mit ihnen zu tun. Aber ich denke, dafür war er nicht der Typ.«

Høyer sah sofort, was er meinte. Selbst von hinten haftete dem Mann etwas unverkennbar Pennerhaftes an. Jedenfalls war er nicht der Typ, den man unter einer Gruppe von Hausbesetzern zu finden erwartete.

Høyer beugte sich weiter vor und sah ihn sich genauer an. Der Mann schien eine Schusswunde im Nacken zu haben. Das also hatte Nielsen gemeint.

Er richtete sich auf. »Erschossen«, sagte er. »Aber es kann natürlich auch Selbstmord gewesen sein. Das werden wir bald wissen.« Er ging zur Tür. »Sehen wir, dass wir nach draußen kommen. Es besteht kein Grund, länger in dem Gestank zu bleiben.«

Sie gingen zurück in den Hof und Høyer atmete tief durch. Dann drehte er sich zu Nielsen um. »Wie waren sie? Die Hausbesetzer, meine ich. Wäre es denkbar, dass ein paar Drogensüchtige unter ihnen waren?«

Nielsen dachte nach. »Ich glaube nicht. Du fragst dich, ob der Tote ein Dealer sein kann, nicht? Mir kommt das wenig wahrscheinlich vor.«

»Mir eigentlich auch«, sagte Høyer. »Aber wir müssen die Möglichkeiten durchgehen. Was ist mit Hasch?«

»Das wäre schon eher vorstellbar, aber ich glaube es nicht. Andererseits dürfte es in dem Gestank unmöglich sein, einen einzelnen Geruch auszumachen. Es war ein sehr gemischter Duft, könnte man sagen.«

»Dann hatte er bestimmt nichts mit ihnen zu tun«, meinte Høyer. »Die Tür hier war verschlossen, oder?«

»Verschlossen und verbarrikadiert – nach allen Regeln der Kunst. Sie haben ein paar Barrikaden gebastelt, die Reste siehst du da noch. Aber damit sind wir leicht fertig geworden«, erklärte Nielsen. »Und sie hatten eine große Kiste mit Steinen zwischen Tür und Treppe geschoben. Das war schon effektiver.«

»Wer ist ihr Anführer oder Leiter oder wie sie das nennen?«, fragte Høyer.

»Die nennen das gar nicht«, sagte Nielsen. »Die behaupten, keinen Anführer zu haben. Aber soweit ich mitbekommen habe, gab es einen, der gleicher war als die anderen. Ein großer Typ mit schwarzen Locken und ich möchte wetten, dass das der Sohn von Herskind ist.«

»Von *dem* Herskind? Dem Bauunternehmer?«

»Genau.«

»Man sollte doch meinen, dass er zu Hause Platz genug hat«, sagte Høyer. »Daran mangelt es bei denen bestimmt nicht.«

»Er kann doch trotzdem mit ihnen solidarisch sein«, sagte Nielsen.

»Tja«, sagte Høyer. »Weiß Gott, was sein Vater davon hält«, fügte er hinzu. »Aber davon einmal abgesehen, halte ich es für eine gute Idee, ihn herzubringen, den Sohn, vielleicht hat er uns etwas zu erzählen, wer weiß, vielleicht kann er uns sogar sagen, warum der Typ hier liegt.«

Nielsen sah auf die Uhr. »Den gröbsten Dreck dürften sie inzwischen wohl abgeschrubbt haben. Winther kann ihn holen. Es besteht eigentlich kein Grund, dass sie weiter draußen Wache steht. Es weiß ja niemand, dass der Tanz gerade erst begonnen hat.«

Winther musste die Polizistin sein, schätzte Høyer.

Therkelsen und die Techniker trafen gleichzeitig ein und stiefelten auf die Hintertür zu. Nielsen stellte sich wie ein Cherub mit ausgebreiteten Armen in die Tür.

»Ich schlage vor, ihr sagt sofort alle im Chor: ›Pfui, wie das stinkt!‹ oder ›Verdammt, stinkt das hier!‹. Dann haben wir das hinter uns. Ich habe das nämlich heute Morgen schon ungefähr dreißigmal gehört und *weiß*, dass es so ist.«

Die anderen lachten, aber trotz der Warnung lautete der erste Kommentar, als sie eintraten: »Verdammt, was für ein Gestank!«

Nielsen sah Høyer an. »Das muss ein bedingter Reflex sein«, sagte er.

Therkelsen war mit hineingegangen und hatte einen Blick auf die Leiche geworfen. Jetzt kam er in den Hof und schloss sich Høyer und Nielsen an.

»Das nennt ihr also Charmeoffensive«, sagte er zu Nielsen. »Da muss ich etwas missverstanden haben.«

»Wir haben doch nicht …«, begann Nielsen verärgert.

»Ach, hör doch auf«, unterbrach ihn Therkelsen. »Wir

wissen schließlich Bescheid über die Brutalität der Polizei! Ihr habt euch den Weg freigeschossen.«

»Dann haben wir aber verdammt lange dafür gebraucht«, sagte Nielsen. »Als frisch kann man den nämlich nicht mehr bezeichnen.«

»Nein«, sagte Therkelsen und gähnte. »Erschossen, stimmt's? Das Ganze sieht ein bisschen merkwürdig aus, nicht?«

»Wenn es kein Selbstmord war, hat man ihn vermutlich da deponiert, nachdem er erschossen wurde«, sagte Høyer. »Aber das wird sich zeigen.«

»Irgendetwas an ihm kommt mir bekannt vor«, sagte Therkelsen.

»Du hast doch nur seinen Rücken gesehen und das auch noch im Halbdunkel«, wandte Høyer ein.

»Wollen wir wetten, dass es sich um einen alten Bekannten handelt?«, meinte Therkelsen.

»Nein, wollen wir nicht«, sagte Høyer. »Deine Chancen zu gewinnen sind übrigens ziemlich gut, ob du ihn nun wiedererkannt hast oder nicht.«

Sie konnten das Klicken der Fotoapparate im Haus hören. Therkelsen ging hinein und sah sich die Leiche noch einmal an. Einen Moment später kam er wieder zu den anderen heraus.

»Jetzt ist es hell und irgendetwas an ihm kommt mir immer noch bekannt vor. Geh mal rein und sieh ihn dir an, Høyer.«

Høyer verschwand im Gang, kam jedoch wenig später kopfschüttelnd wieder heraus. »Nein, ich kenne ihn nicht«, sagte er. »Das ist keiner meiner Bekannten, soweit ich sehe.«

Therkelsen schnipste mit den Fingern. »Jetzt weiß ich, an wen er mich erinnert hat, aber er ist es nicht.«

»Klingt ein wenig geheimnisvoll«, sagte Høyer. »Was meinst du damit?«

»Er hat mich an Chlorophyll-Jørgen erinnert, aber aus guten Gründen kann der es ja nicht sein.«

»Schade, dass ihr nicht gewettet habt«, sagte Nielsen zu Høyer. »Vielleicht sollte ich besser auf die Straße gehen und dafür sorgen, dass wir hier nicht plötzlich ein größeres Publikum haben. Es wäre doch denkbar, dass jemand die Polizeiwagen bemerkt hat.«

Er verschwand in dem Moment in der Einfahrt, als ein Auto in den Hof fuhr.

»Da kommt der Arzt«, sagte Therkelsen. »Aber er wird nicht sofort anfangen können.«

»Es kann nicht mehr lange dauern«, sagte Høyer. »Viel können sie da drinnen nicht ausrichten. Was für ein übles Loch.«

»Und das Treppenhaus sieht auch nicht besser aus«, sagte Therkelsen. »Nachdem eine Horde Hausbesetzer und eine Polizeieinheit sich da drinnen getummelt und überall ihre Fingerabdrücke hinterlassen haben.«

Der Arzt begrüßte sie, dann ging er ins Haus und sah sich um, bevor er wieder zu Høyer und Therkelsen herauskam.

»Langsam beginne ich zu glauben, dass du deine Leichen aus Prinzip an den schwierigsten und unzugänglichsten Orten deponierst.«

»Hast du das endlich begriffen?«, sagte Høyer. »Stimmt, das mache ich ganz allein für dich. Ich versuche, mir jedes Mal einen neuen, originellen Ort auszudenken.«

»Meinetwegen brauchst du dich nicht anzustrengen«, sagte der Arzt. »Und du tätest mir wirklich einen Gefallen, wenn du dir nächstes Mal einen aussuchst, der ein bisschen besser riecht.«

Der Fotograf kam heraus. »Ich bin fertig mit ihm«, sagte er. »Ihr könnt ihn haben.«

Der Arzt ging hinein, um die vorläufigen Untersuchungen vorzunehmen.

»Ihr steht im Licht«, sagte er missbilligend zu Høyer und Therkelsen, die ihm in den Flur gefolgt waren. Schuldbewusst traten sie zur Seite.

»Hm«, brummte der Arzt. »Ja, tot ist er jedenfalls. Und wie. Anscheinend erschossen.«

Er drehte die Leiche auf den Rücken. Der Mund stand in einer grotesken Grimasse offen, als würde der Tote lächeln. Mit einem einzigen schwarzen Zahn. Høyer stieß einen langen Pfiff aus.

»Verdammt!«, rief er. »Perletand ... der alte *Perlenzahn!* Dann hattest du also doch Recht, Therkelsen.«

Therkelsen schüttelte den Kopf. »Na ja. Perletand kann man so gesehen nicht zu unseren ›Bekannten‹ zählen, oder? Ich glaube nicht, dass wir irgendwann etwas gegen ihn vorliegen hatten.« Er beugte sich ein wenig vor und studierte den Toten. »Aber es *ist* Perletand. Das ist schon sonderbar«, schloss er gefühlvoll.

Høyer nickte. Sonderbar war milde ausgedrückt. Es war absurd.

»Was meinst du?«, fragte er den Arzt. »Das war kein Selbstmord, oder?«

»Das wage ich nicht so ohne weiteres zu sagen, aber es sieht nicht danach aus. Ich vermute, dass er von hinten erschossen wurde. Und ich glaube – aber merkt euch, dass ich *glaube* gesagt habe –, dass es sich um einen aufgesetzten Genickschuss handelt, und den hat er wohl kaum selbst abgegeben.«

Høyer und Therkelsen sahen sich an. Mord, mit anderen Worten. Aber warum sollte jemand Perletand umbringen? Er war ein friedlicher Penner mittleren Alters gewesen, der zum Straßenbild gehörte, so weit Høyer zurückdenken konnte. Man erzählte sich, dass Perletand, nachdem er mit vierzehn die Schule verlassen hatte, mit seiner Mutter, einer fleißigen Witwe, einig geworden war, dass er erst einmal nachdenken musste, um herauszufinden, wozu er sich am besten eignete. Und seitdem hatte Perletand nachgedacht. Vielleicht eignete er sich dazu am besten. Er zog mit den anderen Pennern herum, trank hin und wieder einen über den Durst, machte aber nie Ärger. Vermutlich war er über das meiste informiert, was in der Unterwelt der Stadt vor sich ging, aber Perletand tratschte nicht. Deshalb hatten ihn auch alle gemocht.

»Wer, sagt ihr, ist das?« Nielsen war zurückgekommen.

»Perletand«, sagte Therkelsen.

»Perletand!«, wiederholte Nielsen. »Unmöglich!«

»Aber er ist es trotzdem«, sagte Høyer. »Und er ist erschossen worden.«

Das war das Sonderbare, das Absurde. Dass er *erschossen* worden war.

»Es wäre eher vorstellbar, dass er versehentlich bei einer Wirtshausschlägerei umgebracht worden wäre«, meinte Høyer.

»Perletand hat sich von Schlägereien immer fern gehalten«, wandte Nielsen ein. »Wenn es etwas gab, was ihn in die Flucht schlagen konnte, war das eine sich anbahnende Schlägerei.«

»Er hatte wohl Angst um seinen Zahn«, lachte Therkelsen.

»Hatte er nur noch den einen?«, fragte Nielsen. »Als ich ihn das letzte Mal gesehen habe, waren es noch zwei.«

»Auch wenn er vor Schlägereien Angst hatte, hätte er ja unabsichtlich in eine hineingeraten können«, sagte Hø yer. »Aber dass jemand ihm geplant eine Kanone in den Nacken setzt, das ist einfach ...« Høyer schüttelte den Kopf.

Er ging zu dem Arzt und blickte ihm noch einmal über die Schulter. Als wollte er sich vergewissern, nicht falsch geguckt zu haben. Der schwarze Zahn lächelte ihn sardonisch an. Nein, da bestand kein Zweifel.

»Was glaubst du, wie lange er schon tot ist?«, fragte Høyer.

»Dazu kann ich hier und jetzt nichts sagen und das weißt du genau«, sagte der Arzt.

»Ich meinte auch nur so ungefähr«, sagte Høyer kleinlaut. »Eine Woche? Zwei Wochen? Drei Wochen?«

»Letzteres ist jedenfalls am wahrscheinlichsten«, räumte der Arzt ein.

»Kann er länger als sechs Wochen hier gelegen haben?«

»Hör verdammt nochmal auf, mich unter Druck zu setzen, Høyer«, fuhr ihn der Arzt gereizt an. »Das werden die Untersuchungen ergeben.«

»Er ist nicht als vermisst gemeldet«, murmelte Høyer vor sich hin.

»Wer sollte ihn auch als vermisst melden?«, fragte Nielsen. »Seine Mutter ist letzten Herbst gestorben. Und sie dürfte die Einzige gewesen sein, die ihn vermisst hätte.«

»Warum zum Teufel hat man ihn da reingestopft?«, fragte Therkelsen. »Warum hat man ihn nicht einfach in den Fjord geworfen?«

»Zum einen kann er hier erschossen worden sein«, sagte Høyer. »Und zum anderen war der Fjord zugefroren, jedenfalls vor fünf, sechs Wochen.«

»Ja, aber Anfang Januar war er nicht zugefroren und ich möchte wetten, dass er bereits hier lag, als die Besetzer anrückten. So muss es gewesen sein.«

»Tja«, sagte Høyer nachdenklich. Er drehte sich zu Nielsen um. »Waren das alles ganz junge Leute?«, fragte er ihn.

»Ja, ich würde meinen, dass der Schwarzhaarige, den ich für Herskinds Sohn halte, der Älteste war und der ist so um die zwanzig. Der Rest scheint sechzehn, siebzehn oder achtzehn zu sein.«

»Aber unter den ursprünglichen Hausbesetzern können doch auch ein paar Ältere gewesen sein«, sagte Høyer. Er sah hinaus, als Schritte im Hof zu hören waren. »Und das werden wir gleich erfahren, denn das dürfte ihr Nicht-Anführer sein, der da gerade kommt.«

Gefolgt von Therkelsen und Nielsen trat er in den Hof hinaus.

Anders sah noch immer sehr verbissen, aber bedeutend sauberer aus. Das halbnasse Haar erinnerte an die Mähne eines Pudels.

»Guten Tag«, sagte Høyer. »Wir würden gerne ein paar Worte mit dir reden. Wie heißt du?«

»Das habe ich bereits zu Protokoll gegeben«, sagte Anders mürrisch. »Drüben auf der Wache.«

»Okay, mein Freund, diese Frage wirst du wohl noch einige Male beantworten müssen«, vertraute Høyer ihm an. »Also, wie heißt du?«

»Anders«, kam es mürrisch.

»Und weiter?«, sagte Høyer leicht verärgert.

»Herskind.«

Die Antwort erfolgte erst nach längerem Nachdenken und Høyer entschied sich für die grobe Tour.

»Na schön, hör zu! Ich habe nicht die geringste Lust, dir jedes Wort aus der Nase zu ziehen. Du antwortest auf meine Fragen so ausführlich und schnell du kannst. Verstanden? Du weißt doch, um was es hier geht, oder?«

»Ihr braucht einen Schuldigen«, sagte Anders. »Ich weiß nicht, warum ihr mich dafür ausgesucht habt. Wir haben eine kollektive Leitung und ...«

»Das hier hat nichts mit der Hausbesetzung zu tun«, sagte Høyer kurz angebunden. »Darum kümmern sich andere. Nein, mein Freund, heute Morgen hat man hier eine Leiche gefunden. Da in dem Schrank.« Høyer zeigte auf den Schrank. »Wir möchten gerne wissen, was ihr damit zu tun habt.«

»Mit ... mit ... damit haben wir nichts zu tun.« Anders war blass geworden. »Hat es deshalb so seltsam gerochen?«

»Genau«, sagte Høyer. »Wahrscheinlich hat er mehrere Wochen dort gelegen. Möglicherweise schon als ihr hier angerückt seid, aber das wissen wir noch nicht. Du siehst also, dass ihr ein Problem habt, nicht?«

Anders war noch blasser geworden.

»Das hat er nicht«, sagte er.

»Was hat er nicht?«

»Da gelegen, als wir kamen. Er war noch nicht da, als wir das Haus besetzt haben. In dem Schrank waren nur ein paar Pappkartons und die Holzkiste, aus der wir die Barrikade gebaut haben.«

»Bist du dir sicher?«

»Ja.«

»Das heißt, dass man ihn in den Schrank gestopft haben muss, während ihr hier im Haus wart. Habt ihr die Türen nicht geschlossen gehalten?«

Anders nickte. »Doch, immer. Und verbarrikadiert. Es sei denn, jemand war draußen, um schnell eine Besorgung zu machen. Dann haben wir die Tür nicht verbarrikadiert. Aber dann hat jemand von uns hier unten gewartet. Und wir haben immer abgeschlossen.«

Høyer dachte eine Weile nach. Der Typ klang glaubwürdig, was wiederum bedeutete, dass jemand im Haus dem Mörder die Tür geöffnet haben musste. Warum? Und wer? Welche Rechnung konnte Perletand mit einer Horde jugendlicher Hausbesetzer offen gehabt haben? Høyer kam das Ganze mehr als absurd vor. War Perletand möglicherweise am Anfang selbst mit dabei gewesen?

»Anfangs wart ihr doch ziemlich viele«, sagte Høyer zu Anders. »Nicht nur Jugendliche. Waren auch ein paar Ältere dabei?«

»Ja, ein paar waren Mitte zwanzig, aber die sind schnell abgesprungen«, erklärte Anders. Er war inzwischen bedeutend kooperativer geworden.

»Mit ›Ältere‹ meinte ich Leute in meinem Alter oder älter«, sagte Høyer.

»Ach, *so* alt«, sagte Anders. »Nein, waren es nicht.«

Høyer konnte förmlich sehen, wie Nielsen hinter seinem Rücken grinste. »Am liebsten wäre es mir, wenn du ihn dir einmal anschaust. Vielleicht kennst du ihn und er ist dir in der Nähe aufgefallen. Hast du schon einmal einen Toten gesehen?«

»Nein«, sagte Anders.

»Ganz so schlimm ist es nicht«, sagte Høyer beruhigend. »Er riecht schlimmer, als er aussieht.«

»Ja, das hoffe ich«, sagte Anders mit der Andeutung eines Lächelns.

Høyer begleitete ihn zu dem Schrank im Flur. Er trat ein wenig zur Seite, sodass das Licht direkt auf den Toten fiel. Anders sah ihn sich eine Weile an. Seine Neugier schien größer zu sein als sein Widerwille. Dann drehte er sich zu Høyer um. »Nein«, sagte er. »Er ist nie oben bei uns gewesen. Er ist ja uralt. Und er ist überhaupt nicht …« Er gab es auf zu erklären, was er überhaupt nicht war.

»Du sagst, dass er nie oben bei euch gewesen ist«, sagte Høyer. »Willst du damit sagen, dass ihr manchmal Gäste hattet?«

Anders wurde rot. Er war Høyer in die Falle gegangen.

»Ja, manchmal«, murmelte er.

Høyer sah ihn an. Er wurde nicht richtig klug aus dem Typen. »Wen zum Beispiel?«, fragte er.

»Verschiedene«, sagte Anders ausweichend.

»Leute von draußen, die euch geholfen haben? Die euch Essen gebracht haben?«

»Ja, so in etwa.«

»Erwachsene?«

»Ja.«

»Gut«, sagte Høyer. »Ich denke, wir fahren jetzt zurück auf die Wache, wir müssen schließlich auch deine Kumpels verhören.« Er drehte sich zu Therkelsen um. »Nimmst du Anders mit? Ich gehe nochmal rein und sehe, wie weit die anderen sind. Wir treffen uns in einer halben Stunde in meinem Büro.«

»Was ist mit dem Jungen?«, fragte Therkelsen mit gedämpfter Stimme. Anders war zum Auto gegangen. »Sollen wir ihn zu den anderen lassen oder ...?«

»Nein. Es besteht kein Grund, dass sie erfahren, worum es geht, bevor wir da sind.«

Die Hausbesetzer waren im Dienstbesprechungsraum versammelt. Alle sahen ungeheuer sauber und angespannt aus. Und ein wenig unsicher. Sie wussten nicht, warum sie immer noch hier waren.

Høyer und Therkelsen betraten den Raum. Sie hatten sich oben in Høyers Büro eine Strategie zurechtgelegt und sich darauf geeinigt, dass Therkelsen die Vernehmung durchführen sollte. Das war Høyers Vorschlag gewesen. Er war der Meinung, dass Therkelsen, der Kinder im gleichen Alter wie die Hausbesetzer hatte, qualifizierter war, mit ihnen zu reden.

»Ich glaube nicht, dass meine Kinder dir das unterschreiben würden«, hatte Therkelsen mit einem schiefen Lächeln gesagt.

Høyer setzte sich auf einen Stuhl direkt an der Tür, während Therkelsen sich mit dem Rücken zum Fenster stellte und über die kleine Versammlung blickte.

»Guten Tag, mein Name ist Therkelsen«, begann er. »Ich bin Kriminalkommissar. Und das ist mein Kollege, Kriminalkommissar Høyer.«

Er nickte leicht zu Høyer hin, alle Köpfe drehten sich wie auf Kommando um und Høyer fühlte sechzehn Augenpaare auf sich gerichtet.

Die Tür öffnete sich und Anders betrat den Raum, gefolgt von Polizistin Winther. Die anderen sahen ihn fragend an, als er sich hinsetzte.

»Wir möchten euch gerne ein paar Fragen stellen«, fuhr Therkelsen fort. »Und ich sage euch gleich, dass das hier *nichts* mit der Hausbesetzung zu tun hat.«

Jetzt war ihre Aufmerksamkeit wieder auf Therkelsen gerichtet. Einer schabte leicht mit den Füßen, einer hustete, aber sonst war es still.

»Die Sache ist kurz gesagt die, dass in dem Haus ein Toter gefunden wurde, nachdem ihr es verlassen habt, und dass wir Grund zu der Annahme haben, dass er ermordet wurde.«

Aufgeregtes Flüstern ging durch die Versammlung.

»Möglicherweise habt ihr ein paar nützliche Informationen für uns. Deshalb wollen wir euch, wie gesagt, ein paar Fragen stellen.«

»Wo haben sie ihn gefunden?«, fragte ein Junge.

Therkelsen lächelte kurz. »Wir stellen die Fragen«, sagte er dann. »Und dazu kommen wir noch. Zuerst müssen wir das Ganze ein bisschen organisieren. Falls jemand von euch auf eine Frage antworten kann, hebt er die Hand, und dann wäre es ganz praktisch, wenn er mir auch seinen Namen sagt. Vor- und Nachnamen. Okay?«

Sie nickten.

»Gut, also hört zu. Es handelt sich um einen älteren Mann. Fast sechzig. Groß und kräftig, von der Statur her ungefähr wie Kriminalkommissar Høyer.«

Wieder wurde Høyer gründlich studiert. Er sah ärgerlich zu Therkelsen hinüber. War das jetzt nötig gewesen?

»Er hatte halblanges dunkles Haar mit grauen Strähnen und trug eine schwarze Hose, einen blauen Troyer und Holzschuhe«, fuhr Therkelsen ungerührt fort. »An besonderen Kennzeichen wäre zu nennen, dass er nur noch einen Zahn im Mund hatte. Und der war schwarz!«

Einige der Hausbesetzer kicherten.

»Hat jemand von euch zu irgendeinem Zeitpunkt, während ihr dort wart, diesen Mann im Haus oder in der Nähe des Hauses gesehen?«

Eins der Mädchen räusperte sich nervös. »Ist das nicht Perletand?«

»Und wie heißt du?«, fragte Therkelsen.

»Dorte. Dorte Larsen«, sagte sie. »Das klingt, als wäre es Perletand.«

»Ja, er ist es«, sagte Therkelsen. »Kennst du ihn?«

»Ja, vom Sehen«, sagte das Mädchen.

»Kennen noch andere Perletand vom Sehen?«, fragte Therkelsen.

Ungefähr die Hälfte der Besetzer nickte.

»Hat jemand von euch ihn im Haus oder in der Nähe des Hauses gesehen?«

Alle schüttelten den Kopf.

»Gut. Nächste Frage. Perletand wurde in dem Schrank unter der Treppe im Flur gefunden. Anders hat erklärt, dass dieser Schrank abgesehen von einigen Kisten leer war, als ihr das Haus besetzt habt. Kann das jemand bestätigen?«

»Ja, das stimmt«, sagte Lars.

»Dein Name«, erinnerte ihn Therkelsen.

»Verdammt, ja«, sagte er entschuldigend und ein paar der Mädchen kicherten. »Lars Frydenlund Sørensen, okay? Und was Anders sagt, stimmt. Da waren nur eine große Holzkiste und ein paar Pappkartons.«

»Wann hast du das gesehen?«

»Soll ich jetzt wieder erst meinen Namen sagen?«

Therkelsen lächelte. »Nein, nicht nötig.«

»Ja, also am ersten Tag. Ich habe mir das ganze Haus angesehen. Ich finde es spannend, alles zu untersuchen. Ich war sowohl oben auf dem Speicher als auch unten im Keller, und in den Schrank habe ich auch geguckt.«

»Kannst du dich erinnern, ob du das später noch einmal gemacht hast?«, fragte Therkelsen.

Lars dachte nach. »Nein, das … doch, habe ich. Irgendwann habe ich einen der Kartons mitgenommen, als ich Burger holen war.«

»Du kannst dich wohl nicht an das Datum erinnern?«

Lars schüttelte den Kopf.

Søren hob den Finger.

Therkelsen nickte ihm zu.

»Søren Skov«, sagte er. »Ich kann mich daran erinnern, weil ich die anderen eingeladen habe.«

»Das vergisst er nie!«, flüsterte einer mit durchdringender Stimme und alle lachten. Inzwischen fühlten sie sich ein wenig sicherer.

»Das war doch ganz schön teuer«, sagte Therkelsen. »Konntest du dir das denn leisten?«

»Ich hatte in der Woche im Lotto gewonnen, deshalb. Es war der 31. Januar.«

»Wie viele wart ihr zu der Zeit?«

»Dreiundzwanzig«, kam es prompt von Søren und Gelächter schwappte durch den Raum.

»Das hast du dir offenbar gemerkt«, sagte Therkelsen lächelnd. »Aber das heißt, dass der Schrank am 31. Januar noch leer war.«

»Ja«, sagte Lars. »Aber dann war er plötzlich zugenagelt.«

»Das *ist* dir also aufgefallen«, fragte Therkelsen.

»Ja, aber das ist lange her. Mindestens drei Wochen.«

»Hat jemand von euch den Schrank zugenagelt?«, fragte Therkelsen und sah über die Versammlung.

Niemand antwortete. Die meisten schüttelten den Kopf.

Therkelsen wartete kurz, dann fuhr er fort: »Dann kommen wir zur nächsten Frage. War die Tür immer verschlossen und verbarrikadiert? Wenn jemand von euch Essen oder Burger holen ging, wie lief das ab?«

Anders hob den Finger. »Anders Herskind«, sagte er und Høyer nickte unmerklich. Er war ganz umgänglich geworden, der junge Mann.

»Also, wenn jemand rauswollte, sind zwei andere mitgegangen, haben die Tür wieder zugemacht und abgeschlossen und die Kiste zurück auf ihren Platz gestellt«, erklärte Anders. »Wir haben nur die Hintertür benutzt, weil sich die Barrikaden dort am leichtesten entfernen ließen.«

»Und wie kam man wieder hinein?«, fragte Therkelsen.

»Anfangs stand unten immer jemand Wache, aber dann

haben wir ein Klingelsystem entwickelt, das man oben in der Wohnung hören konnte.«

»Aha«, sagte Therkelsen. »Und ihr seid ganz sicher, dass ihr immer daran gedacht habt, die Tür wieder abzuschließen und zu verbarrikadieren? Es wäre doch denkbar, dass jemand sich im Laufe der Nacht hineingeschlichen hat, als die Tür offen stand?«

»Nein«, sagte Anders. »Die war nachts nie offen.«

»Seid ihr euch da einig?«

Sie nickten.

Lars hob den Finger. »Soll ich jetzt wieder meinen Namen sagen?«, fragte er.

Therkelsen nickte. Ein ziemlich pfiffiges Kerlchen, der kleine Blonde, dachte er. Er schien der Jüngste der ganzen Bande zu sein, aber auf den Kopf gefallen war er offenbar nicht.

»Ja, das solltest du besser«, sagte er.

»Lars Frydenlund Sørensen. Ich wollte nur sagen, dass man auch auf einem anderen Weg hineinkommen konnte.«

Alle sahen ihn an.

»Wie das?«, fragte Therkelsen.

»Durch eines der Kellerfenster«, sagte Lars.

»Konnte man nicht«, protestierte Anders. »Wir haben am Tag, bevor wir das Haus besetzt haben, alle Kellerfenster überprüft. Sie waren alle zugehakt und wir haben sie außerdem vernagelt.«

»Nicht alle«, sagte Lars. »Eins war jedenfalls offen.«

»Das ist gelogen«, sagte Søren. »Ich war selbst mit dabei, als wir das gemacht haben. Und sie waren verschlossen – todsicher.«

»Waren sie nicht, Mann!«, sagte Lars und seine Stimme stieg um eine Oktave an. »Ich bin da doch selbst oft rein- und rausgeklettert.«

»Einen Moment!«, polterte Høyer und alle waren so überrascht, seine Stimme zu hören, dass es ganz still wurde. »Einen Moment«, wiederholte er. »Es besteht kein Grund, darüber zu streiten. Es ist doch möglich, dass ihr beide Recht habt. Das Fenster war verschlossen und gesichert, aber irgendjemand hat es aufgebrochen ... vielleicht in einer ganz bestimmten Absicht.«

Im Raum wurde es totenstill.

»Wann hast du das letzte Mal die Fenster kontrolliert, Anders?«, fragte Therkelsen dann.

»Nur an dem einen Tag«, sagte Anders. »Wir haben sie vernagelt und damit war das für mich erledigt.«

»Habt ihr sie von außen oder von innen zugenagelt?«

»Von innen.«

»Und wann hast du entdeckt, dass eins der Fenster offen war, Lars?«

»Das ist fünf Wochen her. Heute vor fünf Wochen.«

»Bist du dir sicher?«

»Ja, weil ich an dem Abend draußen war. Ich ... das war der Geburtstag meiner Mutter, deshalb habe ich mich still und heimlich nach Hause geschlichen, um sie zu überraschen.« Er errötete leicht und ein paar der anderen sahen ihn verärgert an.

Anders richtete sich leicht auf.

»Anders Herskind. Also, ich wollte nur sagen, dass die Fenster sehr klein sind. Und wenn Perletand so groß ist, wie Sie sagen, glaube ich nicht, dass er auf diesem Weg hereingekommen sein kann.«

Lars warf Anders einen verblüfften Blick zu und schien etwas sagen zu wollen, doch dann biss er sich auf die Lippe und schwieg.

Therkelsen nickte. »Du magst vielleicht Recht haben«, sagte er. »Aber die Alternative wäre doch die, dass ihr vergessen habt, die Tür zu verbarrikadieren. Oder dass einer von euch die Tür geöffnet hat.«

Wieder hob Lars den Finger.

»Jetzt brauchst du deinen Namen nicht mehr zu sagen«, sagte Therkelsen schnell.

»Lars Frydenlund Sørensen«, sagte Lars so schnell, dass es wie ein einziger langer Name klang. »Ich habe nur gedacht, dass ja nicht unbedingt jemand von drinnen aufgeschlossen haben muss, nicht? Vielleicht war der, der mit Perletand zusammen war, nicht so groß und konnte durch das Fenster kriechen und die Barrikaden entfernen und dann wieder abschließen und auf demselben Weg durch das Fenster hinauskriechen.« Er sah Therkelsen fragend an. »Das wäre doch möglich.«

»Ja, das klingt vernünftig«, sagte Therkelsen und Lars richtete sich etwas im Stuhl auf.

»Kommen wir jetzt zur letzten Frage. Wart ihr alle von Anfang an dabei?«

Bekräftigendes Gemurmel.

»Gut«, sagte Therkelsen. »Aber als ihr das Haus besetzt habt, wart ihr doch mehr. Wir möchten gerne, dass ihr von allen die Namen aufschreibt.«

»Ich kenne nicht einmal alle«, sagte ein Mädchen.

»Vielleicht kennt niemand von euch alle, aber wenn jeder eine Liste mit den Namen macht, an die er sich erinnert und die er kennt, glaube ich, dass wir alle zusammenbekommen«, sagte Therkelsen. »Vor jedem von euch liegen ein Block und ein Kugelschreiber, ihr könnt also gleich loslegen. Wir brauchen alle Namen, auch die der Besucher, die euch Essen gebracht haben und so. Kurz gesagt von allen, die zu irgendeinem Zeitpunkt in dem Haus waren. Und wenn ihr ihre Adressen und ihr Alter wisst, schreibt auch das bitte auf. Habt ihr verstanden?«

»Sollen wir unseren Namen auf den Block schreiben?«, fragte dasselbe Mädchen.

»Ja, das ist am praktischsten«, meinte Therkelsen. »Oder besser noch auf das Blatt, das ihr abgebt. Den Block könnt ihr dann mitnehmen. Und hört auf, miteinander zu reden, ihr sollt aufschreiben, woran *ihr* euch erinnert. Und wenn ihr sonst noch etwas von Interesse bemerkt habt, selbst die kleinste Nebensächlichkeit, schreibt es auf. Und sollte euch später noch etwas einfallen, ruft uns an. Wenn ihr fertig seid, könnt ihr die Blätter Polizistin Winther geben und nach Hause gehen. Es kann aber sein, dass wir noch einmal mit euch reden müssen.« Therkelsen schwieg und sah über die Gruppe hinweg. »Ja, das war es wohl. Frohes Schaffen.«

Høyer erhob sich und er und Therkelsen wechselten in der Tür noch ein paar Worte mit Polizistin Winther. Als sie den Raum verließen, saßen die Hausbesetzer mit über das Papier gebeugten Köpfen da, bissen auf ihren Kugelschreibern herum und schrieben eifrig. Sie sahen aus, als säßen sie in einer Prüfung.

»Puh!«, stöhnte Therkelsen. »Ich bin völlig durchgeschwitzt.«

Høyer lächelte. »Die waren aber äußerst friedlich«, sagte er.

Therkelsen lachte. »Ja, einigermaßen. Aber ich habe jeden Moment darauf gewartet, dass einer von ihnen ruft: ›Passt auf, das ist nur ein Trick, um uns hereinzulegen und von uns zu erfahren, wer uns geholfen hat.‹ Aber so misstrauisch waren sie glücklicherweise nicht.«

»Du hast auch ziemlich überzeugend gewirkt«, sagte Høyer. »Ich glaube, du wärst ein ausgezeichneter Lehrer geworden.«

Therkelsen erschauderte. »Bist du verrückt, ich wäre

ein nervliches Wrack, wenn ich an sechs Tagen in der Woche so einer Bande gegenüberstehen müsste.«

»Der kleine Blonde, Lars Frydenlund Sørensen, der hat gar nicht so Unrecht«, sagte Høyer.

Therkelsen lächelte. »Ja, ein ulkiger kleiner Bursche, dieser Lars Frydenlund Sørensen. Den Namen sollten wir uns merken. Und was das Fenster angeht, hast du Recht, das war gar nicht so dumm gedacht.«

»Nein«, sagte Høyer. »Unser Problem ist wohl nicht *wie*. Das scheint recht leicht zu beantworten zu sein. Was wir nicht wissen, ist *wo*, *wann*, *wer* und vor allem *warum*. Und das ist meiner Meinung nach das größte Rätsel. Warum in aller Welt wurde Perletand erschossen?«

5.

»Jetzt wissen wir zumindest, dass es Mord war«, sagte Therkelsen eine halbe Stunde später. »Als sie ihn weggebracht haben, haben sie keine Waffe gefunden und außerdem war der Arzt ziemlich sicher, dass es ein Genickschuss war.«

Høyer schnitt eine Grimasse. »Klingt fast nach einer Hinrichtung, aber halten wir besser unsere Fantasie im Zaum.«

»Ja«, sagte Therkelsen. »Aber du hast Recht, wenn du sagst, dass wir bestimmt wüssten, wer ihn wo und wann umgebracht hat, wenn wir wüssten, *warum* er umgebracht wurde. Doch wer zum Teufel hat gesagt, dass uns die Lösung auf einem Silbertablett serviert wird?«

»Da kannst du ganz beruhigt sein«, sagte Høyer. »Das wird sie auch nicht. Du wirst nicht gleich arbeitslos. Zunächst einmal müssen wir die Sache von hinten aufzäumen und mit dem Wann anfangen, denn da haben wir wenigstens einen Anhaltspunkt.«

»Haben wir das?«, sagte Therkelsen missmutig. »Sicher, wir wissen, dass er am 31. Januar noch nicht in dem Schrank lag und dass er aller Wahrscheinlichkeit nach vor drei Wochen schon da lag. Aber wir haben keine Ahnung, wann während dieser Zeitspanne er dort deponiert worden ist.«

»Oder erschossen«, sagte Høyer. »Es dürfte aber möglich sein, die Periode stärker einzugrenzen. Es muss doch verdammt nochmal jemanden unter seinen Bekannten geben, dem aufgefallen ist, dass er nicht mehr da war, und der sich erinnern kann, wann er ihn zuletzt gesehen hat.«

»Tja«, sagte Therkelsen zweifelnd. »Da solltest du dir nicht zu große Hoffnungen machen. Er war ja so eine Art Penner, und die meisten der Typen, mit denen er zusammen war, können sich an nicht viel erinnern.«

»Stimmt«, sagte Høyer. »Aber schließlich hatte er eine Wohnung und es sollte mich sehr wundern, wenn den Leuten in dem Haus nicht aufgefallen ist, dass er nicht nach Hause gekommen ist.«

»Du klingst fast, als würdest du sie kennen«, sagte Therkelsen.

»Das tue ich auch«, sagte Høyer. »Ich bin mehrere Male in dem Haus gewesen. Auch wenn das inzwischen natürlich um die zwanzig Jahre her ist.«

»Ich wusste nicht, dass Perletand zu deinen Bekannten gehörte«, sagte Therkelsen. »Da kann man mal sehen.«

»Ich habe nicht Perletand besucht«, sagte Høyer. »Sondern Herrn und Frau Jensen.«

»*Deine* Frau Jensen?«, rief Therkelsen.

»Ja, abgesehen davon, dass es mir nicht gefällt, dass du sie *meine* Frau Jensen nennst.«

»Wie klein die Welt doch ist«, sagte Therkelsen tiefsinnig.

»Nein«, lächelte Høyer. »Die Stadt ist klein. Das ist einer der Vorteile eines kleinen Landes, dass es keine großen Städte gibt. Also, ich denke, ich werde mal hinfahren und mich mit Frau Jensen unterhalten.«

»Was ist mit unserem Mittagessen?«, fragte Therkelsen.

»Das hat Zeit«, sagte Høyer, indem er aufstand und seine Jacke anzog. »Bis dann.«

Høyer fühlte sich auf merkwürdige Weise in die Vergangenheit versetzt, als er langsam in die Straße einbog und vor dem schmalen dreistöckigen Haus hielt. In seiner ersten Zeit in dieser Stadt war er als grüner Polizist oft hier herausgeschickt worden, wenn Jensen gewalttätig geworden war und Frau und Kinder verprügelt hatte. Seitdem war Frau Jensen zu ihm gekommen, wenn sie ihren Mann vor die Tür gesetzt oder nach Hause geholt haben wollte. Selbst als Høyer zum Kriminalassistenten befördert worden war, hatte sie darauf bestanden, zu ihm vorgelassen zu werden, und er hatte sich getreulich ihre Tiraden angehört, gegenüber denen Therkelsen eine Mischung aus Verwunderung und Irritation empfunden hatte.

Vermutlich waren sie und ihr Mann inzwischen geschieden, dachte Høyer. Zumindest lag es viele Jahre zurück, dass er das letzte Mal Besuch von ihr bekommen hatte.

Er blieb eine Weile im Auto sitzen und betrachtete das Haus. Der kleine Kaufmannsladen hatte wohl vor der Entwicklung kapitulieren müssen, auch wenn das noch nicht lange zurückzuliegen schien, da das Inventar noch da war und er durch das Fenster die Kaffeemühle erahnen konnte, die fast schon eine Antiquität sein dürfte. Bestimmt würde sie einmal in einem Museum landen.

Er riss sich mit einem Ruck los. Er war nicht hierher gekommen, um Studien über die Vergangenheit anzustellen.

Er stieg aus dem Auto und ging schnell zu der ramponierten Haustür.

Als er im ersten Stock schellte, wurde die Tür sofort geöffnet. Frau Jensen sah ihn so abweisend und misstrauisch an, als hielte sie ihn für einen aufdringlichen Vollstreckungsbeamten. Dann flackerte plötzlich Wiedererkennen in ihren Augen auf, doch wurde das Lächeln, das sich bereits Bahn brach, schnell von Entsetzen abgelöst.

Sie führte die Hand zum Mund und starrte ihn mit aufgerissenen Augen an. »Jensen?«, rief sie.

»Nein, nein«, beeilte sich Høyer, sie zu beruhigen. »Ihm ist nichts passiert. Ich würde Ihnen nur gerne ein paar Fragen stellen.«

»Gott sei Dank!«, sagte sie und presste beide Hände gegen die Brust. »Also Høyer, ich war schon ganz erschrocken!«

Høyer putzte sich demonstrativ die Füße an der Matte ab. Frau Jensen verstand die Andeutung sofort.

»Ja, so kommen Sie doch herein«, sagte sie. »Nein, dass Sie das sind!« Sie sah ihn an, als wäre er ein alter, lange vermisster Freund. Høyer war ganz gerührt. »Wie lange das her ist, dass ich Sie gesehen habe! Aber Sie sind noch ganz der Alte.«

Das ließ sich von ihr wiederum nicht behaupten, dachte Høyer, als er ihr ins Wohnzimmer folgte. Doch hatte sie sich ganz entschieden zum Besseren hin verändert. Der abgearbeitete, angestrengte Zug um den Mund war fast ganz verschwunden. Frau Jensen war geradezu aufgeblüht.

»Ja, ja, Sie sind es wirklich«, wiederholte sie. »Ich kann es kaum fassen. Ich mache Ihnen einen Kaffee. Ich habe gerade gebacken. Ich bin ja jetzt arbeitslos und habe Zeit für so etwas. Setzen Sie sich, es dauert nur einen Moment.«

Sie strich das Sofa mit der flachen Hand glatt und nahm ein paar Kissen weg, sodass Høyer sich setzen konnte.

»Machen Sie sich keine Mühe«, sagte Høyer, aber Frau Jensen holte bereits die guten Tassen aus dem Schrank.

»Das ist keine Mühe«, beharrte sie und verschwand in der Küche, wo Høyer sie Wasser laufen lassen und mit Küchensachen rumoren hören konnte. Kurz darauf kam sie mit einer großen Schüssel Brezeln herein, die für ein ganzes Heer gereicht hätten.

»Der Kaffee ist gleich fertig«, sagte sie.

Sie war wieder auf dem Weg in die Küche, doch plötzlich schien ihr klar zu werden, dass Høyer ihr wohl kaum nur einen Höflichkeitsbesuch abstatten wollte. Sie drehte sich zu ihm um. »Ja, wenn es nicht um Jensen geht, was ist es dann?«

»Also … es geht um Perletand«, sagte Høyer.

»Perletand«, wiederholte sie ohne die geringste Verwunderung. »Aha, dann war er also bei Ihnen und hat mit Ihnen gesprochen.«

Høyer sah sie verblüfft an. *Das* hatte er jedenfalls nicht erwartet.

In der Küche gurgelte die Kaffeemaschine.

»Einen kleinen Augenblick«, sagte sie und verschwand.

Høyer sah ihr nach. Vielleicht war sein Besuch hier doch nicht so vergebens.

»Hat er gesagt, dass er mit mir reden will?«, fragte Høyer, als sie wieder hereinkam.

»Ja, also nicht so *direkt.*« Sie schenkte Kaffee in beide Tassen und stellte die Glaskanne auf den Tisch, bevor sie sich hinsetzte. »Er hat gesagt, dass er überlegte, mit einem vernünftigen Polizisten zu reden, und da habe ich gesagt, dass er zu Ihnen gehen soll.«

Plötzlich fand Høyer es merkwürdig, dass er und Frau Jensen sich siezten. Sie kannten sich schon so lange und waren so vertraut miteinander, dass ein Du eigentlich angemessener gewesen wäre.

»Worüber wollte er denn mit mir reden?«, fragte er und versuchte, nicht allzu interessiert zu klingen.

»Das hat er nicht gesagt. Aber es ging um etwas, worüber er lange nachgedacht hat, glaube ich. So war er ja.

Sehr nachdenklich, nicht? Er gehörte eben nicht zu denen, die viel reden. Und mit der Polizei schon gar nicht.«

»Wann ungefähr war das?«, fragte Høyer.

»Ja, wann war das?« Sie schlug sich leicht gegen die Stirn. »Jedenfalls nach Weihnachten. Aber das müssen Sie doch selbst wissen, nicht?«

Høyer schüttelte den Kopf. »Nein, Frau Jensen, denn Perletand war nicht bei mir.«

»Nicht? Er schien aber sehr entschlossen, als wir das letzte Mal miteinander gesprochen haben. Wir haben bestimmt ein paar Mal darüber geredet, erinnere ich mich jetzt. Man läuft ja schließlich nicht so einfach zur Polizei, so etwas muss man sich schon gründlich überlegen, nicht?«

Høyer nickte. Frau Jensen hatte eigentlich nie lange überlegt, dachte er.

»So greifen Sie doch endlich zu«, sagte sie und schob ihm die Schüssel hin. Dann runzelte sie die Stirn. »Ja, aber wenn Sie nicht mit ihm geredet haben, warum ...«

»Perletand ist tot«, sagte Høyer.

»Tot!« Sie führte die Hand wieder zum Mund. »Also Høyer, heute versetzen Sie mir aber einen Schock nach dem anderen! Tot! Ja, aber das kann doch nicht sein. Ihm fehlte doch nichts.«

»Jetzt werde ich Ihnen wohl noch einen Schock versetzen müssen, Frau Jensen«, sagte Høyer vorsichtig. »Er ist erschossen worden.«

»Erschossen?« Sie starrte ihn an. »Meinen Sie ... ermordet, Høyer?«

Høyer nickte. »Ja.«

»Nein«, sagte sie bestimmt und diesmal sah sie nicht einmal schockiert aus. Sie weigerte sich einfach, das zu glauben. »Das glaube ich Ihnen nicht, Høyer.« Sie schüt telte den Kopf. »Das muss ein Irrtum sein. Wer zum Teufel sollte Perletand ermorden?«

»Das möchten wir auch gerne wissen«, sagte Høyer. »Und es ist kein Irrtum. Ich habe ihn selbst gesehen.«

»Ja, wenn Sie das sagen«, räumte sie widerstrebend ein. »Aber das klingt so ... Und dann erschossen! Also richtig ermordet.«

Høyer verstand genau, was sie meinte.

Sie saß eine Weile da und ließ die Neuigkeit sacken, dann schüttelte sie den Kopf. »Er hätte nie dahin fahren dürfen«, sagte sie. »Man weiß schließlich nicht, was das für Menschen sind.«

»Wohin?«, fragte Høyer verwirrt.

»Nach Spanien«, sagte sie. »Ist er nicht da ...?«

»Nein«, sagte Høyer. »Es ist hier in der Stadt passiert. Was hat das mit Spanien auf sich?«

»Ja, aber er ist doch nach Spanien gefahren«, sagte sie. »Und seitdem haben wir ihn nicht mehr gesehen. Er hätte zwar am 1. wieder nach Hause kommen sollen, aber als er nicht auftauchte, sind wir davon ausgegangen, dass es ihm so gut gefallen hat, dass er noch eine Woche länger bleiben wollte.«

»Jetzt mal ganz langsam«, sagte Høyer. »Sie sagen, dass er nach Spanien wollte? Wann war das? Und wann haben Sie ihn das letzte Mal gesehen?«

»Er wollte am 2. Februar fahren. Und ich habe ihn am 1. das letzte Mal gesehen, als ich ihm die Miete gebracht habe.«

»Gehörte Perletand das Haus?«, fragte Høyer verblüfft.

»Ja, nach dem Tod der Mutter. Sie ist Anfang November gestorben.« Plötzlich sah sie Høyer besorgt an. »Da haben wir den Salat! Ob das Haus jetzt wohl an den Staat geht? Perletand wollte uns das Geschäft unten verpachten.«

»Das rentiert sich doch sicher nicht«, sagte Høyer.

»Nein, es war auch mehr, um etwas zu tun zu haben. Und um ein bisschen mit den Leuten zu reden. Deshalb hatte auch der alte Christoffersen weitergemacht. Er hat so gerne geredet. Besonders über Politik. Er konnte Jensen rasend machen, weil er der konservativen Fremskridts-Partei angehörte. Und senil war er außerdem.« Sie schüttelte mitleidig den Kopf. »Jetzt ist er in einem Pflegeheim und hat noch nicht einmal mehr mitbekommen, dass der Enkel ins Folketing gewählt worden ist. Er bekommt nichts mehr mit. Und durch ihn hat der Enkel doch sein Interesse an der Politik entdeckt. Er hat die Ferien immer bei ihm verbracht.«

»So, Sie wollten also das Geschäft pachten«, sagte Høyer. »Vielleicht gar keine so schlechte Idee. Das dürfte auch immer noch machbar sein. Doch um auf Perletand zurückzukommen, Sie haben ihn also am 1. Februar das letzte Mal gesehen und am 2. wollte er nach Spanien fahren. Ist das richtig?«

»Ja«, sagte Frau Jensen. »Sehen Sie, als seine Mutter starb, kam er überhaupt nicht klar, der Arme, sie hat ja immer alles für ihn erledigt. Und mit Geld konnte er auch nicht umgehen. Mit ihrer Rente war ja jetzt Schluss, wie wenn man einen Wasserhahn plötzlich zudreht, und durch die Miete kam auch nicht das große Geld herein, deshalb hat Jensen ihn schließlich mit aufs Sozialamt genommen, damit sie dort eine Lösung finden.«

»Und – haben sie das?«

»Ja, das haben sie, aber trotzdem war es nicht leicht für ihn. Er bekam nur warmes Essen, wenn ich ihm etwas gebracht habe. Jensen wollte nicht, dass er hier mit uns isst und besonders appetitlich war er ja wirklich nicht. Dann ist ihm die Idee mit Spanien gekommen, mit der langen Reise, da sparte er hier die Heizung und mehr kostete ihn das Essen dort auch nicht.«

Sie saß eine Weile da und schwieg. »Ja, am 1. war ich bei ihm. Ich habe ihm auch geholfen, ein bisschen aufzuräumen und so, da er so lange fortbleiben wollte. Er wollte am 2. mit dem Nachtzug nach Kopenhagen fahren und von dort aus weiter.«

»Das heißt, dass er am folgenden Tag noch hier in der Stadt war. Haben Sie nicht damit gerechnet, dass er sich von Ihnen verabschiedet?«

»Nein, das hatte er ja schon. Er stand immer erst spät auf, in der Regel nicht vor Mittag, und gegen Mittag gehe ich gerne in die Stadt. Zum Einkaufen und in die Cafeteria und so.«

»Hm«, Høyer dachte eine Weile nach. »Und Sie haben keine Ahnung, worüber er mit mir reden wollte?«

Sie schüttelte den Kopf. »Nein, aber er ist ja ziemlich viel herumgekommen, da hat er bestimmt das eine oder andere gehört. Doch getratscht hat er nicht, es muss also schon etwas ganz Außergewöhnliches gewesen sein. Vielleicht ging es um Drogen. Er war strikt gegen Drogen und so. Aber er hat mir nichts erzählt. Vielleicht weiß Jensen etwas, aber ich glaube es nicht.«

Høyer beschloss trotzdem, mit Jensen zu reden, wenn er hier fertig war.

»Sagen Sie mal«, sagte er. »Sie haben nicht vielleicht einen Schlüssel zu Perletands Wohnung?«

»Doch«, sagte sie bereitwillig. »Das habe ich. Ich sollte ja ein bisschen nach der Wohnung sehen. Wollen Sie ihn haben?«

Offenbar hatte sie keine Bedenken, ihm den Schlüssel

zu überlassen, und wenig später stand Høyer in Perletands Wohnung. Sie sah nach dem aus, was sie in Wirklichkeit war: die Wohnung einer alten Frau. Das Einzige von Interesse, das Høyer bei einer schnellen Durchsuchung entdeckte, war ein Block billigen Briefpapiers, auf dem jemand mit steifer Hand mehrere Entwürfe zu einem Brief an *Herrn Polizisten Høyer* gemacht hatte. Sie waren auf den 29. Januar datiert, aber in keinem der Entwürfe kam er zur Sache. Høyer ließ sich von Frau Jensen eine Plastiktüte geben und steckte den Block vorsichtig hinein. Sollte die Spurensicherung ihn sich mal ansehen.

Høyer machte sich zum Gehen bereit.

»Sie und Jensen wohnen also immer noch zusammen«, stellte er fest.

»O ja«, sagte Frau Jensen, als wäre alles andere undenkbar. »Wir haben es so gut miteinander wie noch nie. Er ist ein ganz anderer Mensch geworden. Wie in seinen jungen Tagen.«

Das mussten seine ganz jungen Tage gewesen sein, dachte Høyer. Er hatte sie jedenfalls nicht erlebt.

»Er hat zu trinken aufgehört«, vertraute sie Høyer an und klang ganz feierlich. »Man hat ihn gefeuert, als sie in der Werkstatt Personal abgebaut haben, und ich hatte schon befürchtet, dass es noch schlimmer würde. Aber nein, ganz im Gegenteil. Er war so froh, die Stelle als Hausmeister im Kindergarten zu bekommen. Für Jensen war das genau das Richtige. Mit all den kleinen Kindern.«

Høyer unterdrückte ein Lächeln. Er hatte Schwierigkeiten, sich Jensen in einem Kindergarten vorzustellen.

»Und dann hat er zu trinken aufgehört«, fuhr sie fort. »Er bekam jetzt ja auch nur einmal im Monat Geld, sodass es nicht mehr so viele Gelegenheiten zum Trinken gab. Anfangs habe ich mir große Sorgen gemacht, dass er krank sein könnte. Das hätte ihm ähnlich gesehen, nichts zu sagen, aber er sah gesund aus und zum Essen hat er auch ein Bier getrunken und sonntags einen Schnaps, aber sonst … nichts. Und so geht das jetzt schon zwei Jahre.« Sie sah Høyer triumphierend an.

Ja, ja, dachte er, als er fuhr. Die Zeit der Wunder war definitiv noch nicht vorbei. Høyer war ganz aufgekratzt. Vielleicht konnte ihm Jensen jetzt auch noch sagen, was Perletand auf dem Herzen gehabt hatte.

Jensen versuchte, im Garten hinter dem Spielplatz mit einer Harke ein kleines, erlöschendes Feuer aus Gartenabfällen und anderem Zeug in Gang zu halten. Ein paar Kleinkinder spielten ein Stück von ihm entfernt. Jensen nickte Høyer zu, ohne Verwunderung oder überströmende Begeisterung erkennen zu lassen wie Frau Jensen. Letzteres war vielleicht verständlich. Seinerzeit hatte Høyer ihn manchmal ein bisschen hart anfassen müssen.

»Guten Tag, Jensen«, sagte Høyer, als er ihn erreicht hatte. »Ist es nicht noch ein bisschen früh für den Garten?«

»Ja, eigentlich schon«, sagte Jensen. »Aber die Kleinen möchten draußen spielen und so habe ich sie ganz gut im Auge. Außerdem frieren die Mädchen so leicht.«

»Ist das nicht zu nass?« Høyer nickte zum Feuer hin.

»Nee, das geht schon. Das ist ja nicht nur Gartenabfall, da sind auch ausgemustertes Spielzeug und ein paar Pappkartons dabei. Aber es ist nicht leicht, es am Brennen zu halten.«

Er stützte sich auf die Harke, während er das Feuer beobachtete.

Høyer näherte sich langsam seinem Ziel. »Ich soll Sie von Ihrer Frau grüßen«, sagte er. »Ich war gerade bei ihr.«

»Aha«, sagte Jensen scheinbar desinteressiert, doch er warf Høyer einen schnellen Blick zu, bevor er sich wieder auf das Feuer konzentrierte. »Ja, sie ist arbeitslos, aber wir kommen zurecht. Und eigentlich ist es so auch ganz schön.«

»Ja, der Meinung ist sie offensichtlich auch«, sagte Høyer. »Wir haben uns lange nicht gesehen.«

Jensen lächelte schief. »Sie meinen, es hat lange keinen Ärger gegeben.«

Høyer zuckte mit den Schultern und lächelte.

»Ja, es läuft ausgezeichnet«, räumte Jensen ein. »Ich trinke nicht mehr. Das gefällt ihr ganz gut.«

»Vernünftig«, meinte Høyer.

»Eigentlich schon.«

»Sie hat übrigens gesagt, dass sie sich anfangs richtig Sorgen um Sie gemacht hat«, erzählte Høyer. »Sie hat geglaubt, Sie seien krank.«

Jensen lachte leicht. »Ja, ich weiß. Sie hat mich ausgehorcht. Aber mir fehlt nichts. Ich bin nur der Meinung, dass man nicht in einem Kindergarten arbeiten und trinken kann. Stellen Sie sich bloß einmal vor, man trifft einen von den Kleinen, wenn man blau ist. Oder ihre Eltern. Das wäre doch nicht sehr ... pädagogisch, oder?«

»Nein«, sagte Høyer.

»Und man hat auch nicht mehr dieselben Bedürfnisse«, sagte Jensen. »Man ist eben zur Räson gekommen.«

»Man ist was?«, fragte Høyer leicht verwirrt.

»Zur Räson gekommen«, sagte Jensen und fügte erklärend hinzu: »Als man noch jung war, gab es so viel, das man gerne wollte. Die Welt umsegeln, nach Gold graben, reich werden, jemand sein, Amerika entdecken, wenn Sie verstehen, was ich meine? Man hatte so viele Träume, nicht?« Er hatte die Hände auf der Harke übereinander geschlagen und das Kinn darauf abgestützt. »Aber in Wirklichkeit stand man für einen Hungerlohn acht Stunden an einer Maschine, und dann kam man nach Hause in eine kleine Wohnung mit einer Horde lärmender Kinder und einer Frau, die immer müde und mürrisch war. Da hat das Trinken irgendwie geholfen. Die Träume steckten in der Flasche.« Er sah Høyer an. »Aber jetzt bin ich fast schon ein alter Knacker, und die Träume, die habe ich hinter mir gelassen. Ich werde wohl nie die Welt umsegeln oder nach Gold graben oder so, aber das ist auch egal. Ich bin zur Räson gekommen.« Er seufzte leicht.

Høyer betrachtete ihn stumm. Er hatte nicht gewusst, dass Jensen so viel am Stück reden konnte.

»Und die Frau konnte doch auch nichts dafür«, sagte Jensen. »Sie hatte es ja auch nicht leicht. Eigentlich war sie immer ein gutes Mädchen. Und sie hat mich so schrecklich gern«, fügte er mit einem kleinen, halb stolzen, halb verlegenen Lächeln hinzu. »Sonst hätte sie mich wohl schon lange vor die Tür gesetzt. Für immer.«

»Ja, vielleicht«, sagte Høyer.

»Nun gut, aber Sie sind bestimmt nicht hier, um mich von meiner Frau zu grüßen.«

»Nein, ich möchte mit Ihnen über Perletand reden«, sagte Høyer.

»Ja, das habe ich mir fast gedacht«, sagte Jensen.

Høyer hob fragend die Augenbrauen. »Warum?«

»Ich habe Gerüchte gehört, dass er erschossen worden ist«, erklärte Jensen. »Einer der Erzieher da drinnen hat eine Schwester, die bei der Hausbesetzung dabei war. Von ihr habe ich es gehört, aber nicht richtig geglaubt. Doch als ich Sie hier gesehen habe, da …«

»Ja, es stimmt«, sagte Høyer. »Ihre Frau hat erzählt, dass er am 2. Februar nach Spanien fahren wollte, aber dazu ist es nicht gekommen. Sie haben ihn nicht vielleicht an dem Tag gesehen?«

»Nein«, Jensen schüttelte den Kopf. »Er hatte davon gesprochen, dass er vorbeikommen und sich von den Kindern verabschieden wollte, falls er Zeit hätte. Er mochte Kinder gerne, deshalb ist er auch hin und wieder gekommen und hat sie beobachtet.«

»Perletand mochte Kinder?«, fragte Høyer verblüfft.

»O ja, aber die meisten hatten Angst vor ihm. Er war ja auch ziemlich hässlich mit den abstehenden Haaren und den paar schwarzen Zähnen. Zum Schluss hatte er nur noch einen. Er sah wirklich wie ein Troll aus. Aber die Kleinen hier hatten sich an ihn gewöhnt. Ich habe ihnen gesagt, dass er zwar ein Troll ist, aber einer von der netten Sorte. Man muss nur ein wenig pädagogisch sein, nicht wahr? Und wenn er vorbeikam, riefen sie: ›Da kommt der Troll! Da kommt der Troll!‹ Und dann sind sie zu ihm gelaufen. Manchmal hat er ihnen auch Äpfel mitgebracht. Er war ja strikt dagegen, dass man Kindern Süßigkeiten gab. Wegen der Zähne, wissen Sie?«

Høyer nickte. Perletand hätte der zahnärztlichen Vereinigung als abschreckendes Beispiel dienen können.

»Ja, er hatte so seine Ideen«, fuhr Jensen fort. »Aber im Grunde war er ein guter Kerl und Kinder mochte er wirklich. Ich kann mich daran erinnern, wie wir einmal kurz nach Weihnachten genau hier gestanden haben, wo wir jetzt stehen, und die Kleinen dabei waren, einen Schneemann zu bauen. Da hat er plötzlich gesagt: ›Ja, ja, es ist einfach unbegreiflich, dass jemand so einem Kind wehtun kann.‹ In dem Punkt war er richtig sentimental, der Perletand.«

»Hatte er einen bestimmten Grund, das zu sagen?«

Jensen sah leicht verlegen aus

»Nein, damit wollte er mir wohl nur eins auswischen. Ich bin mit meinen Kindern ziemlich schnell ungeduldig geworden, als sie noch klein waren. Wenn ich ein bisschen zu viel abbekommen hatte.« Er machte eine entsprechende Handbewegung. »Und das konnte Perletand nicht gut ab. Er hat mir oft die Meinung gesagt.« Er stand einen Augenblick schweigend und in Gedanken versunken da. »Ja, wer hätte geglaubt, dass es so mit ihm enden würde. Er war ein netter Typ. Und dann erschossen! Das soll einer verstehen!«

»Ihre Frau hat gesagt, dass er über irgendetwas mit mir reden wollte«, sagte Høyer.

»So, so, hat sie das?«, sagte Jensen. »Ja, sie redet viel. Aber es stimmt. Ich habe ihm davon abgeraten. Nicht weil ich etwas gegen die Polizei habe, aber Perletand kam ja viel herum und hörte viel. Ich habe ihm gesagt, dass es nicht gut wäre, wenn herauskäme, dass er getratscht hat.« Er warf Høyer einen schnellen Blick zu. »Und das war es wohl auch nicht.«

»Ja, aber er war nicht bei mir«, sagte Høyer. »Er hat nicht mit der Polizei geredet.«

»Nicht?«, sagte Jensen. »Ja, dann verstehe ich überhaupt nichts mehr.«

»Haben Sie eine Idee, was er uns erzählen wollte?«

»Nein.« Die Antwort kam ein bisschen zu schnell und zu nachdrücklich.

Høyer sah ihn forschend an. Es war schwer zu sagen, ob Jensen wirklich nichts wusste.

»Und da sind Sie sich ganz sicher?«, fragte Høyer. »Ich meine, Perletand ist erschossen worden. Es ist also verständlich, wenn Sie ein bisschen nervös sind, aber ...«

»Ich bin nicht nervös, Høyer«, sagte Jensen. »Ich habe nicht den geringsten Grund, nervös zu sein, weil ich nichts weiß. Perletand war nicht besonders redselig. Er hat mir nichts erzählt.«

»Denken Sie nach, Jensen«, insistierte Høyer. »Hat er nie gesagt oder angedeutet, dass er irgendetwas wusste?«

Jensen schüttelte den Kopf. »Es nützt nichts, Høyer. Verstehen Sie, es war komisch mit Perletand. Er kam viel in der Stadt herum und ich glaube, er wusste das meiste, das vor sich ging. Aber niemand hatte Angst, dass er reden würde, auch wenn er sich selbst nie einmischte. Ich glaube, er hat heiße Ware nie angerührt, nicht einmal ein Feuerzeug.«

Høyer verzog keine Miene. Ihm waren die drei Tischfeuerzeuge bei Jensens aufgefallen. Mit Sicherheit waren sie billig in einem Wirtshaus gekauft worden.

Jensen kratzte sich am Kopf. »Das einzige Mal, an das ich mich erinnern kann, dass er etwas gesagt hat, war am Weihnachtsabend, und das habe ich nicht verstanden. Wir sitzen draußen in der Küche – ich wollte ihn nicht im Wohnzimmer haben – und genehmigen uns einen kleinen Schnaps und da sagt er plötzlich: ›Du, Jensen, kannst du mir sagen, warum jemand ein schönes, neues Fahrrad ins Hafenbecken wirft?‹ Er war ja oft am Hafen und ich hatte den Eindruck, dass er lange darüber nachgedacht hat. Und ich sage: ›Mensch, das ist doch klar. Wenn das Fahrrad versichert ist und einem gerade ein Tausender fehlt, dann …‹ Nicht dass ich so etwas machen würde«, schloss Jensen tugendhaft. »Aber so sind die Leute nun mal.«

»Was hat er dazu gesagt?«

»Ja, was hat er gesagt?«, dachte Jensen nach. »Also, er hat gesagt, dass es demjenigen, der das getan hat, nicht an Geld fehlt oder so etwas.«

»Er wusste, um wen es sich handelte?«

»Ja, ich denke schon. Deshalb habe ich auch gesagt,

dass es gescheiter wäre, den Typen selbst zu fragen, wenn er ihn kennt. Und daran hatte er dann etwas zu knabbern. Aber das war, wie gesagt, das einzige Mal und dabei ging es nur um eine Bagatelle. Man wird schließlich nicht ermordet, weil man weiß, dass jemand einen kleinen Versicherungsbetrug begangen hat. Nein, nein, da muss schon etwas Größeres dahinter stecken. Drogen, wenn Sie meine Meinung hören wollen.«

»Wenn er doch nur zu mir gekommen wäre«, seufzte Høyer. »Aber genau das sollte wohl verhindert werden.«

»Ja, aber woher sollte sein Mörder wissen, dass er reden wollte? Wenn er das überhaupt wollte.«

»Ja, das wüsste ich auch gerne.«

Auf dem Weg zurück zur Wache grübelte Høyer darüber nach. Er konnte keinen Sinn in das Ganze bringen. Perletand hatte etwas gehört oder gesehen, das war klar. Aber wann oder warum hatte man ihn als so gefährlich angesehen, dass man ihm den Mund verschließen musste? Hatte jemand Wind davon bekommen, dass er singen wollte? Hatte er sich noch anderen als Jensen anvertraut? Oder hatte er sich verplappert? Möglicherweise wusste Jensen mehr, als er sagen wollte, und Høyer wusste, dass vieles in die seltsam geschlossene Welt durchsickerte, in der Perletand sich bewegte und deren Peripherie Jensen auf seinem verschlungenen Lebensweg hin und wieder gestreift hatte.

Und was hatte Perletand überhaupt zu der Überlegung veranlasst, zur Polizei zu gehen? Ihn, der sonst nie redete. Drogen? Das schien zweifellos am wahrscheinlichsten. Alles andere würde er bestimmt als Privatproblem der Polizei betrachten und sich nicht einmischen. Aber Drogen … ja, vielleicht.

6.

Therkelsens lange, magere Gestalt war in Tabakwolken gehüllt und er sah erschöpft und zugleich äußerst zufrieden aus, als Høyer sein Büro betrat.

»Du siehst aus wie eine Katze, die gerade einen Kanarienvogel verspeist hat«, sagte Høyer mit einem kleinen Lächeln.

»Es sieht auch ganz gut aus«, sagte Therkelsen. »Wir haben richtig Glück gehabt.«

»Klingt gut«, sagte Høyer. »Was habt ihr herausgefunden?«

»Wart's ab«, sagte Therkelsen, indem er sich leicht zur Seite beugte, dann aber wieder aufrichtete und Høyer ansah. »Sag mal, du musst doch einen Bärenhunger haben.«

Høyer sah unwillkürlich zur Uhr. Es war fast halb drei. »Ja, müsste ich eigentlich«, räumte er ein.

Therkelsen lachte. »Wenn du auf die Uhr sehen musst, um das zu wissen, kann es nicht so schlimm sein. Wie wäre es, wenn ich dir erst einmal Bericht erstatte? Dann können wir anschließend etwas essen.«

»Hast du auch noch nichts gegessen?«

»Nein, ich war beschäftigt, deshalb habe ich mir gedacht, dass ich genauso gut warten kann, bis du kommst. Sollen wir anschließend auf ein paar Frikadellen zu Ruth gehen?«

»Ausgezeichnet!«, sagte Høyer. »Dann kannst du mich gleich zu der Frikadelle einladen, die mir vorgestern entgangen ist.«

»In Ordnung«, sagte Therkelsen, indem er neben seinen Stuhl griff und einen Gegenstand hochhob und vor sich auf den Schreibtisch stellte. Es war ein kleiner, länglicher, sehr ramponierter Koffer.

»Was um Himmels willen ist das?«, fragte Høyer.

»Ein Reisekoffer«, sagte Therkelsen. »Genauer gesagt: Perletands Reisekoffer.«

Høyer sah ihn sich an. Er sah aus, als stammte er aus dem vorigen Jahrhundert.

»Ein Reisekoffer«, sagte er. »Verdammt. Der erinnert mehr an diese Koffer, in denen man Musikinstrumente transportiert. Eine Trompete zum Beispiel.«

»Oder eine Maultrommel«, sagte Therkelsen trocken. »Nein, das ist Perletands Reisekoffer.«

»Wie habt ihr den gefunden?«, fragte Høyer. »Und wo?«

»In seiner Brieftasche steckte ein Schein für die Gepäckaufbewahrung«, erklärte Therkelsen. »Und da habe ich Larsen hingeschickt, um nachzusehen, ob da etwas war. Und das war es. Aber das ist nicht das Interessanteste. Nein, das Spannende ist der Inhalt.«

Er öffnete den Koffer und ließ das Schloss mit der Geste eines Zauberkünstlers zurückschnellen.

Obwohl der Koffer sehr klein war, war er nicht ganz voll.

»Gab es nicht einmal einen Film oder ein Buch mit dem Titel *Reisen ohne Gepäck?*«, fragte Therkelsen. »Das hätte von Perletand handeln können.«

»Ein bisschen Gepäck hat er doch«, wandte Høyer ein.

»Ich kann dir auch ganz genau sagen was«, sagte Therkelsen. »Ein Unterhemd und zwei Unterhosen, zwei Paar Socken, ein Paar Sandalen und zwei Hemden, eins davon mit kurzen Ärmeln, Rasierzeug und die drei P. Außerdem kann ich dir berichten, dass alles ganz neu ist.«

»Die drei P?«, sagte Høyer fragend.

»Pass, Papiere und Penunzen. Perletand wollte also verreisen«, sagte Therkelsen.

»Ja, einiges deutet darauf hin«, sagte Høyer. Er brachte es kaum übers Herz, Therkelsen seinen Triumph zu nehmen.

»Und was glaubst du, wo er mit dieser umfangreichen Garderobe hinwollte?«, fragte Therkelsen.

»Nach Mallorca«, sagte Høyer. »Für einen Monat.«

Therkelsen starrte ihn verblüfft an. »Du Arsch!«, rief er halb verärgert, halb lachend. »Das hat dir wohl deine Frau Jensen erzählt.«

Høyer nickte. »Ja, aber es ist gut, es bestätigt zu bekommen.«

»Weißt du auch, wann er fahren wollte?«

»Meiner Quelle zufolge am 2. Februar mit dem Nachtzug.«

»Genau. Nur ist es dazu nicht gekommen.«

»Aber das heißt doch, dass Perletand am 2. Februar noch am Leben war, es sei denn …« Høyer sah zu Therkelsen hinüber. »Ob er den Koffer selbst abgegeben hat?«

»Ja, er kam gegen halb drei, hat der Beamte gesagt. Ein Gepäckschließfach war ihm bestimmt zu kompliziert. Er war sehr aufgeregt wegen der bevorstehende Reise, wirklich schade, dass es nicht dazu gekommen ist«, schloss Therkelsen.

»Tja«, sagte Høyer. »Vorfreude ist bekanntlich die größte Freude.«

»Da hast du vielleicht Recht«, sagte Therkelsen. Einen Augenblick betrachtete er den Inhalt des Koffers. »Er hatte ganze viertausend Kronen dabei. In spanischer Währung. Und noch ungefähr tausendfünfhundert dänische Kronen in der Brieftasche. Und er hatte Halbpension gebucht. Das heißt, er hatte fünfeinhalbtausend zur freien Verfügung.« Er schüttelte den Kopf. »Penner müsste man sein.«

»Ja, so viel bekommst du nie zusammengespart«, lachte Høyer. »So wie du mit Frikadellen um dich wirfst. Oder tut es dir schon Leid?«

»Nein, nein«, beteuerte Therkelsen. »Selbst wenn du mich um meinen Triumph gebracht hast.«

»Weiß Gott, woher er so viel Geld hatte«, sagte Høyer nachdenklich, als sie die Treppe hinuntergingen. »Nach dem, was Frau Jensen erzählt hat, hing er ganz schön in den Seilen.«

»Glaubst du, dass …?«, begann Therkelsen.

»Ich glaube gar nichts«, sagte Høyer. »Ich wundere mich nur. Und ich wundere mich auch, wie er plötzlich auf die Idee gekommen ist, nach Spanien zu fahren. Jedenfalls war es für irgendjemanden ein riesiges Glück, dass alle wussten oder glaubten, Perletand sei über alle Berge.«

»Ja, da sagst du was«, räumte Therkelsen ein. »Da sagst du wirklich was.«

»Das kann natürlich Zufall sein«, sagte Høyer. »Aber das scheint einer der Zufälle zu sein, die nicht so ganz zufällig sind. Wisst ihr inzwischen, was Perletand an dem Tag gemacht hat?«

Therkelsen schüttelte den Kopf. »Nein, aber darum kümmert sich Bach. Und Ibsen, der Neue. Sie klappern all die Orte ab, an denen Perletand sich aufzuhalten pflegte, nur ist das inzwischen ziemlich lange her und seine Bekannten haben nicht gerade das beste Gedächtnis.«

Sie hatten sich kaum in das kleine, halbdunkle Lokal gesetzt, als Frikadellen-Ruth, wie sie von sämtlichen ihrer Gäste genannt wurde, auch schon in ihrem weißen, kräftig gestärkten Kittel an ihren Tisch gerauscht kam. Der Mittagsansturm war vorbei und jetzt war es ruhig, bis die Leute vor der Zeit von der Arbeit verschwanden und in das Lokal einfielen, um ein Pils zu trinken und ein paar Runden zu würfeln, bevor sie nach Hause gingen.

Ruth war eine große, fast magere Dame mit ungewöhnlich blondem, zu kunstfertigen Locken aufgestecktem Haar und einem energischen Zug um den Mund. Sie sah mehr wie die Rektorin einer deutschen Mädchenschule aus als wie die Inhaberin eines Wirtshauses, dessen Spezialität Frikadellen waren.

»Zweimal zwei«, sagte Therkelsen, berichtigte sich jedoch und bestellte zweimal drei, als er Høyers hungrigen Blick sah.

»Und zwei Pils«, sagte Høyer.

Ruth verschwand in der Küche, nachdem sie das Bier gebracht hatte. Um diese Zeit war sie allein im Geschäft.

»Was hatte deine Frau Jensen denn sonst noch zu erzählen?«, fragte Therkelsen.

»Hör auf, sie *meine* Frau Jensen zu nennen«, bat ihn Høyer. »Das endet noch damit, dass Jensen mich zum Duell auffordert.«

»Jensen?«, sagte Therkelsen. »Ist der immer noch im Spiel?«

»Ja, und wie. Inzwischen benimmt er sich auch ganz anständig«, sagte Høyer und berichtete ihm von seinen beiden Besuchen. »Das Interessanteste ist, dass Perletand uns etwas erzählen wollte. Oder zumindest erwogen hat, uns etwas zu erzählen. Und das muss etwas Wichtiges gewesen sein. Etwas, was über das hinausging, was er sonst sah und hörte.«

»Und Jensens hatten keine Ahnung, was das sein könnte?«, fragte Therkelsen.

»Das haben sie jedenfalls gesagt. Was Frau Jensen angeht, glaube ich ihr. Was ihn betrifft, bin ich mir nicht ganz so sicher«, sagte Høyer. »Die Geschichte mit dem Fahrrad hat er doch wohl nur erzählt, um mir irgendetwas erzählen zu können. Das war eine Bagatelle, wie er selbst gesagt hat. Sie haben beide angenommen, dass es um Drogen ging. Aber wie gesagt ...«

Høyer schwieg, als Ruth mit Frikadellen, Brot, Butter und Roten Beeten hereinkam.

»Was für eine traurige Geschichte, das mit Perletand«, sagte sie.

Offenbar wusste es bereits die ganze Stadt.

Høyer sah verblüfft auf. »Haben Sie Perletand gekannt?«, fragte er. Sie war eigentlich dafür bekannt, ihre Kunden mit harter Hand auszusortieren.

»Ja, natürlich«, sagte sie. »Seine Mutter hat immerhin seit Menschengedenken hier gearbeitet. Schon bevor ich das Lokal übernommen habe. Erst als Kellnerin und später in der Küche. Sie hat erst vor gut einem Jahr aufgehört und da war sie weit über siebzig.«

»Aber hierher gekommen ist er nicht?«

»Doch, manchmal und dann hat er draußen in der Küche eine Frikadelle bekommen – auch noch nachdem seine Mutter ... Gut, dass sie das nicht mehr erleben musste. Sie hat ihn vergöttert und im Grunde genommen war er auch ein guter Junge.«

Høyer lächelte. Ein guter Junge. Mit sechzig. Er war mindestens zehn Jahre älter als sie, schätzte er.

»Wann haben Sie ihn zuletzt gesehen?«, fragte er.

»Ach, das ist lange her. Das war an dem Tag, an dem er fahren wollte. Er wollte doch für einen Monat nach Mallorca, und seit er wieder zurück ist, habe ich ihn nicht mehr gesehen.«

»Er ist gar nicht losgekommen«, sagte Therkelsen.

»Er ist nicht losgekommen?«, wiederholte sie verblüfft. »Ja, aber es war doch alles klar. Er hatte die Fahrkarte und das Geld und alles. Er ist gegen halb zwei gekommen, hinten zur Küchentür, und hat gefragt, ob er seinen Koffer hierlassen kann. Aber ich habe ihm geraten, ihn im Bahnhof in der Gepäckaufbewahrung abzugeben. Dann hatte er den schon mal da.«

»Hat er nicht gesagt, wohin er noch wollte?«, fragte Høyer.

»Nein«, sie schüttelte nachdenklich den Kopf. »Ich denke, nein. Aber ich kann mich, ehrlich gesagt, nicht erinnern.« Ihr Gesicht heiterte sich etwas auf. »Ich meine übrigens, dass er an dem Tag nach Ihnen gefragt hat.«

»Nach mir?«, fragte Høyer.

»Ja, das heißt, er hat nicht direkt gefragt, aber er wollte wissen, ob Sie nicht manchmal hierher kommen, und das konnte ich ihm nur bestätigen.«

»Hat er sonst noch etwas gesagt?«

»Nein.«

Sie wischte mit der Serviette ein paar unsichtbare Krümel von der Tischdecke, dann ging sie zu einem Tisch, an dem sich ein paar neue Gäste niedergelassen hatten.

Høyer sah ihr nach. »Seltsam«, sagte er. »Offenbar ist er bis zuletzt unentschlossen gewesen.« Er seufzte tief. »Nun gut, daran kann man nichts ändern. Hast du dir übrigens die Listen angesehen, die die Hausbesetzer gemacht haben?«

»Ja, habe ich«, sagte Therkelsen. »Und ich denke, dass wir wirklich die Namen all derer haben, die zu dem einen oder anderen Zeitpunkt im Haus gewesen sind. Ich war fast fertig, sie zu vergleichen, als du aufgetaucht bist.«

»Irgendetwas Interessantes?«, fragte Høyer.

»Sieht nicht so aus. Natürlich waren vor allem Jugendliche da. Aber auch ein paar Erwachsene. Um mit dem Wichtigsten anzufangen: Der Bürgermeister war auch da!«

»Was du nicht sagst!«, rief Høyer. »Aber er wird es wohl kaum gewesen sein.«

»Sicher nicht«, sagte Therkelsen. »Und wenn du deine Zeitung ordentlich gelesen hättest, wüsstest du das bereits. Da war ein langer Erguss mit Bild. Er hatte seinen Sekretär dabei. Und außerdem waren nicht weniger als drei Stadtgrößen da.«

»Drei?«

»Ja, dieses Jahr sind doch Wahlen. Oder waren. Aber sie sind nicht zusammen da aufgetaucht. Zwei von ihnen stehen links von der Mitte und der dritte war Møller Jensen.«

»Der von der Fremskridts-Partei?«

»Ja. Und eigentlich ist das gar nicht so verwunderlich. Die waren schließlich gegen die Sanierung und haben die Hausbesetzer mehr oder weniger unterstützt. Es ist ihnen auch gelungen, einen Folketingabgeordneten ins Haus zu holen! Du darfst nicht vergessen, dass die Wahl bevorstand! Und dann waren natürlich einige Journalisten und Fotografen da. Die hatten die meisten vergessen, auf die Listen zu setzen. Schließlich waren alles in allem sechsunddreißig Jugendliche und Erwachsene im Haus.«

»Das sieht nicht sehr viel versprechend aus«, meinte Høyer.

»Nein. Ich habe übrigens vergessen, dass auch zwei Leute vom Jugend- und Sozialamt da waren.«

»Zwei Sozialarbeiter? Was um alles in der Welt wollten die denn da?«

»Das wird sich zeigen. Ich habe Larsen auf die Stadtgrößen und den Folketingmann angesetzt. Der redet fast genauso wie ein Politiker. Der Bürgermeister ist auf Dienstreise, den müssen wir also erst einmal hintanstellen. Die Hausbesetzer habe ich A. P. und Ras überlassen. Das Problem ist, dass die meisten noch zur Schule gehen, sodass vor Schulschluss kein Gespräch möglich war.«

»Ist keinem von denen, die wir auf der Wache hatten, etwas Besonderes aufgefallen?«

»Doch, schon. Søren ist etwas aufgefallen. Kannst du dich an ihn erinnern? Das ist der, der geholfen hat, die Fenster zuzunageln.«

Høyer nickte.

»In seinem Bericht steht, dass eins der Mädchen eines Nachts jemanden unten im Hof gesehen hat.«

»Woher wollte sie das wissen?«, fragte Høyer. »Der Raum, in dem sie sich aufhielten, lag doch zur Straße.«

»O je, darüber hat er einen ganzen Aufsatz geschrieben«, lachte Therkelsen. »Sie musste zur Toilette und wollte nicht alleine im Dunkeln hinuntergehen. Das war zu der Zeit, als sie die Toilette im ersten Stock benutzt haben. Deshalb ist er mitgegangen. Und als sie aus der Toilette kam, hat sie gesagt, dass sie unten im Hof jemanden gehört hat.«

»Warum hat sie das nicht selbst aufgeschrieben?«

»Sie gehört zu denen, die abgesprungen sind. Louise sowieso.«

Høyer lachte. »Ach, Louise. Das ist die Tochter unseres Nachbarn. Ich glaube, ich habe sie neulich dir gegenüber erwähnt. Ja, vielleicht wäre es nicht schlecht, wenn wir uns einmal mit der kleinen Louise unterhalten würden.«

Er trank sein Bier aus.

»Wir sollten auch sehen, dass wir zurückkommen«, sagte Therkelsen.

Høyer sah auf die Uhr. »Wie wäre es, wenn wir uns erst die beiden Sozialarbeiter vornehmen. Wir dürften sie noch so gerade erwischen. Denn wenn sie erst nicht mehr im Büro sind ... du weißt ja, wir haben quasi Wochen ende.«

Mit der ersten Sozialarbeiterin waren sie schnell fertig. Sie konnte ihnen nichts von Interesse sagen. Sie war zweimal im Haus gewesen, beide Male in der Absicht, die Tochter eines Vaters, der sich an sie gewandt hatte, dazu zu bewegen, nach Hause zu kommen. Beim zweiten Versuch gelang das und sie hatte den Eindruck gehabt, dass das Mädchen fast erleichtert war, einen Vorwand zu haben, das Haus zu verlassen. Perletand kannte sie nur vom Hörensagen, selbst hatte sie nie mit ihm gesprochen.

Der andere Sozialarbeiter hieß Viggo Sommer.

»Entweder er ist siebzig und hält sich fantastisch«, flüsterte Therkelsen Høyer zu, als Sommer sein Büro betrat. »Oder er ist dreißig und es geht ihm beschissen.«

Høyer lächelte. An dem, was Therkelsen sagte, war etwas dran, aber Høyer schätzte, dass der Mann um die dreißig war. Ein schmaler, grauer Mann mit einem langen, gelblich bleichen Gesicht. Er war in Hemdsärmeln und Høyer fiel auf, dass er große Schweißflecken unter den Armen hatte, obwohl das Gebäude klimatisiert war. Er machte einen nervösen, unsicheren Eindruck, versuchte aber gleichzeitig, Autorität auszustrahlen. Und dass er wichtigere Dinge zu erledigen hatte, als sich mit der Polizei zu unterhalten.

»Ich glaube wirklich nicht, dass ich Ihnen helfen kann«, begann er. »Ich habe das Haus in Verbindung mit meiner Arbeit besucht und darüber hinaus besteht absolut keine Verbindung zu dem Ort oder den Hausbesetzern.«

»Sie waren zweimal dort?«, sagte Therkelsen.

»Ja, es ging um einen Jungen, der von seiner Pflegefamilie abgehauen war, und die Pflegeeltern meinten, er sei in dem Haus.«

»War er das?«

»Ja.«

»Was haben Sie unternommen?«

»Na ja, was konnte ich denn tun? Er wollte bleiben und das musste ich den Pflegeeltern mitteilen.«

»Was hatte der Junge für ein Problem?«, fragte Høyer. »War er drogensüchtig?«

»Ich weiß nicht, ob ich Ihnen das sagen darf«, sagte er. »Das geht Sie außerdem nichts an.«

»Da bin ich allerdings anderer Meinung«, sagte Høyer. Seine Stimme war plötzlich schroff geworden. »Wir ermitteln in einem Mordfall.«

»Ja, aber ich ...«, begann er, doch dann sackte er in sich zusammen wie ein Ballon, aus dem das Gas entweicht. »Nein, er ist nicht drogensüchtig«, sagte er. »Der Junge hat ein Alkoholproblem.«

»Wie alt ist er?«

»Sechzehn.«

»Hm«, sagte Høyer. »Und worum ging es beim zweiten Mal?«

»Ich wollte einen neuen Versuch starten.«

»Ist er mit Ihnen gegangen?«

»Nein, er war nicht mehr da.«

»Wo zum Teufel war er dann?«

»Er war nach Hause zu seinen leiblichen Eltern gegangen. Sie wohnen hier in der Stadt, verstehen Sie? Sie sind übrigens selbst Alkoholiker. Und sie hatten nicht daran gedacht, mich oder die Pflegeeltern zu informieren.« Er schwieg, dann holte er tief Luft und schluckte, und einen

Augenblick befürchtete Høyer, er würde anfangen zu weinen. »Manchmal kann einen schon mal die Hoffnungslosigkeit packen«, sagte er mit zitternden Lippen. »Wir betreiben Flickwerk und was nützt das? Wir haben Stress und ein schlechtes Gewissen, aber wir können verdammt nochmal nicht hexen«, schloss er fast aggressiv, als hätte Høyer ihm ein Pflichtversäumnis vorgeworfen.

»Nein, das erwartet wohl auch keiner«, murmelte Høyer zögernd und versuchte, mitfühlend zu klingen, doch hörte er selbst, dass in seiner Stimme ein Anflug von Ärger mitschwang. Und er wusste, dass er ungerecht war. Vielleicht war der Mann ein ausgezeichneter Sozialarbeiter. Høyer hatte absolut keinen Grund, ihn für inkompetent zu halten, doch genau so wirkte er auf ihn.

Eine Weile war es still.

»Kannten Sie Perletand oder besser gesagt: Bent Kristensen?«, fragte Therkelsen und Høyer hatte den Eindruck, dass der Mann fast unmerklich zusammenzuckte und noch blasser wurde, falls das überhaupt möglich war.

»Ja«, räumte er zögernd, fast widerwillig ein. »Ja, das kann man so sagen. Er war ... ich war so gesehen ... eine kurze Zeit ... für ihn zuständig.«

Høyer und Therkelsen wechselten einen raschen Blick.

»Wie denn das?«, fragte Høyer.

»Nun ja, seine Mutter ist im Herbst gestorben, das muss im November gewesen sein. Er kam nicht alleine klar. Deshalb war sein Nachbar glücklicherweise so vernünftig, ihn hierher zu bringen.«

»Er dürfte ein etwas untypischer Sozialhilfeanwärter gewesen sein, nicht?«, bemerkte Høyer.

»Ja, mag sein, aber davon haben wir hier einige. Als wir seine finanziellen Verhältnisse untersucht hatten, stellte sich heraus, dass er eigentlich gar keine finanziellen Probleme hatte. Er kam nur nicht alleine zurecht. Ich habe ihn zu einer Wirtschaftsprüfungsfirma geschickt, zu *Schmidt und Jespersen,* damit sie die finanziellen Dinge für ihn regeln.«

»Soll das heißen, dass die Wirtschaftsprüfungsfirma sich um seine Einnahmen und Ausgaben kümmern sollte?«

»Ja, um den ganzen finanziellen Kram.«

»Aha«, sagte Høyer. »Und ab wann sollte diese Regelung in Kraft treten? Eine seiner Mieterinnen hat mir heute erzählt, dass sie ihm am 1. Februar selbst die Miete gebracht hat.«

Der Mann strich sich nervös um den Mund. »Das kann gut sein«, sagte er. »Ich glaube nicht, dass sie vor dem 1. März für ihn tätig werden sollten.«

»Wussten Sie, dass er eine Reise machen wollte?«

»Ja«, sagte er. »Ja, ich habe davon gehört.«

Er kramte in seinen Taschen, fischte ein Taschentuch heraus und tupfte sich vorsichtig die Stirn ab.

»Wie kann er auf diese Idee gekommen sein?«, fragte Høyer. »Einmal ganz davon abgesehen, woher er das Geld dafür hatte.«

»Wie gesagt, er war finanziell nicht schlecht gestellt«, sagte Sommer.

»Sie haben ihm die Reise nicht vorgeschlagen?«

Wieder zögerte er. Dann schüttelte er den Kopf. »Nicht soweit ich mich erinnere. Möglicherweise habe ich einmal erwähnt, dass das keine schlechte Idee wäre, aber erinnern kann ich mich nicht.« Er warf einen Blick auf seine Uhr. »Sie müssen entschuldigen, aber ich sehe nicht, dass das hier von Bedeutung ist. Ich habe den Mann seit Januar nicht mehr gesehen und ... und es warten noch Fälle auf mich.«

Therkelsen sah Høyer an, der sich erhob und in seinem geduldigsten Tonfall sagte: »Ja, wir wollen Sie auch nicht länger aufhalten.«

Sie gingen zur Tür.

»Ach übrigens«, sagte Høyer mit der Hand auf der Klinke. »Sie erinnern sich nicht vielleicht, wann genau Sie ihn das letzte Mal gesehen haben?«

»Nein, das tue ich nicht«, sagte er kurz angebunden. »Aber falls es wichtig ist, kann ich im Terminkalender nachsehen.«

»Nein, so wichtig ist es nun auch wieder nicht«, sagte Høyer.

Vor der Tür trafen sie auf die Sozialarbeiterin.

»Hoffentlich haben Sie Viggo nicht zu hart rangenommen«, sagte sie. »Herrn Sommer, meine ich. Es geht ihm zurzeit nicht gut. Die Nerven«, vertraute sie ihnen mit einem Blick zur Tür hin an. »Seine Frau hat ihn vor einem Jahr verlassen. Das hat ihn schwer mitgenommen. Da kommt dann eins zum anderen.«

»Tja«, sagte Therkelsen, als sie zum Auto gingen. »Jedenfalls ist er ein Fall für sich. Ein merkwürdiger Typ.«

»Ja, das kannst du laut sagen«, pflichtete Høyer ihm bei. »Und ich wüsste nur zu gern, ob da wirklich eins zum anderen kommt oder ob unsere Gegenwart bewirkt hat, dass er aussah, als stünde er kurz vor einem Nervenzusammenbruch.«

»Ja, er hat ganz schön geschwitzt«, sagte Therkelsen.

»Und was den Mallorcatrip angeht, hat er garantiert gelogen«, sagte Høyer, indem er sich neben Therkelsen setzte. »Wir sollten uns den Herrn einmal genauer ansehen. Aber was kann so ein Typ gemacht haben, dass …? Jedenfalls sollten wir ihn gründlich überprüfen.«

»Was ist mit Louise?«, fragte Therkelsen.

»Um sie kümmere ich mich, wenn ich nach Hause fahre«, sagte Høyer. »Sie wohnt direkt nebenan. Lass uns jetzt lieber zur Wache fahren und sehen, ob es irgendwelche Rückmeldungen gegeben hat.«

Larsen hatte seine ›Politikerrunde‹, wie er das nannte, gerade beendet, als Høyer und Therkelsen zurückkamen.

»Und dabei ist nicht viel herausgekommen«, sagte er. »Die beiden linksorientierten Stadträte kannten Perletand weder vom Hören noch vom Sehen. Sie sind nicht hier in der Stadt aufgewachsen, deshalb klingt das glaubhaft, auch wenn es selbstverständlich sein sollte, dass Leute, die im Stadtrat sitzen, alles über die Stadt und ihre Originale wissen.«

Larsen klang fast, als würde er das auch meinen.

»Ich bin übrigens überzeugt, dass sie bei der Hausbesetzung mehr als ihre Hand im Spiel hatten, auch wenn sie behaupten, dass es eine spontane Idee der Jugendlichen war. Jedenfalls haben sie ihnen geholfen, Matratzen zu beschaffen und so.«

»Nun ja«, sagte Høyer. »Das ist schließlich nicht strafbar. Und das muss auch nicht bedeuten, dass sie mehr über das Haus wussten. Was für einen Eindruck machten sie?«

»Einen Vertrauen erweckenden«, lachte Larsen. »Was glaubst du wohl, wie sie in den Stadtrat gekommen sind? Oder in den Gemeinderat oder wie das heißt. Nein, ganz ehrlich, ich glaube nicht, dass bei ihnen etwas zu holen ist.«

»Und was ist mit Møller Jensen?«, fragte Therkelsen.

»Der hat Perletand natürlich gekannt. Er ist schließlich hier aus der Stadt und außerdem der Älteste. Er hat es nicht direkt gesagt, aber es sollte mich wundern, wenn er nicht zusammen mit Perletand zur Schule gegangen ist. Ich kann mir aber nicht vorstellen, dass aus dieser Zeit noch eine Rechnung offen ist. Nein, er konnte mir nichts von Bedeutung sagen. Ich denke, dass wir ihn auch von der Liste streichen können.«

»Könnte er in den Drogenhandel verwickelt sein?«, sagte Høyer.

»Møller Jensen?«, sagte Larsen. »Das kann ich mir kaum vorstellen. Und das Gleiche gilt für unseren Folketingmann. Toft, der Linksliberale, der gerade gewählt worden ist. Ich denke, dass er noch ziemlich grün hinter den Ohren ist und es nicht leicht haben wird. Er sah aus, als hätte man ihn durch den Fleischwolf gedreht. Ich begreife nicht, was Leute dazu bringt, in die Politik zu gehen.«

»Dafür gibt es bestimmt ebenso viele Gründe, wie es Politiker gibt«, sagte Høyer.

»Tja«, sagte Larsen. »Jedenfalls muss man Lust dazu haben. Aber er konnte mir auch nichts sagen. Er ist einmal in dem Haus gewesen, unmittelbar vor der Wahl, aber das hättet ihr euch eigentlich auch denken können und Perletand hat er nicht gekannt. Er hatte keine Ahnung, wer das sein sollte. Er ist genau wie die anderen beiden erst als Erwachsener in die Stadt gekommen. Es sieht ganz so aus, dass wir Eingeborenen langsam von den Zuzüglern aus dem Nest geworfen werden.«

»So, so, werdet ihr das«, sagte Høyer unschuldig und Larsen schnitt eine Grimasse, als ihm einfiel, dass weder Høyer noch Therkelsen aus der Stadt kamen, auch wenn sie zweifellos schon so lange dort lebten, dass es fast in Vergessenheit geraten war.

»Nun gut«, sagte Larsen. »Ich schreibe jetzt die Berichte, aber wie gesagt, meines Erachtens ist da nicht viel zu holen.«

»Was wir auch nicht erwartet haben«, sagte Therkelsen, als Larsen gegangen war.

»Ich habe noch gar keine Theorie«, sagte Høyer. »Ich will auch den Bürgermeister nicht ausschließen, bevor ich mir sicher bin, dass er für den 2. Februar ab drei Uhr ein Alibi hat.«

»Das wirst du schon noch etwas präzisieren müssen«, lachte Therkelsen. »So kommst du nicht weit.«

»Aber wir sind doch schon ein gutes Stück weitergekommen«, sagte Høyer. »Wir wissen jetzt das genaue Datum und über kurz oder lang werden wir auch die Uhrzeit haben.«

»Apropos Uhrzeit«, sagte Therkelsen. »Es ist schon spät, und wenn du noch mit Louise reden willst, sollten wir vielleicht Schluss machen.«

»Jetzt, wo du's sagst«, gähnte Høyer. »Und ich hatte mich auf ein ruhiges, friedliches Wochenende mit Rigmor gefreut. Aber das soll wohl nicht sein.« Er seufzte tief. »Gut, ich werde erst einmal zu Hause vorbeischauen und Guten Tag sagen, bevor ich Louise besuche. Ich will schließlich nicht in der Scheidungsstatistik landen.«

»Sicher, aber Rigmor sieht schließlich auch Nachrichten und weiß, dass du Überstunden machst«, sagte Therkelsen. »Das ist einer der Vorteile in unserem Job.«

»Ha, ha«, sagte Høyer.

Louise sah ein wenig verblüfft aus, als Høyer in der Tür stand.

»Tag, Louise«, sagte Høyer. »Darf ich reinkommen?«

»Vater ist nicht zu Hause«, sagte Louise. »Meine Eltern sind heute Abend ausgegangen.«

»Ich wollte auch nicht mit ihnen, sondern mit dir reden«, sagte Høyer.

»Mit mir?« Sie sah ihn erstaunt an. »Worüber denn?«

»Hast du heute noch mit keinem deiner Freunde gesprochen?«, fragte Høyer. »Mit denen aus dem Haus?«

»Nein«, sagte sie. »Ich habe mich da so erkältet, dass ich den ganzen Tag im Bett gelegen habe. Ich bin gerade erst aufgestanden, um fernzusehen.«

Louise trug einen Schlafanzug und einen Bademantel. Sie war vermutlich nur vom Bett auf das Sofa im Wohnzimmer umgezogen. Und von Perletand schien sie noch nichts gehört zu haben.

Høyer erklärte ihr kurz, was passiert war.

»Ich habe doch gesagt, dass es nach verwestem Fleisch roch!«, rief sie, verstummte aber sofort, als ihr aufging, was das bedeutete.

»Aber ich war ja heute nicht da«, sagte sie. »Und ich weiß überhaupt nichts. Ich kenne Perletand nicht einmal.«

»Einer der anderen, Søren, hat erzählt, dass du einmal nachts, als du auf der Toilette warst, etwas gehört hast.«

Sie wurde rot. »Wie kann er so etwas Blödsinniges sagen«, rief sie. »Er muss doch nicht erzählen, dass ich auf der Toilette war.«

Høyer lachte. »Wie sollte er denn sonst erklären, dass du nachts im Haus herumgelaufen bist? Aber stimmt das, Louise? Hast du etwas gehört?«

»Ja, das habe ich, aber ich glaube nicht … ich meine, eigentlich war da nichts.«

»Erzähl einfach, was war«, sagte Høyer.

Louise hatte sich auf dem Sofa zurechtgesetzt und die Beine unter sich angezogen.

»Ja«, sagte sie und schniefte; sie war wirklich stark erkältet. »Ja, ich war also draußen auf dem Klo und plötzlich hörte ich ein Geräusch, als würde irgendwo im Haus ein Fenster zugeschlagen. Ich habe einen Riesenschrecken bekommen, denn in dem Moment habe ich geglaubt, dass das die ... Polizei war. Aber es war bestimmt eine Autotür, denn als ich aus dem Fenster geguckt habe, habe ich unten im Hof ein Auto gesehen, und dann wurde wieder eine Autotür zugeschlagen und das Auto fuhr los.«

Høyer runzelte die Brauen.

»Zuerst hast du also etwas gehört, was du für ein Fenster gehalten hast? Und kurz darauf wurde eine Autotür zugeschlagen?«

»Ja, aber es war wohl beide Male eine Autotür, denke ich.«

»Du sagst, dass du ein Auto gesehen hast. Aber es war doch dunkel und du hast vermutlich nur die Scheinwerfer gesehen.«

»Nein, die Scheinwerfer waren nicht an. Aber der Mond schien. Es war nicht direkt Vollmond, verstehen Sie? Aber etwas mehr als Halbmond, jedenfalls hell genug, dass man den Hof einigermaßen gut sehen konnte. So einigermaßen«, erklärte Louise.

»Konntest du erkennen, was für ein Auto das war?«

»Ja, ein Lieferwagen. So ein großer.« Sie zeichnete mit den Händen in der Luft.

»Welche Marke?«, fragte Høyer.

»Keine Ahnung«, sagte sie.

»Welche Farbe? Konntest du das sehen?«

»Hell. Vielleicht weiß. Das ist schwer zu sagen, dazu war es dann doch nicht hell genug.«

»Ja, sicher«, sagte Høyer.

»Ich glaube, da hat irgendetwas auf der Seite gestanden«, fügte sie hinzu.

»Ja? Konntest du sehen, was?«

»Nein, konnte ich nicht. Ich meine nur, mich zu erinnern, dass da eine Beschriftung war. Ich habe es nur ganz flüchtig gesehen, als der Wagen aus dem Hof fuhr.«

Høyer sah sie nachdenklich an. War es möglich, dass sie das erfunden hatte, um der Geschichte ein wenig Farbe zu verleihen? Nein, er kannte Louise als vernünftiges Mädchen.

»Hattest du das Gefühl, dass jemand im Haus war oder versucht hat, hereinzukommen?«

»Nein, eigentlich nicht. Ich habe gedacht, dass der Wagen vielleicht in den Hof gefahren ist, um zu wenden. Oder dass der Fahrer pinkeln musste. Ich habe mir nichts Besonderes dabei gedacht.« Sie sah ihn an. »Das heißt, nachdem ich festgestellt hatte, dass es nicht die Polizei war.«

»Kannst du dich erinnern, wann das ungefähr war?«

»Nicht genau. Es muss aber in der zweiten Woche gewesen sein. Jedenfalls während wir die Klos unten benutzt haben.«

»Ja«, murmelte Høyer vor sich hin, als er später vor einem Kalender saß. Es könnte gut in der zweiten Woche gewesen sein. Da stand der Mond im zweiten Viertel. Andererseits musste das nicht unbedingt etwas zu bedeuten haben. Vielleicht war es tatsächlich nur jemand, der zum Pinkeln in den Hof gefahren war.

Er drehte sein Glas zwischen den Handflächen hin und her, während er zerstreut der Handlung auf dem Bildschirm folgte. Dem Freitagskrimi. Wochenendgemütlichkeit in den bürgerlichen Heimen.

»Hör auf damit!«, sagte sie genervt. »Das endet noch damit, dass das Glas herunterfällt.«

»Wie bitte?« Er sah sie mit leerem Blick an. »Hast du mit mir gesprochen?«

»Gott im Himmel! Ist hier sonst noch jemand?«

»Entschuldigung, ich … äh … ich hab doch nur hier gesessen und geguckt.« Er beugte sich vor und stellte das Glas auf den Couchtisch. »Was hast du gesagt?«

»Nichts«, sagte sie.

»Aha«, sagte er und hatte sie bereits wieder vergessen.

Er hätte zu gerne gewusst, ob sie etwas gemerkt hatten. Nein, er war wirklich gut gewesen. Dass er müde und vielleicht ein wenig nervös war, war verständlich.

Weiß Gott, dass er nervös war. Es war ihm beinahe gelungen, sich selbst davon zu überzeugen, dass das Ganze gar nicht passiert war, doch in seinem tiefsten Inneren hatte er gewusst, dass es nur eine Frage der Zeit war, bevor sie etwas herausfanden. Jetzt hieß es, einen kühlen Kopf zu bewahren. Nicht die Nerven zu verlieren.

Er stand abrupt auf und verließ eilig das Wohnzimmer in Richtung Toilette.

»Was zum Teufel ist los mit dir?«, rief sie hinter ihm her. »Bist du krank oder was? Das ist heute Abend das vierte Mal, dass du aufs Klo rennst.«

Wenn sie doch gehen würde, dachte er. Dann müsste er nicht auch noch hier Komödie spielen.

»Stimmt etwas nicht?«, fragte sie, als er wieder ins Wohnzimmer kam.

»Nein, alles okay«, sagte er ärgerlich. »Darf man in seinem eigenen Haus nicht einmal aufs Klo gehen?«

»Allmählich bist du nicht mehr auszuhalten«, sagte sie.

»Dann lass es doch!«

»Ach, so ist das«, sagte sie. »Habe ich's doch geahnt.«

»Was hast du geahnt?«

»Ach, hör doch auf! In den letzten Monaten warst du

absolut unerträglich. Warum reden wir nicht einfach darüber?«

»Worüber?«

»Über alles. Über uns.«

»Da gibt es nichts zu reden.«

»Du bist einfach zu feige, mir zu sagen, dass ich gehen soll, nicht?«

»Nein«, sagte er müde. »Geh.«

Er fühlte sich erleichtert, als sie das Haus verlassen hatte. War er jemals in sie verliebt gewesen? Das war er wohl. Und er hatte zu viel hineininvestiert. Er investierte immer zu viel. Überreagierte. Man macht eine Dummheit und gerät in Panik und versucht, sie mit einer neuen Dummheit zuzudecken. Einer neuen und noch schlimmeren.

Nein, das war keine Dummheit. Niemand konnte ihn mit irgendetwas in Verbindung bringen. Niemand. Aber du lieber, gütiger Gott, er musste damit leben! In alle Ewigkeit! Er stand auf und ging ins Bad.

Er hatte sich gerade ein frisches Bier aus dem Kühlschrank geholt, als ihm plötzlich der Junge einfiel. Lars! Wie hatte er den vergessen können? Lars! Er hatte sie zusammen gesehen. Ihn und Perletand.

Er nahm einen großen Schluck und begann erneut, das Glas zwischen den Handflächen zu drehen. Lars hatte ihn gesehen und wiedererkannt. Oder doch nicht? Aber das hatte er inzwischen bestimmt vergessen. Es war so lange her.

Ja, er hatte es bestimmt vergessen.

7.

Lars Frydenlund Sørensen erwachte zeitig am Samstagmorgen und wusste im ersten Moment nicht, wo er war. Er streckte sich und atmete tief durch, dann erinnerte er sich. Der Geruch. Der Geruch war weg. Er lag in seinem eigenen Bett in seinem eigenen Zimmer. Er weitete die Nasenlöcher und atmete noch tiefer durch. Herrlich. Dann schwang er die Beine aus dem Bett, saß eine Weile da, kratzte sich am Knöchel und schwankte schlaftrunken zum WC. Wenig später kam er zurück, legte eine Kassette in den Rekorder und krabbelte wieder unter die Bettdecke.

»Dreh leiser, verdammt nochmal!«, brüllte sein Vater aus dem Schlafzimmer.

Lars stellte leiser. Ja, ja, war es nicht das eine, dann war es das andere. Und hin und wieder konnten die Alten ziemlich kompromisslos sein. Aber in dem Haus war es auch nicht viel besser gewesen. Er hatte damit gerechnet, dass jeder tun und lassen könnte, was er wollte, aber Anders hatte den Boss herausgekehrt wie ein Kapo und gewollt, dass alles auf die Minute genau erledigt wurde. Als wären sie ein Heer aus Partisanen und er der General. Er war total sauer geworden, als sie jeden seiner Befehle mit einem *Yes, Sir!* kommentiert hatten.

Mann, was waren die Alten gestern wütend geworden, als sie von dem Mord erfahren hatten. Seine Mutter hatte geweint und sein Vater geschrien: »Da siehst du es! Ich habe doch gewusst, dass das Ärger gibt. Das sind ja schöne Kameraden, die du da hast!« Als hätte er Perletand umgebracht. Er musste verrückt sein.

In gewisser Weise war es schon lustig gewesen. Natürlich nicht, dass Perletand tot war, aber sonst. Wie viele seiner Schulkameraden hatten schon einmal auf einer Polizeiwache geduscht? Und Frühstück bekommen? Und eigentlich waren die Bullen auch ganz nett gewesen. Fast wie ganz normale Menschen. Die beiden, die sie ausgefragt hatten, waren auch nicht auf den Kopf gefallen. Was das Fenster anging, hatten sie ihm sogar Recht gegeben. Der Dünne schien richtig beeindruckt gewesen zu sein.

Lars setzte sich im Bett auf und drehte die Kassette um. Dann sank er wieder in die Federn, die Arme unter dem Kopf.

Eigentlich musste es ziemlich aufregend sein, Polizist zu sein. Und sein Vater hatte gesagt, dass er mit fünfzehn genauso klein gewesen war wie er, dann aber plötzlich einen Schuss gemacht hatte. Vielleicht würde er auch ... Wie groß man wohl sein musste, um genommen zu werden. Er dachte eine Weile darüber nach, dann gähnte er wieder und streckte sich. Vielleicht sollte er aufstehen und frühstücken. Er hob die Hand, um seine Uhr sehen zu können. 7:58. Dann kamen gleich Nachrichten. Vielleicht brachten sie etwas über den Mord.

Er hielt den Kassettenrekorder an und schaltete das Radio ein.

Er lauschte eine Weile. Nein, es gab nichts Neues. Die Polizei hatte noch immer keine Spur. Rätselhaft. Warum zum Teufel hatte man so einen alten Penner erschossen? Er war ihm oft in der Stadt begegnet. Als er noch klein war, hatte er Angst vor ihm gehabt, aber Perletand tat niemandem etwas. Grölte manchmal ein bisschen, wenn er voll war. Sonst hing er mit den anderen Pennern um den Bahnhof herum.

Es *musste* Perletand gewesen sein, den er an dem Abend gesehen hatte. Genau zu der Zeit, als er nach Meinung der Polizei ermordet worden war. Vielleicht sogar am selben Tag. Vielleicht hätte er das gestern aufschreiben sollen? Aber danach hatten sie schließlich nicht gefragt. Er hatte ihn ja auch nicht in der Nähe des Hauses gesehen, und der Mann, mit dem er zusammen gewesen war, war bestimmt kein Mörder ...

Natürlich betonten sie immer, dass selbst das kleinste Detail von Bedeutung war, aber das sollte dann doch auch verdammt nochmal etwas mit dem Fall zu tun haben.

Lars kam mit sich überein, das Richtige getan zu haben.

Therkelsen seufzte tief, legte das Blatt Papier weg, das er in der Hand hielt, und zündete sich eine Zigarette an. Er und Høyer waren dabei, die Protokolle des gestrigen Tages durchzusehen.

»Sag mal, wolltest du nicht nur noch Pfeife rauchen?«, fragte Høyer. »Ich meine mich zu erinnern, dass das einer deiner Vorsätze für das neue Jahr war.«

»Stimmt, aber ich habe den Vorsatz ausdrücklich unter dem Vorbehalt gefasst, dass ich, wenn wir es mit schwierigen Fällen zu tun hätten ...«

»Ja, ja«, sagte Høyer sarkastisch. »Und seit Neujahr hatten wir sozusagen nichts anderes!«

»Stimmt, wo du das sagst«, sagte Therkelsen. »Der hier scheint jedenfalls schwierig zu werden. Eine ziemlich magere Ausbeute, was?« Er schlug mit der Hand auf die Protokolle.

»Ja, bis jetzt«, räumte Høyer ein.

»Und außerdem rauche ich nicht viele Zigaretten – im Normalfall«, sagte Therkelsen.

Høyer lachte. »Du brauchst dich nicht vor mir zu

rechtfertigen. Es ist dein Geld und deine Gesundheit. Und es fehlt nicht mehr viel, dass ich die Zigaretten deiner stinkenden Pfeife vorziehe.«

»Stinkende Pfeife. Jetzt hör aber auf! Hast *du* etwas gefunden?«

»Nein«, Høyer schüttelte den Kopf. »Die Jugendlichen hier erzählen fast alle die gleiche Geschichte. Sie fanden die Idee gut, doch als nichts passierte, wurden sie der Sache müde. Ein paar von ihnen, wie Anders Herskinds Freundin, haben die Verbindung zu dem Haus aufrechterhalten. Ich glaube übrigens, dass sie für den Nachschub gesorgt hat, aber die meisten haben das Interesse verloren, was wohl auch nicht anders zu erwarten war.«

»Weißt du eigentlich, dass Anders Herskind nicht zu Hause im Palais wohnt?«, fragte Therkelsen. »Aber obdachlos ist er auch nicht, er hat eine kleine Eigentumswohnung in der Innenstadt.«

»Ja, ich weiß. Dafür hat der Alte wohl bluten müssen«, meinte Høyer. »Aber eigentlich ist das doch ein sympathischer Zug, dass der Typ sich überhaupt mit so einer Aktion beschäftigt.«

»Ja, eigentlich schon«, sagte Therkelsen. »Aber warten wir ab, wo er in zehn Jahren steht. Wenn nicht in Vaters Geschäft, fress ich einen Besen.«

»Wenn das dann noch existiert«, sagte Høyer. »Die goldenen Zeiten sind vorbei. Es sieht ganz so aus, als seien Anders Herskind, Søren Skov, Herskinds Freundin und – was eigentlich merkwürdig ist – der Kleine, Lars Frydenlund Sørensen, der harte Kern der Truppe gewesen. Und als hätten sie ein paar Tage vor Beginn der Aktion ein Treffen mit unseren beiden linksorientierten Stadträten und Per Toft gehabt. Aber das war ja vor seiner Wahl ins Folketing.«

»Ja, und das Treffen fand ohnehin nicht in dem Haus statt, sodass uns das auch nicht wirklich weiterbringt«, sagte Therkelsen. »Ich wüsste nur zu gerne, ob sie wirklich etwas für die jungen Leute tun wollten oder ob das nur ein leeres Wahlversprechen war.«

»Egal was ein Politiker tut, es wird von seinen Gegnern immer als leeres Wahlversprechen bezeichnet«, meinte Høyer. »Und wahrscheinlich hat sie das auch ein paar Stimmen gekostet. Was sie auf der einen Seite gewinnen, verlieren sie auf der anderen wieder.«

»Also ich werde meine Stimme jederzeit für die Einrichtung von Jugendzentren abgeben«, sagte Therkelsen. »Je mehr, desto besser. Dann hängen die Blagen wenigstens nicht zu Hause herum«, fügte er lachend hinzu.

Høyer warf ihm einen schnellen Blick zu, entschloss sich jedoch, Letzteres als Witz aufzufassen. Therkelsen hatte eine Zeit hinter sich, in der es schlimm um das Familienleben gestanden hatte, aber im letzten Jahr war es eigentlich recht gut gelaufen. Besonders nachdem der Mittlere, der Junge, aufs Internat gekommen war. Die beiden waren ständig aneinander geraten, doch jetzt, wo sie sich nicht mehr jeden Tag sahen, schienen sie einen Modus Vivendi gefunden zu haben. Wie Therkelsen zu sagen pflegte: »Es ist doch auch unnatürlich, dass eine ganze Horde erwachsener Menschen Tag für Tag aufeinander hockt. Früher hat man sie rausgeschmissen, wenn sie vierzehn waren, und fertig.« Woraufhin Høyer schüchtern einwandte: »Aber dafür hatten die Leute auch zehn, zwölf Kinder.«

»Der Alkoholiker scheint offenbar auch wieder bei seiner Pflegefamilie zu sein«, sagte Therkelsen. »Ich weiß nicht, meinst du, wir sollten jemanden hinschicken, dass er mit ihm spricht?«

»Liegt das nicht unten in Thorsens Bezirk?«, fragte Høyer. »Wie wäre es, wenn er hinfährt und mit ihm redet? Das kann er doch machen.«

»Gute Idee«, sagte Therkelsen. »Dann wären da noch die Journalisten und die Fotografen, aber da ist bestimmt nichts zu holen, sodass alles in allem ...«

Von der Tür war ein Klopfen zu hören, als würde jemand mit dem Fuß dagegen treten.

»Herein!«, rief Høyer.

»Der Kaffeemann ist da. Macht auf!«

Therkelsen ging zur Tür und ließ Bach herein, der mit einem Tablett mit einer Thermoskanne, zwei Pappbechern mit Zucker und Milch und einer riesigen Bäckertüte vor der Tür stand.

»Ich bin davon ausgegangen, dass ihr einen Mittagskaffee gebrauchen könnt«, sagte er und stellte alles auf einer Ecke des Schreibtischs ab. »Habt ihr Becher?«

»Natürlich«, sagte Therkelsen und holte drei Pappbecher hervor. Høyer sah ihm düster zu. Er konnte sich mit den Pappbechern nicht anfreunden, auch wenn er einräumen musste, dass es eine gewisse Verbesserung bedeutete, dass es jetzt Halter dafür gab. Noch düsterer starrte er auf die Bäckertüte, die, wie sich herausstellte, eine große Dagmartorte enthielt. Høyers Lieblingskuchen.

»Wie sollen wir die aufschneiden?«, fragte Therkelsen.

»So«, sagte Bach, indem er ein Brotmesser aus der Brusttasche zog und den Kuchen aufzuschneiden begann. »Ich habe in der Kantine ein Messer mitgehen lassen.«

»Sag mal, hattest du dir Neujahr nicht vorgenommen, keinen Kuchen mehr zu essen?«, fragte Therkelsen, als Høyer nach einem Stück griff.

»Nur wenn wir keine schwierigen Fälle haben«, sagte Høyer und biss zu.

»Und seit Neujahr haben wir nichts anderes«, lachte Therkelsen.

»Stimmt genau«, sagte Høyer. »Therkelsen und ich haben gerade festgestellt, dass wir nichts in der Hand haben, Bach. Deshalb hoffen wir zutiefst, dass du gestern etwas herausgefunden hast.«

»Ja.« Bach wischte sich den Mund ab. »Ich habe Perletands Treiben in groben Zügen rekonstruieren können und zwar von halb zwei, als er von zu Hause fortgegangen ist, bis ungefähr halb acht. Also am 2. Februar, aber das versteht sich von selbst.«

»Du hast das Wort!«, sagte Therkelsen.

»Zuerst hat er sich natürlich zum Zigarrenhändler an der Ecke getrollt, um dort im hinteren Ladenbereich einen zu heben. Früher ist er nie weiter als bis zum Kaufmann im Haus gekommen, aber den gibt es ja nicht mehr, sodass er seitdem den Tag bei dem Zigarrenhändler begonnen hat«, erklärte Bach. »Und das hat er auch an diesem Tag gemacht. Seinen Koffer hatte er übrigens dabei. Er ist auf ein Bier dort geblieben, was ja auch gut dazu passt, dass er gegen zwei bei Ruth aufgetaucht ist, wie ihr wisst. Sie hat ihm eine Frikadelle und ein Pils gegeben und dann ist er anscheinend direkt zum Bahnhof gegangen, wo er seinen Koffer aufgegeben hat.«

Høyer und Therkelsen nickten. Das wussten sie bereits.

»Nun gut, dann habe ich mir vorgestellt, wo ich hingehen würde, wenn ich er wäre. Meine Vermutung war, dass er nicht riskieren wollte, Durst zu bekommen, indem er zu lange durch die Gegend lief, weshalb er bestimmt zu der Cafeteria am Busbahnhof gegangen ist. Und diese Vermutung war richtig. Er hat dort ein paar Tassen Kaffee und ein Bier getrunken.«

»War er allein?«

»Er war allein, als er kam«, sagte Bach. »Und er war allein, als er ging. Aber natürlich saßen da ein paar Kameraden herum, die ihm Gesellschaft geleistet haben. Gegen vier ist er wieder gegangen.«

»Und wo wärest du dann hingegangen, wenn du Perletand wärst?«, lachte Therkelsen.

»Das brauchte ich mir nicht zu überlegen«, sagte Bach. »Er wollte nämlich in die Bücherei gehen und Zeitung lesen. Das hat er übrigens jeden Tag gemacht.«

»Auch an dem Tag?«

»Ja, und auch das ist mehr als eine Vermutung. Im Lesesaal gibt es ein paar Stammkunden, die sich erinnern konnten, dass er da gewesen ist. Sie sind sich ganz sicher, dass es der 2. Februar war, also der Tag, an dem er fahren wollte, weil er erzählt hat, dass es am selben Abend losgehe.« Bach sah einen Moment in die Luft. »Diese Reise muss das Ereignis seines Lebens gewesen sein«, sagte er dann mit einem kleinen Lächeln. »Er hat jedem davon erzählt.«

»Konnten sie dir auch sagen, wo er danach hingegangen ist?«, fragte Høyer.

»Nein«, sagte Bach. »Und jetzt wurde es schon schwieriger, weil es mehrere Möglichkeiten gab. Aber ich bin davon ausgegangen, dass er bestimmt wieder durstig war, nachdem er eine Stunde in der Bücherei gesessen hatte, und deshalb habe ich mich für die nächste Kneipe entschieden, das *Skarpe Hjørne,* was sich ebenfalls als Volltreffer erwiesen hat ...«

»Bravo, Bach!«, rief Høyer. »Wann ist er dort eingetroffen?«

»Zwischen halb sechs und sechs«, sagte Bach. »Er hat sich etwas gegönnt, hat Fleisch mit Zwiebeln, Bratkartoffeln und Spiegelei bestellt und ein paar Bier getrunken.

Auch hier hat er von seiner großen Reise erzählt. Gegen halb acht ist er aufgestanden, hat sich verabschiedet und ist gegangen.« Bach machte eine Pause. »Und von diesem Moment an hat ihn niemand mehr gesehen. Jedenfalls keiner von denen, mit denen ich gesprochen habe. Und das waren viele, das kann ich euch sagen.«

»Er kann ja nicht vor dem *Skarpe Hjørne* im Boden versunken sein«, meinte Therkelsen.

»Nein, und natürlich kann noch jemand auftauchen, der ihn gesehen hat. Was eigentlich auch der Fall sein müsste, denn er hat erzählt, dass er um acht eine Verabredung hätte«, sagte Bach.

»Eine Verabredung?«, wiederholte Høyer. »Sie wussten nicht zufällig, mit wem?«

»Nein. Ihr wisst doch, wie Perletand war. Im Normalfall war er nicht sehr gesprächig. Das mit der Reise war etwas ganz anderes.«

»Hm«, sagte Høyer. Zerstreut blickte er auf das letzte Stück Kuchen. »Will jemand von euch das noch haben?«, fragte er.

»Nein, nimm es ruhig«, sagte Bach mit einem Lächeln und mit einem kleinen Seufzer streckte Høyer die Hand danach aus. Ob er zwei oder drei Stücke aß, kam eigentlich auf dasselbe heraus. Jetzt, wo er der Versuchung erlegen war.

Alle drei saßen eine Weile schweigend da und ließen sich die Informationen durch den Kopf gehen.

»Irgendwie war es schon seltsam, seinen Spuren zu folgen«, sagte Bach schließlich. »Man konnte fast den Eindruck bekommen, als hätte er seine Runde gemacht und sich von allen verabschiedet, die er gekannt hat. Ich weiß natürlich, dass das wegen der Reise war, aber im Nachhinein wirkt es trotzdem ein wenig seltsam.«

Høyer nickte. »Ja, und mir ist noch etwas anderes aufgefallen. Eigentlich hat er mir immer irgendwie Leid getan, wenn ich ihn gesehen habe. Ein armer Schlucker, ziemlich verwahrlost, aber in Wirklichkeit hatte er doch ein ganz schönes Leben. Er war jedenfalls nicht so einsam, wie ich angenommen habe. Und alle haben ihn gemocht.«

»Und trotzdem ...«, begann Therkelsen.

»Ja«, Høyer schüttelte den Kopf. »Und trotzdem. Wir können wohl davon ausgehen, dass die Person, mit der er die Verabredung hatte, ihn erschossen hat.«

»Richtig«, sagte Bach. »Aber offenbar hat niemand auch nur die geringste Ahnung, wer das gewesen sein könnte.«

»Gibt es Vermutungen?«, fragte Høyer.

Bach schüttelte den Kopf. »Jedenfalls noch nicht. Gestern Abend habe ich mit dem ›Weißen Neger‹ gesprochen. Er hat nichts gehört.«

Der ›Weiße Neger‹ gehörte zu Bachs besten Quellen.

»Gar nichts?«, fragte Therkelsen. »Perletand kann doch mit jemandem Streit gehabt haben.«

»Nicht mit einem Typen, der von einer Pistole Gebrauch machen würde«, meinte Bach. »Und davon einmal abgesehen, war da nichts. Ich habe ganz vorsichtig angedeutet, dass Perletand möglicherweise etwas gewusst hat, was er uns erzählen wollte. Er wollte einfach nicht glauben, dass Perletand Wind von einem großen Drogendeal oder Ähnlichem bekommen hat.«

»Warum nicht?«, fragte Høyer. »Wir wissen doch, dass ...«

Bach unterbrach ihn. »Er hat gesagt, und damit hat er sicher Recht, dass er in eine solche Situation nie gekommen wäre. Das war eine Nummer zu groß. Da, wo Perletand sich in der Regel aufhielt, sitzen keine solchen Typen herum und besprechen ihre Geschäfte. Wie hat er gesagt: ›Was Perletand wusste, wussten alle.‹ Er war auch nicht der Meinung, dass er die schweren Jungs gekannt hat.«

»Hast du ihn gefragt, wer die schweren Jungs sind?«

»Ja, klar und er hat gelacht«, sagte Bach. »Der Weiße Neger erzählt nicht mehr, als er erzählen will. Und ich muss einräumen, dass ich, was Perletand angeht, diesen Standpunkt verstehe.«

»Schon«, sagte Høyer. »Das tue ich auch. Da wäre nur ein kleiner Einwand.«

»Und der wäre?«, fragte Bach.

»Dass Perletand tot ist«, sagte Høyer. »Und dafür muss es einen Grund geben«, fuhr er kurz darauf fort. »Man erschießt nicht einfach jemanden zum Spaß. Und ein Unfall war es auch nicht. Wenn man jemanden aus nächster Nähe erschießt, steckt ein handfestes Motiv dahinter. Und es fällt mir verdammt schwer, mir einen eifersüchtigen Ehemann oder eine verschmähte Verehrerin vorzustellen.«

Therkelsen lachte. »Es war bestimmt dein alter Freund Jensen, du wirst schon sehen.«

»Als Nächstes wirst du noch behaupten, dass ich es war«, sagte Høyer trocken. »Hat er auch nicht gesagt, wo er verabredet war?«, fragte er Bach.

Bach schüttelte den Kopf.

Høyer seufzte. »Nun, es sei uns gestattet zu hoffen, dass noch jemand auftaucht, der ihn gesehen hat, nachdem er das *Skarpe Hjørne* verlassen hat.«

»Das Dumme ist, dass das Wetter sehr schlecht war, als er gegangen ist«, sagte Therkelsen. »Es war bitterkalt und es hat geschneit.«

»Trotzdem«, sagte Høyer. »Er fiel schließlich auf und ein paar Menschen müssen doch trotz des Wetters unterwegs gewesen sein.«

»Und darin habt ihr nichts gefunden?«, fragte Bach und machte eine Kopfbewegung zu den Protokollen hin, die auf dem Tisch lagen.

»Nicht beim ersten Durchsehen«, antwortete Therkelsen. »Aber vielleicht stolpern wir noch über irgendetwas, wenn wir alles nochmal genauer durchgehen.«

»Jetzt wisst ihr jedenfalls, was ich in Erfahrung bringen konnte«, sagte Bach. »Ich weiß nicht ... dann könnte ich doch eigentlich ins Wochenende gehen, oder?«

»Ja und nein«, sagte Høyer. »Einen von denen, mit denen Therkelsen und ich gestern gesprochen haben, sollten wir uns vielleicht einmal etwas näher ansehen.«

»Verdammt!«, rief Bach. »Und das sagt ihr erst jetzt.«

»Ja, weil wir in Wirklichkeit nichts gegen ihn in der Hand haben«, sagte Høyer und grub das Protokoll aus. »Das ist er«, fuhr er fort, indem er Bach das Protokoll reichte. »Viggo Sommer. Aber aus dem Bericht geht nicht viel hervor. Das ist mehr ein Gefühl, verstehst du. Der Typ war nervös. Er hat versucht, den Eindruck zu erwecken, als stünde er unter Stress, arbeitsmäßig und privat, aber ich glaube, da steckte mehr dahinter. Vielleicht irre ich mich. Es gibt ja Leute, die ... na ja, du kennst die Typen, sie sehen immer angespannt und schuldbewusst aus, nur weil sie als Kind einmal eine Krone aus dem Küchenschrank haben mitgehen lassen und man ihnen mit dem schwarzen Loch und dem bösen Polizisten gedroht hat.«

»Wir sind jedenfalls beide der Meinung, dass wir ihn uns etwas genauer ansehen sollten«, sagte Therkelsen. »Aber diskret. Ganz inoffiziell, mehr auf deine dezente Schweizer-Banken-Art.«

Bach hatte während ihres Gesprächs einen Blick in das Protokoll geworfen.

»Ein Sozialarbeiter«, sagte er und zuckte die Schultern. »Ich sehe nicht recht, was ... Ich meine, die sitzen ja nicht selbst auf dem Geld. Oder? Vielleicht gibt es da doch das eine oder andere? Irgendeine Art von Sozialbetrug, in den er verwickelt ist. Ich sehe ihn mir jedenfalls einmal an.«

»Ja«, sagte Høyer. »Aber ganz inoffiziell. Halte einfach am Wochenende die Ohren offen«, fügte er hinzu. »Und wenn du auch nur die kleinste Kleinigkeit herausbekommst, statten wir ihm am Montag einen Besuch ab. Das sollten wir meiner Meinung nach übrigens auf jeden Fall tun. Irgendetwas stimmt mit dem Burschen nicht.«

»Soll ich die Kanne mitnehmen?«, fragte Bach und stand auf. »Und in der Kantine abgeben?«

»Gern«, sagte Therkelsen. »Sie ist leer. Und danke für den Kaffee.«

»Und den Kuchen«, sagte Høyer.

»Nicht der Rede wert«, sagte Bach.

»Ach, das würde ich nicht sagen«, protestierte Therkelsen. »Høyer hat es immerhin geschafft, sich drei Stücke einzuverleiben.«

Bach nahm die Kanne und ging zur Tür. »Schönes Wochenende!«, sagte er.

»Tja«, sagte Therkelsen, als er verschwunden war. »Der hat gut reden. Und was machen wir jetzt? Wir haben nicht viel, woran wir uns halten können.«

»Nein«, sagte Høyer. »Wie spät ist es? Bald zwölf. Die Chancen, an einem Samstag um diese Zeit in einer Wirtschaftsprüfungsfirma jemanden zu erreichen, sind wohl nicht gerade groß.«

»Es ist aber auch nicht unmöglich«, meinte Therkelsen.

»Ich könnte mir zumindest vorstellen, dass *er* da ist. Jespersen, meine ich. Die haben doch jetzt Hochkonjunktur. Mit den Steuererklärungen und so.«

»Steuererklärungen!«, rief Høyer. »Die Zeit ist doch längst vorbei.«

»Wie kann man nur so einfältig sein!«, stöhnte Therkelsen. »Es ist wirklich gut, dass du dich von allem, was mit Wirtschaftskriminalität zu tun hat, fern hältst. Nur so gewöhnliche Lohnsklaven wie wir haben das hinter uns. Leute, die rechnungslegungspflichtig sind, nicht. Wusstest du das nicht?«

»Nein, woher soll ich das wissen. Rigmor kümmert sich um unsere Steuererklärung«, räumte Høyer ein.

»Was willst du eigentlich von ihm?«, fragte Therkelsen.

»Da wir nicht viel anderes machen können, halte ich es für klug, so viel wie möglich über Perletand in Erfahrung zu bringen«, sagte Høyer und fügte dozierend hinzu: »Je mehr man über das Opfer weiß, desto größer sind die Chancen, das Motiv zu finden.«

»Schön!«, sagte Therkelsen. »Sehr schön. Schreibst du ein Lehrbuch?«

Høyer bedachte ihn mit einem ironischen Lächeln, während er die Hand nach dem Telefon ausstreckte, um zu hören, ob der Wirtschaftsprüfer in seinem Büro war.

»Nein«, sagte er. »Aber *ich* habe einmal eins gelesen.«

»Das ist absurd«, rief Høyer und sah sich um, als sie die Vorhalle der Wirtschaftsprüfungsfirma betraten. Sie nahm eine ganze Etage eines neuen Geschäftsgebäudes ein. »Grotesk.«

»Was?«, fragte Therkelsen.

»Dass alles so kompliziert ist, dass Unternehmen wie dieses hier einfach dadurch laufen – und das offensichtlich nicht schlecht –, dass die Leute mit ein paar Zahlen herumpusseln. Ich wüsste zu gerne, einen wie hohen Anteil des Bruttosozialproduktes etwas so Blödsinniges wie das Ausfüllen von Steuererklärungen ausmacht.« Høyer schüttelte den Kopf, aber Therkelsen kam nicht dazu, zu antworten, da im selben Moment ein Wesen auftauchte, bei dessen Erscheinen beiden der Unterkiefer herunterklappte.

Das war keine Frau, die da wiegenden Schrittes auf sie zukam, das war ein Klischee. Eine Marilyn Monroe für Arme, der Prototyp der dummen Blondine.

»Tja, tja, tja«, murmelte Therkelsen halblaut.

Die Blondine kam auf sie zu und richtete ein Paar veilchenblaue Augen auf sie. »Jespersens Büro liegt am Ende des Flurs«, sagte sie. »Sie sind von der Kripo, nicht? Er erwartet Sie.«

Høyer glotzte sie an. Was für eine Stimme! Ein einschmeichelndes Lispeln.

»Wow«, sagte Therkelsen, als sie den Gang hinuntergingen. »Ob Jespersen der wohl gewachsen ist?«

Sie klopften an und eine spröde Altmännerstimme rief: »Kommen Sie herein.«

Sie betraten das Büro.

Jespersen war ein sehr kleiner, alter Herr, der hinter einem riesigen Schreibtisch saß. Høyer stellte sich vor, dass er mit den Beinen ein Stück über dem Boden baumelte wie ein Kind, das man auf einen zu hohen Stuhl gesetzt hat. Oder wie ein Kobold. Ein kleiner, schalkhafter Kobold, der vor unterdrückter Heiterkeit gluckste. Vielleicht fand er sein Unternehmen in Wirklichkeit auch absurd, dachte Høyer.

»Ihre Sekretärin sagt, dass Sie uns erwarten«, sagte Therkelsen.

»Meine Sekretärin?« Er sah sie fragend an. »Ach so, Sie meinen Irmelin. Sie ist nicht meine Sekretärin. Sie ist *Schmidt.* Die Tochter des alten Schmidt. Er war ein hervorragender Wirtschaftsprüfer und seine Frau war verrückt. Irmelin ist eine hervorragende Wirtschaftsprüferin und total verrückt. Ich kann Ihnen versichern, dass man sehr früh aufstehen muss, wenn man gegen sie ankommen will. Sie ist Wirtschaftsprüferin und Juristin, Schwerpunkt Steuer- und Verwaltungsrecht. Und wenn Sie glauben, dass die Zuckerwatte, die sie auf dem Kopf hat, Haar ist, dann irren Sie sich. Das sind Antennen. Irmelin weiß alles, was in ihrem Bereich vor sich geht. Und der ist nicht klein. Hat sie gelispelt?«

»Wie bitte?«, rief Therkelsen. »Ja, das hat sie.«

Jespersen schien vor Freude förmlich in seinem Stuhl zu hopsen und rieb sich die Hände.

»Sie liebt es, die Leute zu verarschen«, sagte er und Høyer warf ihm einen verblüfften Blick zu. In was für einem Irrenhaus waren sie denn hier gelandet? Er hatte Wirtschaftsprüfer immer als die langweiligsten Menschen der Welt angesehen. Jetzt musste er seine Meinung revidieren, dachte er und war kurz davor, das laut auszusprechen. Er konnte sich des Gefühls nicht erwehren, dass Jespersen sich einen Spaß mit ihnen machte. Aber er bezwang die Lust.

»Eigentlich redet sie ganz normal«, fuhr Jespersen fort. »Aber sie liebt diese Dumme-Blondinen-Nummer. Sie behauptet, dass sie damit sämtliche Vorurteile der Leute entlarvt.«

Jedenfalls hat sie unsere entlarvt, dachte Høyer und hatte das Gefühl, rote Ohren zu haben.

»Aber Sie wollen etwas über Bent Kristensen, genannt Perletand, erfahren. Was für eine seltsame Geschichte.

Soweit ich das verstanden habe, war es kein Raubmord. Und in dem Fall ist das Ganze wirklich völlig unverständlich. Ansonsten hätte man sich noch vorstellen können, dass er sein Reisegeld irgendwo zu offenherzig gezeigt hat, nicht?«

»Sie wussten also, dass er ins Ausland reisen wollte?«, fragte Høyer.

»Ja, sicher. Wir haben dafür gesorgt, dass die Reise bezahlt wird, und Geld für ihn gewechselt. Er war da hilflos wie ein Baby. Und soweit ich das verstanden habe, ist er, bis die Mutter starb, auch so behandelt worden«, sagte Jespersen. »Was seine finanziellen Verhältnisse anging, kann ich Ihnen alles über ihn erzählen. Mir ist nur nicht ganz klar, inwieweit Ihnen das weiterhelfen kann. Da ist überhaupt nichts Geheimnisvolles oder Interessantes dran.«

»Erzählen Sie uns einfach alles, was Sie wissen«, sagte Høyer schnell.

»Ja, ja, immer mit der Ruhe, das kommt schon, sagte das Revuegirl zum Bischof«, wieherte Jespersen. »Also, das erste Mal ist er vor Weihnachten hier aufgetaucht. Der für ihn zuständige Sozialarbeiter hat ihn hergeschickt. Viggo Sommer, von ihm haben Sie vielleicht schon gehört. Aber wir mussten ihn bitten, bis nach Weihnachten zu warten, was er auch getan hat. Anfang Januar fand er sich dann mit einem ganzen Karton voller Papiere ein, die wir sortiert und in ein System gebracht haben. Eigentlich war er ganz gut situiert. Das Haus ist fast schuldenfrei, und obwohl es keine Goldgrube ist, wirft es doch ein bescheidenes monatliches Einkommen ab. Dann gibt es zwei Sparbücher, eins mit Geld für das Begräbnis und die Instandhaltung des Grabsteins und ein anderes mit fünfzigtausend Kronen. Außerdem sind noch hunderttausend Kronen in Staatsanleihen da. Ja, ja, auch der kleine Mann kauft jetzt Staatsanleihen. Strickstrumpf und Sparkasse sind out, Staatsanleihen sind in. Er fühlte sich wie ein Krösus, obwohl er das Ersparte bereits ein bisschen angeknabbert hatte. Und die Reise kostete ja auch zehntausend, aber er hatte sie sich in den Kopf gesetzt. Und dagegen war schließlich nichts einzuwenden – rein finanziell.«

»Sie sagen, dass er das Ersparte ein bisschen angeknabbert hatte«, sagte Høyer. »Sie meinen, er hat Geld abgehoben, nehme ich an?«

»Ja, merkwürdigerweise. Denn in der Regel machte er einen großen Bogen um alle Banken. Aber im Dezember hat er tatsächlich zehntausend abgehoben.«

»Zehntausend!«, wiederholte Høyer verblüfft. »Das ist nicht wenig. Wozu?«

»Für Bier und Schnaps«, meinte Therkelsen.

»Nein, nein«, sagte Jespersen. »Er hat das Geld verliehen, hat er erzählt. Aber natürlich hatte er nichts Schriftliches in der Hand. Ich habe ihm vorgeschlagen, einen Schuldbrief aufzusetzen, aber davon wollte er nichts wissen. Es sei auch nicht nötig, hat er behauptet, da er es einem ›ordentlichen‹ Mann geliehen habe.«

»Wen kann er damit gemeint haben?«, sagte Høyer.

»Das wollte er nicht sagen. Nur dass es sich um einen ›ordentlichen‹ Mann in einer festen Anstellung handelt. Er war fest überzeugt, das Geld im Frühjahr zurückzubekommen. Deshalb dürfte sich jetzt wohl einer die Hände reiben. Des einen Tod des anderen Brot, nicht?«, sagte Jespersen.

»Dann war also beabsichtigt, dass Sie sich in Zukunft um seine Finanzen kümmern?«

»Ja, um alles. Um Ein- und Auszahlungen. Licht, Gas,

Heizung, kurz gesagt um alles, einschließlich der Friedhofsgebühren.« Er schob Høyer ein Blatt Papier hinüber. »Ich habe eine Aufstellung angefertigt, aus der in groben Zügen alles hervorgeht. Sie können sie mitnehmen, auch wenn mir nicht klar ist, was sie Ihnen nützen soll.«

Høyer nahm das Blatt Papier entgegen. »Vielen Dank«, sagte er. »Und das war alles?«

»Ja, das war es«, sagte Jespersen. »Sie müssen entschuldigen, dass ich Ihnen nichts anbiete, aber zur Zeit arbeiten wir hier rund um die Uhr, und je eher ich Sie vor die Tür setzen kann, desto besser.«

Die Blondine kam gerade aus ihrem Büro, als Høyer und Therkelsen daran vorbeigingen. Høyer hatte das Gefühl, dass sie das bewusst arrangiert hatte. Er schielte zu dem Schild über ihrer Tür hin. *Irmelin Schmidt.* Sie hieß wirklich Irmelin. Er war dem Gedanken nicht abgeneigt gewesen, dass Jespersen sich einen Spaß mit ihnen gemacht hatte.

»Hat Jespersen Ihnen erzählt, wer ihn zu uns geschickt hat?«, fragte sie.

Sie sprach jetzt ganz normal und schien nicht die geringsten Schwierigkeiten damit zu haben, in zwei verschiedenen Ausgaben vor ihnen aufzutreten.

»Sein Sozialarbeiter«, sagte Høyer.

Sie nickte. »Ich bin nicht genau über den Fall informiert, aber meiner Meinung nach sollten Sie sich den einmal ansehen.«

»Viggo Sommer?«, sagte Therkelsen fragend. »Warum denn?«

»Ach, das ist nur so eine Idee«, sagte sie. »Einen schönen Tag, die Herren. Ich habe noch viel zu tun.«

Sie verschwand mit wiegenden Hüften den Gang hinunter.

»Verrücktes Frauenzimmer!«, rief Therkelsen, als sie außer Hörweite war.

»Ja, weiß Gott«, sagte Høyer. »Ich glaube, Jespersen hat Recht. Das ist kein Haar, das sie auf dem Kopf hat, das sind Antennen.«

»Und was machen wir jetzt?«, fragte Therkelsen, als sie eine halbe Stunde später in Høyers Büro saßen.

»Frei«, sagte Høyer. »Vor Montag können wir doch nichts ausrichten, es sei denn, es taucht etwas Neues auf, und das werden wir dann schon rechtzeitig erfahren. Die wissen ja, wo sie uns finden.«

»Ja, weiß Gott«, seufzte Therkelsen.

Høyer griff nach dem Telefon und rief in der Zentrale an, um Bescheid zu geben, dass sie das Fort verließen, dann legte er den Hörer auf und streckte sich genussvoll. »Oh, wie ich mich freue, nach Hause zu kommen. Ich habe kaum Zeit gehabt, Rigmor richtig zu begrüßen. Ich werde sie heute Abend ins Kino einladen. Und einen richtig schönen Film ansehen. Und Händchen halten. Und anschließend irgendwo auswärts essen. Wie, findest du, klingt das?«

»Traumhaft«, sagte Therkelsen. »Traumhaft. Ich bin seit einer Ewigkeit nicht mehr im Kino gewesen.«

Das Telefon schellte genau in dem Moment, als sie das Büro verlassen wollten.

Sie blieben stehen und sahen sich an.

»Da zerplatzt der Traum!«, sagte Therkelsen.

Das Telefon schellte erneut.

»Geh einfach nicht dran«, führte Therkelsen ihn in Versuchung. »In Wirklichkeit sind wir doch schon weg.«

Høyer schüttelte den Kopf. »Die finden uns trotzdem«, sagte er und seufzte resigniert.

Er nahm den Hörer ab, als es zum dritten Mal schellte.

»Høyer«, sagte er und hörte kurz zu. Dann drückte er auf den Lautsprecher, sodass Therkelsen mithören konnte.

In einem Schrebergarten hatte man eine Kinderleiche gefunden. Und alles deutete darauf hin, dass es sich um die verschwundene Bettina handelte.

8.

Der Kleingartenverein Petersminde war noch nicht aus dem Winterschlaf erwacht. Nasskalt und trostlos lag er in dem bleichen Märzlicht, die Erde dampfte vor Feuchtigkeit und ein eiskalter Wind fegte durch die nackten, vor Nässe triefenden Äste.

Høyer stand schwer und düster da, den Kragen um die Ohren geschlagen, die Hände tief in den Manteltaschen vergraben, das Kinn zur Brust gezogen und sah den Technikern zu, die jetzt vorsichtig die obersten Teile des Reisighaufens entfernten, nachdem sie die notwendigen Bilder gemacht und das Gebiet um den Fundort untersucht hatten, auch wenn die Chancen, wichtige Spuren zu finden, nach drei Monaten minimal waren.

Høyer trat ein wenig näher.

Ja, es bestand nicht der geringste Zweifel. Das war Bettina. Anscheinend noch immer in den Sachen, die sie bei ihrem Verschwinden getragen hatte. Dunkelblaue Samthose, roter Anorak mit dunkelblauen Streifen an den Ärmeln, halbhohe Stiefel, Schal und Handschuhe.

Høyer runzelte die Brauen.

Irgendetwas hier stimmte nicht mit ihrer Theorie überein, dass sie von einem Mann aufgelesen worden war, der sich erst an ihr vergangen und sich dann auf die eine oder andere Weise ihrer entledigt hatte.

Die Leiche wirkte irgendwie intakt. Doch vielleicht war das nur bei oberflächlicher Betrachtung so. Es war besser, sich nicht zu voreiligen Schlüssen hinreißen zu lassen, bevor man sie näher untersucht hatte.

Stumm registrierte er die einzelnen Details. Hinter ihm

schwankten ein paar hoch aufgeschossene Grünkohlstrünke traurig gegeneinander und verwelkte braune Staudenköpfe wirkten wie Karikaturen der blühenden Gewächse, die sie einmal gewesen waren.

Es roch nach Erde und Verwesung. Mitten im Garten war ein Beet, das gegen den Nachtfrost sorgfältig mit Tannenzweigen abgedeckt war. Høyer erinnerte es an ein Grab.

Therkelsen trat zu ihm.

»Du hattest also Recht, Høyer«, sagte er.

Høyer nickte düster.

Ja, er hatte Recht behalten. Mit dem Frühling war Bettina aufgetaucht.

Nicht der Anblick des ermordeten Mädchens ließ Høyer so düster dreinschauen. Sie war schon so lange tot und hatte so lange hier gelegen, dass sie nur noch ein toter Körper war, und auch in der Luft hing nicht die Stimmung von Entsetzen und Grauen, die er vor einigen Tagen in dem kleinen Haus draußen auf dem Land empfunden hatte. Die Leiche war in gewisser Weise entmenschlicht und somit fast ein Gegenstand, ein Ding, demgegenüber man sich völlig professionell verhalten konnte. Er hatte das zum ersten Mal erlebt, als er vor vielen Jahren zu einem Brand gerufen worden war, bei dem drei kleine Kinder in einer Feldscheune verbrannt waren, nachdem sie mit Streichhölzern gespielt hatten. Er hatte erwartet, dass der Anblick der Leichen einen furchtbaren Eindruck auf ihn machen würde, nicht zuletzt weil er zu dem Zeitpunkt selbst Kinder in dem Alter hatte, doch dann stellte sich zu seiner großen Verwunderung heraus, dass der Anblick der kleinen verkohlten Körper ihn nicht sonderlich beeindruckte. Mit ihrem makabren Tod hatten sie die eine oder andere Grenze überschritten, wo das Grauen aufhörte. Wo die Gefühle einfach ausblieben.

Nein, sein düsterer Ausdruck rührte in Wirklichkeit daher, dass er in Gedanken den Fall durchging und darüber nachdachte, was es bedeuten konnte, sie gerade hier gefunden zu haben.

Er strich sich über das Kinn und sah Therkelsen an.

»Ja, das habe ich wohl«, sagte er. »Aber ich hatte nicht erwartet, dass man sie hier in der Stadt findet.«

»Nein«, sagte Therkelsen. »Eigentlich nicht.«

»Ich hatte damit gerechnet, dass ihre Leiche in der Nähe ihres Elternhauses auftaucht«, fuhr Høyer fort. »In einem Tümpel oder einem Gebüsch. Wie zum Teufel ist sie hierher gekommen?«

Er sah sich um.

»Tja«, sagte Therkelsen. »Falls du meinst, warum es gerade dieser Garten ist, liegt die Erklärung doch auf der Hand. Man kann mit dem Auto ganz hier heranfahren und der Reisighaufen lag da, als wäre er extra dort aufgeschichtet worden, um etwas darunter zu verstecken. Andernfalls hätte man sie wohl nur hinter eine Hecke geworfen.«

»Aber warum hier in der Stadt?«, fragte Høyer. »Mit dem anderen hast du im Übrigen Recht. Was ist mit dem Gärtner?«

»Mit dem, der sie gefunden hat?«, sagte Therkelsen. »Das waren eigentlich zwei. Der, dem der Garten gehört, und einer seiner Freunde. Sie sitzen drinnen in der Laube und versuchen, sich warm zu halten.«

»Ist das sein Auto?« Høyer nickte zu einem alten gelben Lada hin, der auf der anderen Seite der verwelkten Buchenhecke parkte.

Therkelsen lächelte. »Ja, und ich kann dir versichern,

dass der nicht mehr durch den TÜV kommt. Er wird mit Stricken und Draht zusammengehalten und sieht aus, als würde er ausschließlich vom Ruhm vergangener Tage leben.«

»Das ist glücklicherweise nicht unser Problem«, sagte Høyer. »Sollen wir hineingehen und mit ihnen reden?«

Die beiden Männer mittleren Alters saßen geduldig wartend da und schienen sich in der Laube ganz wohl zu fühlen. Vor ihnen stand Kaffee und Aquavit und sie rückten bereitwillig zur Seite, damit Høyer und Therkelsen sich setzen konnten.

»Wir hatten verabredet, heute einmal hier draußen vorbeizuschauen«, sagte der Besitzer. »Frederik und ich.« Er nickte zu dem anderen hinüber, um zu erklären, wer Frederik war. »Irgendwie roch es nach Frühling und ich wollte den Reisighaufen dort verbrennen, bevor die Vögel ihre Nester darin bauen.«

Frederik nickte eifrig.

»Frühlingshaft ist es heute ja nicht gerade«, meinte Therkelsen und schüttelte sich.

»Nein, nicht wirklich«, räumte der Besitzer ein. »Aber es kribbelt einen eben, in Gang zu kommen, und ein bisschen aufräumen und so kann man immer. Wir machen das gerne«, fügte er hinzu. »Und wenn es zu kalt wird, setzen wir uns hier rein und trinken einen Kaffee und vielleicht einen kleinen Schnaps.« Er nickte zum Tisch hin und Frederik sah Høyer und Therkelsen an, nickte und lächelte.

Høyer durchforstete sein Gedächtnis, an wen zum Teufel er ihn erinnerte.

»Nun gut, aber sofort als wir kamen, sah ich, dass etwas mit dem Reisighaufen nicht stimmte«, fuhr der andere fort. »Was im Grunde genommen merkwürdig ist, denn man sollte doch meinen, dass man sich nicht so genau erinnert, wie ein Reisighaufen aussieht, aber man tut es trotzdem.«

Høyer warf ihm einen skeptischen Blick zu. Bildete der Mann sich das im Nachhinein ein? Aber seine nächste Bemerkung zeigte, dass er wirklich etwas bemerkt hatte.

»Da sage ich zu Frederik: ›Das sieht aus, als hätte jemand einen Gang hineingewühlt. Wir sollten besser mal nachsehen, ob jemand da drinnen hockt und raucht, bevor wir ihn abfackeln.‹«

Frederik nickte und lächelte wieder und plötzlich wusste Høyer, an wen er ihn erinnerte. An Harpo Marx. Den stummen Marx Brother. Er hatte die gleiche Mimik. Die gleichen schnellen Blicke. Ob der Mann stumm war?

»Und dann haben Sie nachgesehen?«, fragte Therkelsen.

»Nein, haben wir nicht«, sagte der Besitzer. »Wir sind zuerst hineingegangen und haben einen Kaffee getrunken. Auf dem Weg hier raus hatten wir ein bisschen Mühe mit dem Auto. Es bleibt immer mal wieder stehen und dann braucht es einen kleinen Schubs, deshalb mussten wir uns erst einmal aufwärmen. Es hat eine halbe Stunde gedauert, bis wir hinausgegangen sind und uns den Haufen angesehen haben.«

Høyer zwang sich, Frederik nicht anzustarren, der wieder nickte und lächelte. Jetzt, wo er herausgefunden hatte, an wen er ihn erinnerte, war die Ähnlichkeit noch auffälliger und Høyer hatte Angst, plötzlich lachen zu müssen.

Der andere schwieg, als wollte er sich die Situation ganz genau ins Gedächtnis zurückrufen.

»Ja«, fuhr er nach einem Moment fort. »Wir haben uns also den Haufen angesehen und an einer Stelle war so ein Loch, deshalb haben wir den Rechen geholt und das Reisig ein bisschen zur Seite geschoben und da war sie dann. Das heißt, da war nur der Arm und mir war anfangs nicht richtig klar, was das bedeutete. Aber Frederik, der hat nur ein einziges Mal geguckt, dann hat er gesagt: ›Zum Teufel nochmal! Das ist doch Bettina!‹«

Dann konnte der Typ also sprechen, dachte Høyer und sah schnell zu Frederik hin, der nickte und stolz lächelte.

»Wann waren Sie zuletzt hier draußen?«, fragte Høyer den Besitzer.

»Das muss Ende November gewesen sein. Da habe ich Grünkohl geholt. Meine Frau kocht ihn und friert ihn dann portionsweise ein, sodass wir den ganzen Dezember davon haben. Ich glaube, es ist immer noch welcher da. Deshalb habe ich den letzten auch nicht mehr geholt.« Er nickte zu den Kohlstrünken im Garten hin. »Aber ich war auch an einem der ersten Dezembertage hier, da habe ich alles mit Tannenzweigen abgedeckt und Zeitungen um einen kleinen Pflaumenbaum gebunden, damit die Hasen nicht darangehen. Sie nagen die Bäume fast ganz ab.«

»Und seitdem waren Sie nicht mehr hier?«, fragte Høyer.

»Nein. Das Auto springt bei Frost nicht an sodass …«

Er ließ den restlichen Satz in der Luft hängen.

Als Høyer und Therkelsen die Laube zehn Minuten später verließen, hatte Frederik immer noch kein Wort gesagt.

»Also«, sagte Therkelsen, als er und Høyer in die Stadt zurückfuhren. »Wenn das kein Fortschritt ist.«

»Das *ist* ein Fortschritt«, bekräftigte Høyer. »Die Frage ist nur, ob er uns weiterbringt. Aber wenn wir ein bisschen clever sind, bekommen wir die Neuigkeit noch in den Lokalteil der Sonntagszeitung und mit etwas Glück auch in die Abendnachrichten im Fernsehen.«

»Dann müssen wir aber *sehr* clever sein«, meinte Therkelsen.

»Das sind wir doch«, sagte Høyer. »Wusstest du das nicht? Und die haben massenweise Archivbilder, das dürfte also gehen.«

»Ja, aber nicht von da draußen«, sagte Therkelsen.

»Trotzdem. Machen wir uns so schnell wie möglich an die Arbeit. Irgendjemand wird sich hoffentlich melden.«

»Das ist ein verdammt öder Ort«, sagte Therkelsen. »Wer zum Teufel läuft im Winter in einer Schrebergartenkolonie herum. Und der Weg da raus gehört auch nicht zu den meist befahrenen.«

»Andererseits kann das von Vorteil sein«, meinte Høyer. »Wenn jemand an einem Abend mitten im Winter ein Auto in die Kolonie hat fahren sehen, wird er sich auch daran erinnern.«

»Ja, *wenn*«, sagte Therkelsen. »Aber das ist inzwischen verdammt lange her.« Er schüttelte zweifelnd den Kopf. »Drei Monate. Ich glaube nicht, dass wir uns zu große Hoffnungen machen sollten.«

»Es ist trotz allem ein Anfang«, Høyer klang optimistischer, als er sich in seinem tiefsten Inneren fühlte. »Vielleicht finden die Techniker ja etwas und der Obduktionsbericht hilft uns möglicherweise auch weiter. Also, Kopf hoch.«

»Aber im Moment können wir nicht viel tun«, sagte Therkelsen.

»Nein«, räumte Høyer ein. »Wir können nur auf die Ergebnisse der verschiedenen Untersuchungen warten. Und die Presse füttern. Aber wir haben schließlich auch alle Hände voll zu tun. Vorläufig konzentrieren wir uns auf Perletand und dann sehen wir weiter.«

Am Montagvormittag musste Høyer feststellen, dass Therkelsen Recht gehabt hatte. Drei Monate *waren* eine sehr lange Zeit.

Es waren nur wenige Anrufe eingegangen, obwohl die Presse den Fund der Leiche in der Laubenkolonie groß aufgemacht hatte, und keiner von ihnen schien irgendwie von Bedeutung.

»Der Tag ist ja noch jung«, sagte Høyer, ohne überzeugt oder überzeugend zu klingen. »Sonntags haben die Leute schließlich alles mögliche andere im Kopf. Es kann doch sein, dass sie sich erst einmal ein paar Gedanken machen, bevor sie sich an uns wenden. Das hat es auch schon gegeben.«

»Tja«, murmelte Therkelsen. Er war skeptisch.

»Wir lassen Larsen und Ibsen weiter mit dem arbeiten, was wir haben«, sagte Høyer. »Und wir hören uns an, was Bach über Viggo Sommer hat. Wir werden eben eins nach dem anderen machen müssen.«

»Glaubst du nicht, dass wir vielleicht ...?«, begann Therkelsen vorsichtig.

»Noch nicht«, sagte Høyer, der sofort wusste, worauf Therkelsen hinauswollte. »Es besteht kein Grund, Hilfe anzufordern, bevor wir etwas in der Hand haben. Und wenn wir etwas in der Hand haben, können wir möglicherweise selbst ... Lass uns noch warten.«

Bach hatte wirklich einiges über Viggo Sommer herausgefunden. Es war und blieb Høyer ein Rätsel, wie Bach das schaffte. Er saugte Informationen auf wie ein Schwamm das Wasser. Informationen jeglicher Art. Echte Informationen und Klatsch und Tratsch. Und er hatte eine fantastische Fähigkeit entwickelt, zwischen Wesentlichem und Unwesentlichem zu unterscheiden. Wenn Bach sagte: »Ich glaube, es wäre eine gute Idee, sich das einmal genauer anzusehen« oder »Ich habe gehört, dass da etwas Verdächtiges dran sein soll ...«, dann *war* da etwas, was es wert war, genauer unter die Lupe genommen zu werden, oder es war etwas Verdächtiges dran.

Das Merkwürdige – und Beruhigende – war, dass Bach selbst nie tratschte, es sei denn von Amts wegen. In all den Jahren, die sie zusammengearbeitet hatten, hatte Høyer ihn nie über einen Kollegen reden hören. Er zweifelte jedoch nicht, dass Bach alles wusste, was des Wissens wert war. Vielleicht war das einer der Gründe, warum die meisten mehr oder weniger bewusst eine gewisse Distanz zu Bach hielten. Man fühlte sich auf eine seltsame Weise durchschaut, wenn man mit ihm zusammen war. Nebenbei bemerkt war er ein sympathischer Bursche und diese seine ganz spezielle Fähigkeit war rein professionell gesehen Gold wert.

»Ich sage gleich, dass ihr euch nicht zu viel davon versprechen dürft«, sagte Bach, als er kam, um Høyer und Therkelsen Bericht zu erstatten. Ganz inoffiziell. »Soweit ich das beurteilen kann, ist das, was ich habe, nicht gerade das, was ihr sucht. Absolut nichts deutet darauf hin, dass er aus irgendeiner Art von Sozialhilfe illegale Vorteile für sich in Anspruch genommen hat oder so, ganz im Gegenteil. Der Mann hängt finanziell ziemlich in den Seilen.«

»Warum?«, wollte Høyer wissen.

»Auch daran ist nichts Ungewöhnliches. Seine Frau hat ihn und die Kinder im letzten Frühjahr verlassen, sie hat einen anderen. Was ja vorkommen kann. Sommer ist in dem Haus geblieben, doch das hat ihm beinahe das Genick gebrochen. Die Ausgaben verteilten sich ja auf zwei Einkommen und jetzt war eins davon plötzlich weg.«

»Har er nicht versucht, das Haus zu verkaufen?«, fragte Høyer.

»Anfangs nicht«, erklärte Bach. »Da hat er sich mit Händen und Füßen dagegen gewehrt. Als wäre es eine zusätzliche Niederlage, wenn er das auch noch verliert. Aber als die Zahlungstermine näher rückten, musste er schließlich in den sauren Apfel beißen und hat einen Immobilienmakler beauftragt. Bisher allerdings ohne Erfolg. Ihr wisst ja, wie es im Moment mit Häusern aussieht, und schließlich wollte er mit heiler Haut davonkommen.«

»Wie sehr haben ihn die Zahlungstermine denn in Bedrängnis gebracht?«, fragte Høyer. Eine Idee hatte in seinem Kopf Form angenommen.

»Ziemlich«, sagte Bach. »Mit dem Septembertermin wäre es zur Pfändung gekommen.« Er lachte kurz. »Was dem Mann fehlte, war ein tüchtiger Finanzberater.«

»Sagtest du Septembertermin?«, fragte Høyer verwundert.

»Ja, es gab vier Termine. Im März, Juni, September und Dezember.«

»Gott steh mir bei!«, rief Høyer. »Vier Termine. Ich denke, zwei sind mehr als genug.«

»Stimmt, aber manche können eben nie genug bekommen«, sagte Bach trocken.

»Du kannst dich doch nicht beklagen, Høyer«, warf Therkelsen ein. »Du sitzt seit einem halben Menschenleben in deinem Haus und kannst mir nicht erzählen, dass dir die Zahlungstermine schlaflose Nächte bereiten.«

Høyer lachte. »Nein, mir nicht, aber Rigmor möglicherweise. Um diese Sachen kümmert sie sich.«

»Ja, das kann ich mir vorstellen«, sagte Therkelsen kopfschüttelnd.

»Wann ungefähr soll das gewesen sein?«, fragte Høyer. »Diese Pfändungsgeschichte.«

»Nach dem Septembertermin wird in der Regel um den

10. Dezember gepfändet. Es muss also kurz vor Weihnachten gewesen sein«, sagte Bach und fügte hinzu: »Eine schöne Scheiße, wenn man in Verzug gerät. Schließlich wird es immer schwerer, die Zahlungen wieder auf die Reihe zu bekommen.«

»Also steckte der gute Viggo Sommer im Dezember in finanziellen Schwierigkeiten«, sagte Høyer und rieb sich nachdenklich das Kinn. »Da kann man mal sehen.«

»Ja, aber Gott sei Dank ist das nicht strafbar«, sagte Bach. »Wenn dem so wäre, würden die meisten von uns hinter Gittern sitzen. Er wäre weder der Erste noch der Letzte, der eine Pfändung am Hals hat. Und vollstreckt worden ist auch nicht; ich habe das untersucht. Entweder hat er irgendwo Geld aufgetrieben oder sich mit seinen Gläubigern geeinigt.«

»Ich glaube, er hat welches aufgetrieben«, sagte Høyer. »Oder wie man das nun nennen soll.«

»Denkst du dasselbe wie ich?«, fragte Therkelsen.

»Ich weiß natürlich nicht, was du denkst«, sagte Høyer. »Aber ich glaube, ich kann es erraten. Du denkst, dass es vielleicht keine schlechte Idee wäre, Viggo Sommer zu bitten, uns einen Höflichkeitsbesuch abzustatten.«

»Genau«, sagte Therkelsen.

»Was wollt ihr ihm vorwerfen?«, fragte Bach und sah verwirrt von einem zum anderen. »Was haben die Finanzen dieses armen Mannes mit Perletand zu tun?«

»Möglicherweise überhaupt nichts«, räumte Høyer ein. »Andererseits hat Perletand im Dezember zehntausend Kronen verliehen. Ohne Sicherheit und ohne Zinsen. Und ohne auch nur ein Papier mit einer Unterschrift.«

»Verdammt!«, rief Bach. »Wo hatte Perletand ... nun ja, er hat schließlich geerbt. Aber das muss er ja nicht Sommer geliehen haben.«

»Nein, aber es wäre doch denkbar, nicht?«, sagte Therkelsen. »Wir wissen, dass er es einem ›ordentlichen‹ Mann in einer festen Anstellung geliehen hat. Und wie viele ›ordentliche‹ Männer in festen Anstellungen, glaubst du, kannte Perletand?«

»So dumm kann er doch nicht gewesen sein!«, rief Bach. »Also, ich meine Sommer.«

»Er war wohl mehr oder weniger verzweifelt«, sagte Therkelsen.

»Ja, aber trotzdem«, sagte Bach.

»Es steht doch nirgendwo geschrieben, dass man sich kein Geld von einem seiner Klienten leihen darf«, wandte Therkelsen ein.

»Jetzt hör aber auf!«, rief Bach. »Selbst wenn das nirgendwo steht ... Ich meine, das kann man einfach nicht machen! Und das muss Sommer auch wissen.«

»Sicher, und wenn wir uns jetzt einmal vorstellen, dass Sommer Angst hatte, Perletand könnte irgendjemandem davon erzählen ... Du kannst dir die Situation vorstellen, in der er dann gesteckt hätte«, sagte Høyer.

»Oder wenn Perletand ungeduldig geworden wäre und Geld hätte sehen wollen. Und Sommer wusste, dass er es nicht beschaffen konnte, was dann?«, fügte Therkelsen hinzu.

»Ja, das ist wohl eine Möglichkeit«, sagte Bach nachdenklich. »Das ist ganz bestimmt eine Möglichkeit.«

»Deshalb denke ich, wir sollten ihn anrufen und bitten, uns einen Besuch abzustatten«, sagte Therkelsen. »Das wird ihn bestimmt ein bisschen ins Schwitzen bringen.«

Sommer kam wirklich ins Schwitzen. Schweißperlen säumten Haarkante und Oberlippe. Hin und wieder schniefte er kräftig, sodass man den Eindruck bekam, dass er auch innerlich schwitzte. Es dauerte nicht lange, bis er zu Kreuze kroch.

»Ich hätte Ihnen das vielleicht schon am Freitag erzählen sollen«, räumte er ein. »Aber ich war nicht der Ansicht, dass … Ich meine, das ist schließlich eine ganz private Angelegenheit. Ein ganz privates Darlehen. Das geht sozusagen niemanden etwas an.«

»Und es lag natürlich auch in Ihrem Interesse, dass niemand erfuhr, dass Sie sich Geld von einem Ihrer Schäfchen geliehen haben«, sagte Therkelsen. »Perletand war immerhin nicht gerade praktisch veranlagt, sodass man möglicherweise … wenn man sehr genau wäre … vermuten könnte, dass Sie aus Ihrer Stellung Vorteil gezogen haben.«

»Ich bin nicht der Meinung, dass ich etwas Unkorrektes getan habe«, sagte Sommer und versuchte, einen letzten Rest von Würde zu bewahren. »Bent Kristensen gehörte zu diesem Zeitpunkt nicht mehr zu meinen Schäfchen.«

»Was soll das heißen?«, fragte Høyer.

»Ich habe ihn an *Schmidt und Jespersen* weitergereicht«, erklärte Sommer. »Wir hatten nichts mehr mit ihm zu tun. Ich habe ihn ganz privat getroffen. Außerhalb der Arbeitszeit. Ich bin ihm rein zufällig begegnet und er hat selbst angeboten, mir das Geld zu leihen. Es handelte sich ja nur um ein kleineres Darlehen und auch nur für eine sehr kurze Zeit. Bis das Haus verkauft war.«

»Wie wäre es, wenn Sie uns das alles von Anfang an erzählen?«, sagte Høyer. »Sie kannten Perletand nicht von früher, oder?«

»Nein, aber …« Er seufzte tief und holte ein Taschentuch hervor und tupfte sich die Stirn trocken. Natürlich reibt er nicht, er *tupft*, dachte Høyer irritiert, nahm sich jedoch zusammen. »Ich war mit den Zahlungsterminen für mein Haus im Verzug«, begann Sommer. »Das Ganze war mir, um die Wahrheit zu sagen, über den Kopf gewachsen.« Er tupfte erneut. »Ich bin geschieden und konnte nicht …, ich kam finanziell nicht klar. Nicht alleine.« Er machte eine kleine Pause. »Und dann stand der Septembertermin zur Pfändung an. Das hat mir den Rest gegeben. Dass ich einen Brief von einem Anwalt bekommen habe. Ich habe meine Finanzen bisher immer in Ordnung gehabt, immer. Und jetzt … man landet in allen möglichen Karteien, jedenfalls wenn es zur Pfändung kommt, und ich hatte keine Ahnung, woher ich das Geld nehmen sollte.« Er sah von Høyer zu Therkelsen, als wollte er sehen, welche Wirkung seine Worte hatten. »Und da bin ich in die Kneipe gegangen!«

Er warf ihnen einen herausfordernden, fast triumphierenden Blick zu. Wie ein Kind, das ein unanständiges Wort herausposaunt, nur um die Erwachsenen zu provozieren.

Høyer schüttelte innerlich den Kopf. Aber natürlich, wenn der Mann sonst nie in die Kneipe ging.

»Ich habe ein paar Bier getrunken«, fuhr Sommer fort. »Zwei, drei, nehme ich an, und plötzlich kam Perletand zu mir. Ich weiß nicht, ob er die ganze Zeit da gewesen war oder ob er gerade gekommen war. Er setzte sich an meinen Tisch und bedankte sich für die Hilfe und …«

Er stockte und wrang das Taschentuch zwischen den langen, bleichen Fingern.

»Und dann?«, fragte Høyer.

»Ich glaube, er war … ein bisschen überrascht, mich da zu sehen, und offenbar hat er gemerkt, dass etwas nicht stimmte, denn er hat mich gefragt, ob ich Probleme hätte. Normalerweise hätte ich mich nicht jemandem … jemandem wie Perletand anvertraut, aber ich hatte etwas getrunken und … also, es endete damit, dass ich ihm erzählt habe, was los war.«

»Was hat er dazu gesagt?«, fragte Høyer, als Sommer wieder zu stocken schien.

»Er hat gefragt, wie viel ich bräuchte«, sagte Sommer. »Und als ich zehntausend gesagt habe, hat er nur gelacht und gesagt: ›Ach, mehr nicht, die können Sie von mir leihen. Sie sind doch ein anständiger und ordentlicher Mann in einer festen Anstellung.‹ Zuerst wollte ich das natürlich nicht annehmen, ich meine, man hätte das schließlich missverstehen können, aber … ja, was sollte ich machen? Und ich wusste ja, dass er Geld hatte.«

»Haben Sie ihm keine Quittung für das Darlehen angeboten?«, fragte Therkelsen.

»Doch, aber davon wollte er nichts hören. Er wollte auch keine Zinsen. Er hat gesagt, dass er mir das Geld *leihen* und nicht *verkaufen* will. Ich war ein wenig in Sorge, dass Jespersen bereits seine Sparbücher haben könnte; ich wollte nicht, dass er davon erfuhr, aber es stellte sich heraus, dass er erst nach Weihnachten einen Termin bei ihm hatte.« Sommer tupfte sich wieder mit dem Taschentuch das Gesicht ab. »Und dann bin ich noch am selben Abend mit zu Perletand gegangen und habe mir das Sparbuch geben lassen und am nächsten Tag habe ich dann die zehntausend abgehoben.«

»Er hat das Geld nicht selbst abgehoben?«, fragte Høyer verblüfft.

»Nein, das wollte er nicht. Er wollte sich dort nicht ›zum Idioten machen‹, hat er gesagt. Ich glaube, er war noch nie auf einer Bank. Aber das war kein Problem. Ich habe das Geld abgehoben und ihm das Sparbuch am selben Abend wieder zurückgebracht.«

»Und wann sollte das Geld zurückgezahlt werden?«, fragte Høyer.

»Er meinte, das hätte Zeit. Aber ich habe versprochen, es ihm im Laufe von ein paar Monaten zurückzuzahlen. Nach dem Verkauf des Hauses. Ich hatte einen Käufer, und sobald alles abgewickelt wäre, wären meine Probleme gelöst«, sagte Sommer. Jetzt, da er die Karten auf den Tisch gelegt hatte, wirkte er ruhiger.

Diesen Moment wählte Therkelsen, um zu dem entscheidenden Stoß auszuholen.

»Aber es wurde nicht verkauft, nicht wahr, Sommer?«, sagte er. »Und der Dezembertermin war auch noch da und in der Ferne drohte der Märztermin. Es sah nicht gut aus, nicht? Sie konnten Perletand das Geld nicht zurückzahlen und bekamen Angst, er könnte ungeduldig werden und es würde herauskommen, dass Sie sich Geld von einem Ihrer Schäfchen geliehen haben. Und dann haben Sie keinen anderen Ausweg mehr gesehen, als ihm den Mund zu stopfen.«

Ein Ausdruck ungläubigen Staunens, der schließlich zu Entsetzen wurde, breitete sich auf dem bleichen Gesicht aus. »Ja, aber Sie glauben doch nicht etwa ... glauben Sie, dass ich ... das ist ja ... das ist ja ... der reinste Irrsinn!«

»Wann haben Sie Perletand das letzte Mal gesehen?«

»Ich ... daran ... daran kann ich mich nicht erinnern. Nicht stehenden Fußes. Aber das war nicht ... das ist absurd! Warum sollte ich das tun? Perletand war ein freundlicher Mensch. Er hat mir geholfen, weil er ein freundlicher Mensch war, aus keinem anderen Grund. Und er war nicht der Typ, der redet.«

Eine Schweißperle lief ihm die Stirn hinunter, blieb einen Augenblick in einer Augenbraue hängen und tropfte ihm dann ins Auge.

Er blinzelte schnell und rieb sich mit dem Taschentuch die Stirn trocken. Diesmal tupfte er nicht, stellte Høyer fest. Er rieb.

»Und außerdem«, fuhr er fort, »hatte ich Geld. Das Haus *ist* verkauft. Wir haben am 28. Januar den Vorvertrag unterschrieben. Den kann ich Ihnen zeigen, falls Sie mir nicht glauben. Und ich habe das Geld bekommen. Ich habe Perletand am Tag darauf getroffen und ihm gesagt, dass ich ihm sein Geld zurückzahlen kann. Ja, an dem Tag habe ich mich mit ihm getroffen. Da habe ich ihn das letzte Mal gesehen. Er hat erzählt, dass er am nächsten Tag verreisen und mit der Rückzahlung lieber warten wollte, bis er wieder da wäre.«

»Sie hätten das Geld an seinen Wirtschaftsprüfer schicken können«, sagte Therkelsen.

»Den wollte ich lieber außen vor lassen.«

»Haben Sie eine Pistole?«, fragte Høyer.

»Gott bewahre, nein! Was soll ich mit einem Revolver? Ich habe nicht die geringste Ahnung von Schusswaffen. Ich habe noch nicht einmal Wehrdienst geleistet.«

Høyer sah ihn nachdenklich an.

»Wo waren Sie am Abend des 2. Februar?«, fragte Therkelsen.

Die Fragen folgten schnell aufeinander, aber sie brachten nichts.

Sommer hatte allem Anschein nach ein Alibi. Er behauptete, nie in seinem Leben von einer Schusswaffe Gebrauch gemacht zu haben, und er hatte das Geld wirklich gehabt.

Sie ließen ihn noch eine Zeit lang schwitzen, dann durfte er gehen.

»Was meinst du?«, fragte Therkelsen. »Sollen wir ihm seine Geschichte glauben?«

»Wenn sein Alibi hält, müssen wir das wohl«, sagte Høyer. »Und außerdem glaube ich, dass ein Mann, der nicht den Unterschied zwischen einem Revolver und einer Pistole kennt und der sich fast in die Hose macht, nur weil er einen Brief von einem Anwalt bekommt, nicht …, nun ja, dass der nicht gerade der Typ ist, den wir suchen. Ich kann den Kerl nicht ausstehen, aber das macht ihn nicht notgedrungen zum Mörder.«

»Dass er sein Haus verkauft hat, muss jedenfalls stimmen«, sagte Therkelsen. »Auch wenn Bach dieses Detail nicht mitbekommen hat. In dem Punkt kann er nicht gelogen haben. Das lässt sich zu leicht überprüfen. Die Frage ist vielmehr die, ob die zehntausend trotzdem eine Versuchung für ihn waren.«

»Ich denke, die Frage ist eher, ob er trotz allem Angst hatte, dass herauskommen könnte, dass er mit Perletand zu tun hatte«, meinte Høyer. »Ich bin immer noch der Meinung, dass sein Chef solche Transaktionen nicht gerade gern sehen würde. Vor allem nicht nach dem, was sonst noch passiert ist.«

»Nein«, sagte Therkelsen. Er schüttelte leicht den Kopf. »Man kann nur hoffen, dass er besser darin ist, die Probleme anderer Leute zu lösen. Warum hat er nicht einfach die Kreditgenossenschaft angeschrieben und erklärt, wie es aussieht, und um Aufschub gebeten. Mit denen kann man doch reden.«

»Woher zum Teufel weißt du das?«, fragte Høyer.

Therkelsen lachte. »Weil ich das selbst schon gemacht habe. Bei der letzten Konfirmation. Wir waren plötzlich pleite, aber das war schließlich kein Grund zur Panik.«

»Hmm«, brummte Høyer und machte sich so seine Gedanken, ob der Ärger im Hause Therkelsen nicht doch schon damals begonnen hatte.

Therkelsen dachte einen Moment nach. Dann sah er Høyer an.

»Aber wenn du mal ganz ehrlich bist, glaubst du nicht mehr, dass er es war, nicht?«

Høyer seufzte. »Nein, das tue ich nicht. Es sprach viel dafür, dass er als Täter infrage käme, aber das glaube ich nicht mehr. Und das bedeutet, dass wir wieder am Anfang stehen.«

»In gewisser Weise könnte man von Pech sprechen, dass Bettina gerade jetzt gefunden worden ist«, sagte Therkelsen. »Denn das kann leicht dazu führen, dass die Leute das Interesse an dem Fall Perletand verlieren. Und es wäre doch nicht schlecht, wenn jemand uns erzählen könnte, dass er Perletand gesehen hat, nachdem der das *Skarpe Hjørne* verlassen hat.«

»Wir müssen die Presse dazu bewegen, den Fall nochmal aufzugreifen«, sagte Høyer.

»Du weißt doch selbst, dass der Fall Bettina für die viel interessanter ist«, sagte Therkelsen. »Der ist eben viel ... publikumswirksamer, so nennen sie das wohl.«

»Dann müssen wir eben einen Köder auswerfen«, sagte Høyer, ohne diese Aussage vertiefen zu können, da in dem Moment das Telefon schellte.

»Ich gehe dran«, sagte Høyer. »Du kannst in der Zwischenzeit eine Kanne Kaffee holen.«

Therkelsen drehte sich in der Tür um und sah zu Høyer hin, dessen Mund stumm das Wort *Obduktionsbericht* formte.

Als Therkelsen mit dem Kaffee zurückkam, hielt Høyer den Hörer noch immer in der Hand und schien in Gedanken versunken zu sein. Dann lehnte er sich im Stuhl zurück, wippte auf den hinteren Stuhlbeinen, bis der Stuhl an die Wand stieß, und sah Therkelsen an.

»Das ändert das Bild natürlich vollkommen«, sagte er.

»War das der vorläufige Obduktionsbericht?«, fragte Therkelsen.

»Ja. Der von Bettina.« Høyer wippte wieder zurück. »Sie ist überfahren worden.«

»Was?«, rief Therkelsen.

»Alles deutet darauf hin, dass sie einem Verkehrsunfall zum Opfer gefallen ist. Dass sie, oder besser ihr Fahrrad von einem Auto angefahren wurde und dass sie gestürzt und ihr Kopf gegen einen Stein geschlagen ist. Sie meinen, sie muss nahezu sofort tot gewesen sein. Eine andere Form von Gewalteinwirkung liegt nicht vor und sie ist auch nicht Opfer eines Sexualverbrechens«, sagte Høyer. »Was sagst du jetzt?«

»Das ist natürlich nur der vorläufige Bericht«, sagte Therkelsen.

»Ja, aber selbst wenn sie mit ihren üblichen Vorbehalten kommen, sind das trotz allem Tatsachen. Entscheidend ist, dass Bettina in Wirklichkeit das Opfer einer …, ich weiß nicht, ob man das so sagen kann …, einer Fahrerflucht geworden ist.«

»Dann dürfte Alkohol im Spiel gewesen sein«, sagte Therkelsen. »Aber warum wurde sie mitgenommen? Sie und das Fahrrad.«

»Vielleicht um uns glauben zu machen, was wir geglaubt haben. Hätten wir von Anfang an nach einem Fahrerflüchtigen gesucht, säße der vielleicht bereits im Knast.«

»Aber das müsste dann doch auch bedeuten, dass das helle Auto aus der Sache raus ist, das der Busfahrer gesehen hat. Denn der hat ja beobachtet, wie der Fahrer mit Bettina gesprochen hat. Demnach hat niemand Bettina mehr gesehen, nachdem sie auf die Landstraße abgebogen ist.«

»Menschen verschwinden doch nicht einfach so von der Erdoberfläche«, sagte Høyer.

»Nicht nur Menschen«, korrigierte ihn Therkelsen. »Auch Dinge. Wo ist ihr Fahrrad?«

»Unter einem Reisighaufen, in einem Tümpel, in einem Keller oder ...« Ein Gedanke tauchte an der Oberfläche seines Bewusstseins auf, doch bevor er ihn fassen konnte, klopfte es an der Tür und Larsen trat ein.

Er machte einen gut gelaunten Eindruck.

»Endlich tut sich was«, sagte er. »Wir haben einen Typen, der meint, an dem Tag, an dem Bettina ermordet wurde, ein Auto draußen in der Schrebergartenkolonie bemerkt zu haben. Am späten Abend. Habt ihr jetzt Zeit, mit ihm zu reden?«

»Endlich!«, rief Høyer. »Endlich!«

9.

»Freu dich nicht zu früh«, warnte Therkelsen. »Es kann sein, dass das ein Irrweg ist.«

»Wenigstens passiert etwas«, sagte Høyer. »Selbst wenn nichts dabei herauskommt, bringt es uns vielleicht auf ein paar Ideen. Es wäre doch nicht das erste Mal, dass ein Irrweg uns auf eine richtige Spur bringt.«

»Ja, vielleicht«, räumte Therkelsen ein.

Jedenfalls machte der Mann einen ganz vernünftigen Eindruck. In jeder Beziehung. Er war ein mittelgroßer, ein wenig korpulenter, sehr gut gekleideter Herr mit einer kleinen, goldumrandeten Brille, die ihm einen leicht intellektuellen Zug verlieh. Seine Stimme war sanft und zuvorkommend und er drückte sich äußerst korrekt aus. Er hätte Leichenbestatter sein können, dachte Høyer, oder ein umschwärmter Pfarrer in einer Gemeinde mit vielen älteren Damen. Es stellte sich jedoch heraus, dass er Malermeister war.

»Nun dürfen Sie dem, was ich Ihnen erzähle, nicht mehr Gewicht beimessen, als es verdient«, begann er. »Eigentlich kommt es mir unwichtig vor und alles in mir sträubt sich, Ihnen Mühe zu bereiten, aber meine Frau hat darauf bestanden und Sie wissen ja, *Frauen!* Mit denen kann man nicht diskutieren, stimmt's?«

Er schien Høyer und Therkelsen in eine unsichtbare Bruderschaft einzubeziehen.

»Ja«, sagte Høyer. »Aber es ist doch möglich, dass Ihre Frau Recht hat.«

Der Malermeister warf ihm einen überraschten Blick zu, entschied sich jedoch, die Bemerkung zu ignorieren.

»Wir, meine Frau und ich, haben das natürlich bis ins Kleinste besprochen und wir sind uns ganz sicher, dass das Datum stimmt. Wir waren am Samstag nämlich zum achtzigsten Geburtstag bei meinen Schwiegereltern eingeladen und sind erst am Sonntagabend nach Hause gefahren. Also an dem Tag, an dem das kleine Mädchen verschwunden ist.«

»Ja?«, sagte Høyer fragend.

»Es war gegen Mitternacht und auf den Straßen war es ruhig. Das Wetter war ziemlich schlecht und wir sind nicht schnell gefahren, weil ich überzeugt war, dass es glatt war. Wir waren auf dem Weg in die Stadt und die Kleingartenanlage lag zu unserer Rechten. Wie Sie sicher wissen, ist die ganze Anlage von einer großen Buchenhecke umgeben. Ein Irrtum ist also ausgeschlossen. Wie gesagt, wir waren ungefähr fünfzig Meter gefahren, als ich plötzlich ein Auto sah, das rückwärts aus der Kolonie herausfuhr.«

Høyer und Therkelsen spitzten die Ohren. Jetzt wurde es interessant.

»Aus der ersten Einfahrt, wenn man von Süden kommt?«, fragte Høyer.

»Ja, genau. Es war ein großer Lieferwagen. Ich meine, ein Ford Transit, aber da bin ich mir nicht hundertprozentig sicher, jedenfalls war ich mir nicht im Klaren, ob er uns bemerkt hatte, deshalb habe ich ihm die Vorfahrt gelassen.«

Das klang plausibel, dachte Høyer. Der Malermeister war ganz bestimmt der Typ, der auf Nummer sicher ging.

»Dann hatten Sie ja ausreichend Gelegenheit, das Auto zu sehen«, stellte er fest.

»Ja, das hatte ich. Im Normalfall hätte ich mich wohl nicht besonders dafür interessiert, nur war das ein merkwürdiger Zeitpunkt für einen Lieferwagen. An einem Sonntagabend.«

»Und an einem solchen Ort.«

»Nein, das hat mich eigentlich nicht gewundert, weil ich davon ausgegangen bin, dass er vielleicht nur in die Einfahrt eingebogen war, um zu wenden, deshalb habe ich ja angehalten. Meine Erfahrung ist nämlich die, dass die Leute umso nachlässiger sind, je weniger Verkehr ist«, sagte der Malermeister. »Aber was dann passierte, war merkwürdig. Als das Auto schon fast auf der Straße war, setzte der Fahrer wieder vor. Als wollte er uns Platz machen. ›Idiot!‹, habe ich zu meiner Frau gesagt, also über den Fahrer des anderen Wagens. Dann habe ich zur Sicherheit kurz aufgeblendet, bevor wir vorbeigefahren sind, und er ist auch geblieben, wo er war.«

»Und Sie meinen, es war ein Ford Transit?«

»Ja, nur ganz sicher bin ich mir in dem Punkt nicht. Aber es war ein helles Auto. *Offwhite*, wie man das nennt, und mit azurblauen Buchstaben auf der Seite.«

»Das Auto war beschriftet?«, fragte Høyer und richtete sich noch gerader auf.

»Ja, zwei Worte. Das oberste war in einer altmodischen Schönschrift und das darunter in Großbuchstaben geschrieben, wissen Sie, was ich meine?«

»Ja, ich verstehe, was Sie meinen«, rief Høyer. Er barst nahezu vor Ungeduld. »Aber was stand da?«

»Frischer Fisch.«

»Frischer Fisch?«, wiederholte Høyer mit der Andeutung eines Lachens in der Stimme.

Im Grunde genommen wusste er nicht, was er erwartet hatte, aber das hier klang so idiotisch, so einfach und so enttäuschend alltäglich, dass es auf die eine oder andere Weise total komisch wirkte. *Frischer Fisch.*

»Sind Sie sicher, dass da *Frischer Fisch* stand?«, fragte er.

»Ganz sicher«, sagte der Malermeister. »In blauen Buchstaben. Und das Wort *Fisch* war in Großbuchstaben geschrieben und nahm fast die ganze Seite des Autos ein.«

»Wissen Sie was?«, sagte Høyer. »Ich glaube wirklich, dass es gut war, dass Sie nicht mit Ihrer Frau diskutiert haben.«

Noch bevor der Malermeister aus der Tür war, hatte Therkelsen nach dem Telefonbuch gegriffen.

»Frischer Fisch«, sagte er, sobald sich die Tür hinter ihm geschlossen hatte. »Hier haben wir es. Das ist ein Fischgeschäft ...«

»Stell dir vor, das habe ich mir fast gedacht«, sagte Høyer.

»Lass mich doch erst einmal ausreden«, murrte Therkelsen und fuhr fort, indem er die Vokale übertrieben dehnte. »Das ist ein Fischgeschäft unten in der Hafenstraße. Merkwürdigerweise nicht weit von dem unbewohnten Haus entfernt.«

»Du kriegst die Aussprache einfach nicht hin«, zog Høyer ihn auf. »Selbst wenn du hundert Jahre übst. Im Übrigen ist das wohl nur ein merkwürdiger Zufall, aber ich denke, dass wir dem *Frischen Fisch* einen Besuch abstatten sollten.«

Der weiße Lieferwagen parkte hinter dem Geschäft. Es war ein Ford Transit und er sah genauso aus, wie der Malermeister ihn beschrieben hatte. Die Worte *Frischer Fisch* sah man schon von weitem.

Aber der Fischhändler stritt kategorisch ab, dass ihr

Lieferwagen an einem Sonntagabend in der Nähe der Schrebergartenanlage Petersminde gewesen war, was seine Frau bestätigte.

»Wir transportieren Fisch in dem Auto«, sagte er. »Und machen darin keine Sonntagsausflüge. Warum zum Teufel sollte ich an einem Sonntagabend mit einem Lieferwagen herumfahren?«

»Genau das fragen wir Sie«, sagte Høyer.

»Ja, und die Antwort ist die, dass ich das nicht getan habe«, sagte der Fischhändler. »Haben Sie den blauen Citroën gesehen, der draußen geparkt ist? Der gehört auch uns, und wenn wir privat unterwegs sind, nehmen wir den. Den anderen brauchen wir nur, um Fisch zu transportieren.«

»Aber der Pkw muss doch auch mal in die Werkstatt«, wandte Therkelsen ein.

»Sicher. Und dann fahren wir zur Werkstatt und lassen uns von einem der Jungs nach Hause fahren, und wenn der Wagen fertig ist, bringen sie ihn uns und wir fahren sie zurück. So läuft das«, sagte der Fischhändler.

»Ist es noch nie vorgekommen, dass er über längere Zeit in der Werkstatt war?«, fragte Høyer.

»Der hier nicht. Der ist erst ein halbes Jahr alt. Und falls das einmal vorkommen sollte, nehmen wir den Bus. Wir haben es nur fünf Minuten bis zur Haltestelle, sowohl von hier als auch von zu Hause.« Er ließ sich von seiner Meinung nicht abbringen.

»War der Lieferwagen denn in der Werkstatt?«, fragte Therkelsen. »Es wäre doch vorstellbar, dass ein Lehrling ihn sich für ein Wochenende ausgeliehen hat.«

»Doch nicht sonntags«, meinte der Fischhändler.

»Nichtsdestotrotz ist das Auto von einem glaubwürdigen Zeugen am Sonntag, den 7. Dezember kurz vor Mitternacht gesehen worden«, sagte Høyer. »Wie erklären Sie sich das?«

»Das will ich gar nicht erklären«, sagte der Fischhändler mit einem kleinen Lächeln. »Der Zeuge muss sich irren.«

»Das ist äußerst unwahrscheinlich«, meinte Høyer. »Wie viele Autos, glauben Sie, fahren in der Stadt herum, auf denen in blauen Buchstaben *Frischer Fisch* steht?«

»Nur unseres«, räumte der Fischhändler unerschütterlich ein. »Also ist Ihr Zeuge vielleicht doch nicht so glaubwürdig.«

Das klang logisch, aber Høyer sah keinen Grund, dass der Malermeister gelogen haben sollte. Also musste es eine andere Erklärung geben.

»Wer fährt das Auto in der Regel?«, fragte er.

»Wir beide«, erklärte der Fischhändler. »Aber meistens ich. Manchmal sind ja Sachen zu schleppen und das kann meine Frau vom Rücken her nicht.«

»Ich denke, wir fahren beide gleich viel«, wandte die Frau ein.

»Kommt es nie vor, dass Sie beide abends das Auto brauchen und einer von Ihnen den Fischwagen nehmen muss?«, schlug Høyer vor.

Der Fischhändler schüttelte den Kopf. »Nein, ganz bestimmt nicht. In dem Fall würden wir den Bus nehmen. Hören Sie, wir transportieren abends keinen Fisch. Wenn wir hier fertig sind, duschen wir und wechseln die Kleider und dann setzen wir uns nicht mehr in das Auto. Das ist ein Fischwagen und der riecht auch wie ein Fischwagen. Riechen Sie mal hinein. Der stinkt nach Fisch, obwohl er jeden Abend ausgespült wird. Wir haben nichts gegen Fisch, aber wir wollen nicht, dass die Leute sich die Nase zuhalten, wenn wir zu Besuch kommen. Verstehen Sie?«

Ja, sie hatten verstanden.

»Wird das Auto nie von jemand anderem gefahren? Haben Sie keinen Fahrer oder so?«, fragte Høyer.

»Nein, die Tage sind vorbei«, sagte der Fischhändler bedauernd. »Früher hatten wir einen, aber das ist jetzt schon viele Jahre her. Eine Zeit lang hatte ich mal einen Studenten und die letzten Jahre ist unser Sohn hin und wieder für uns gefahren, aber der war das letzte halbe Jahr in Algerien. Er ist Zimmermann. Nein, da ist nichts zu machen. Das muss ein Irrtum sein.«

»Wo steht das Auto, wenn Sie es nicht brauchen?«, fragte Høyer.

»Da, wo es jetzt steht«, sagte der Fischhändler. »Ein Fischauto klaut doch niemand.«

»Ist es abgeschlossen?«, fragte Therkelsen.

»Ja.«

»Und wo sind die Schlüssel?«, fragte Høyer.

Zum ersten Mal wurde der Fischhändler leicht unsicher. Er sah seine Frau an. »Also, wenn sie zuletzt damit gefahren ist, nimmt sie die Schlüssel mit hinein.«

»Und wenn Sie zuletzt damit gefahren sind?«, fragte Høyer.

»Nun ja, wenn ich ehrlich bin …, ich werfe sie für gewöhnlich ins Handschuhfach. Wie gesagt, wer zum Teufel klaut schon ein Fischauto?«

»Man kann nie wissen«, sagte Therkelsen. »Und wenn doch jemand auf die verrückte Idee kommen sollte, liegen die Schlüssel griffbereit.«

»Nun ja, immerhin stecken sie nicht.«

»Nein, aber Sie können nicht ausschließen, dass irgendjemand sich Ihr Auto ausgeliehen und eine kleine Spritztour damit gemacht hat.«

»Nein, das kann ich nicht, aber …«

»… wer zum Teufel klaut schon ein Fischauto?«, beendete Therkelsen den Satz für ihn. »Nur ist das die einzige Erklärung, wie das Auto am 7. Dezember da draußen in der Schrebergartenkolonie gesehen worden sein kann. Es sei denn, Sie haben eine bessere?«

Der Fischhändler schüttelte stumm den Kopf.

»Wir haben uns das Auto kurz angesehen, bevor wir hereingekommen sind«, sagte Høyer. »Es sieht gut und gepflegt aus. Aber eine Beule oder ein kaputtes Licht kann es ja trotzdem gehabt haben. Sie haben nicht an einem der Morgen irgendeine Schramme oder Beule festgestellt? Oder dass jemand ihm ein bisschen zu nahe gekommen ist?«

»Eine Beule oder Schramme?«, sagte die Frau fragend. »Nein, warum?«

»Weil Bettina überfahren worden ist. Und vieles deutet darauf hin, dass das mit Ihrem Auto passiert ist.«

»Ja, aber … überfahren?« Der Fischhändler sah ihn verwirrt an. »Sie wurde doch …, wurde sie nicht ermordet?«

»Vielleicht«, sagte Høyer. »Aber nicht so, wie wir es vermutet hatten.«

»Da war doch …«, begann die Frau, schwieg dann aber.

»Ja?«, sagte Høyer auffordernd. »Was war da?«

»Da war doch das mit dem Seitenspiegel«, sagte sie und wandte sich zu ihrem Mann um. »Kannst du dich nicht mehr erinnern? Das war Anfang Dezember.«

»Stimmt«, sagte er. »Der rechte Seitenspiegel. Wir haben geglaubt, dass jemand ihn abgebrochen hat. Aber natürlich …«

»Wir müssen ihre Aussage überprüfen«, sagte Høyer, als sie wieder im Auto saßen. »Und wir sollten auch überprüfen, ob das Auto zur Reparatur war. Höchstwahrscheinlich waren sie am 7. Dezember wirklich auf einer Glühweinparty, wie sie gesagt haben, und höchstwahrscheinlich haben sie wirklich nur einen neuen Seitenspiegel anbringen lassen, sodass ich zu der zweiten Theorie neige. Nämlich der, dass irgendjemand Lust auf eine Spritztour hatte und wusste, dass das Auto immer da steht. Dass die Schlüssel zu allem Überfluss noch im Handschuhfach lagen, war sozusagen ein Geschenk. Derjenige macht also eine Spritztour aufs Land und hat das Pech, Bettina anzufahren, als die angeradelt kommt.«

»Ich würde eher sagen, dass sie Pech hatte. Übrigens war das bestimmt nicht nur einer und natürlich haben sie Panik bekommen. Zum einen haben sie das Auto gestohlen und zum anderen ist nicht auszuschließen, dass sie getrunken hatten. Außerdem wäre vorstellbar, dass keiner einen Führerschein hatte, sodass sie beschlossen haben, Mädchen und Fahrrad in der Hoffnung aus dem Weg zu räumen, dass niemand etwas merkt.«

»Und eigentlich hat das ja auch niemand«, sagte Høyer. »Was ich sehr merkwürdig finde. Das ist doch kein Auto, das man so leicht übersieht.«

»Der Wagen, den der Busfahrer gesehen hat, kann es aber auch nicht sein«, sagte Therkelsen. »Ich kann mir nicht vorstellen, dass ihm entgangen ist, dass es ein großer Lieferwagen war, und außerdem behauptet er ja, dass der Fahrer mit dem Mädchen gesprochen hat.«

»Das Mädchen kann natürlich später in seiner Fantasie aufgetaucht sein«, sagte Høyer. »Aber es ist schon merkwürdig, dass der Fahrer des Wagens sich nicht gemeldet hat.«

»Er kann seine Gründe haben«, meinte Therkelsen. »Vielleicht *war* da ja ein Mädchen – eins, mit dem er eine Affäre hat, wer weiß?«

Sie fuhren an dem leer stehenden Haus vorbei.

»Du kannst sagen, was du willst, aber es ist schon ein merkwürdiger Zufall, dass der Fischladen nur einen Steinwurf entfernt liegt«, sagte Therkelsen.

»Tja«, sagte Høyer. In Wirklichkeit hörte er nicht richtig zu. Er war in Gedanken versunken. Irgendetwas war vor kurzem da gewesen, was er beinahe zu fassen bekommen hätte und was ihm dann wieder entglitten war. Wo und wann war das gewesen? Wenn er sich die Situation ins Gedächtnis zurückrufen könnte, könnte er sich vielleicht auch an den Auslöser erinnern.

»Und in dem anderen Fall kommt auch ein weißer oder zumindest heller Lieferwagen vor«, fuhr Therkelsen fort.

»Tja«, sagte Høyer wieder.

»Aber selbst wenn beide wie vom Erdboden verschluckt sind, kann ich keine direkte Verbindung sehen«, sagte Therkelsen. »Wahrscheinlich wirklich nur ein Zufall.«

Plötzlich richtete Høyer sich auf. »Was hast du gerade gesagt?«

»Ach, du hörst ja zu. Und ich dachte, ich rede gegen taube Ohren«, sagte Therkelsen. »Ich habe gesagt, dass im Fall Perletand auch ein weißer Lieferwagen vorkommt. Wenn wir uns auf die Aussage des Mädchens verlassen können. Ich sehe nur keine Verbindung, obwohl offenbar beide wie vom Erdboden verschluckt sind.«

»Das war's!«, sagte Høyer. »Du hast gesagt, dass das Fahrrad auch verschwunden ist.«

»Davon habe ich kein Wort gesagt«, protestierte Therkelsen.

»Nein, nicht jetzt. Unmittelbar bevor der Malermeister kam«, erklärte Høyer.

»Aha«, sagte Therkelsen. »Und? Es ist schließlich immer noch nicht aufgetaucht.«

»Nein«, sagte Høyer. »Aber da haben wir vielleicht die Verbindung. Kannst du dich nicht erinnern, dass Perletand Jensen gefragt hat, warum jemand ein neues Fahrrad ins Hafenbecken wirft?«

Therkelsen sah ihn zweifelnd an. »Meinst du, dass das Bettinas Fahrrad war?«

Høyer nickte. »Das ist immerhin eine Möglichkeit.«

»Hm«, brummte Therkelsen skeptisch. »Wäre es nicht nahe liegend anzunehmen, dass Bettinas Fahrrad ziemlich ramponiert aussah? Und demnach *nicht* ganz neu?«

»Es kann ein paar Schrammen und ein verbogenes Rad gehabt haben«, sagte Høyer. »Aber wir können mit Sicherheit davon ausgehen, dass es Abend oder Nacht war und Perletand das nicht aufgefallen ist. Dagegen hat er gesehen, dass es blitzblank war. Es hatte einen verchromten Lenker, verchromte Felgen und so weiter. Es war kein rostiger alter Drahtesel«, schloss Høyer.

»Und wenn wir einmal annehmen, dass es Bettinas Fahrrad war, das er gesehen hat, was dann?«, fragte Therkelsen. »Zu welchen Schlüssen führt uns das?«

Høyer dachte einen Moment nach. »Also«, sagte er dann. »Perletand sieht den Typen – oder einen der Typen, wenn es ursprünglich zwei waren, was jedoch nur eine Vermutung ist –, er sieht, wie der Typ das Fahrrad ins Hafenbecken wirft. Zunächst einmal beschäftigt ihn das nicht sonderlich, aber am nächsten Tag liest er von der verschwundenen Bettina. Und von dem Fahrrad. Und da kommt er ins Grübeln. Er kommt sogar so sehr ins Grübeln, dass er sich beinahe Jensen anvertraut hätte. Ich bin sicher, dass Perletand ihm alles erzählt hätte, hätte Jensen ein wenig gebohrt, aber Jensen sagt nur: ›Warum fragst du ihn nicht selbst?‹ Und genau das hat Perletand möglicherweise auch getan. Vielleicht hat der Typ ihm daraufhin erzählt, was wirklich passiert ist und es ist nicht auszuschließen, dass Perletand nicht die Absicht hatte, irgendetwas zu unternehmen. Es ist aber auch denkbar, dass er uns erzählen wollte, wo wir das Mädchen finden. Jedenfalls bekommt der andere Angst, dass Perletand ihn irgendwann verraten könnte, verabredet sich mit ihm und BUMM! Klingt das so ganz unwahrscheinlich?«

Therkelsen saß einen Moment nachdenklich da.

»Nein, vielleicht nicht«, sagte er dann. »Aber wo passt da das Auto ins Bild?«

»Ach so, das Auto«, sagte Høyer und schwieg kurz. »Ich sehe nicht, dass das nicht ins Bild passt«, fuhr er kurz darauf fort. »Wenn es wirklich das Auto war, das Louise gesehen hat. Es war leicht zu klauen und der Diebstahl ist beim ersten Mal offenbar nicht entdeckt worden. Warum den Erfolg also nicht wiederholen und das Auto zum Transport von Perletands Leiche benutzen? Er musste sie schließlich loswerden.«

»Mir wäre nicht ganz wohl dabei, dasselbe Auto noch einmal zu benutzen«, sagte Therkelsen. »Je öfter es benutzt wurde, desto größer war doch das Risiko, dass jemand etwas merkte.«

»Ja, und? Es war ja nicht sein Auto. Ganz im Gegenteil. Möglicherweise sorgte es sogar für Verwirrung, wenn das blöde Fischauto immer wieder auftauchte – wie ein Gespensterpferd oder ein weißer Elefant.«

Therkelsen fuhr in den Hof hinter der Polizeiwache und suchte sich einen Parkplatz. Er stellte den Motor aus, blieb jedoch noch einen Augenblick sitzen, während er über Høyers Theorie nachdachte.

»Ja, vielleicht ist an dem, was du sagst, etwas dran«, räumte er schließlich ein. »Sollen wir raufgehen und überlegen, wie wir am besten vorgehen?«

»Wir können in jedem Fall die Techniker bitten, sich das Fischauto einmal anzusehen«, sagte Høyer. »Auch wenn es wahrscheinlich vergeblich ist, weil es jeden Abend ausgespült wird. Aber es wäre doch vorstellbar, dass sich Spuren an der Kleidung finden. Entweder bei Bettina oder bei Perletand. Vielleicht bei beiden. Und wenn das der Fall ist, dann ... Ja, dann spricht das in jedem Fall für einen Zusammenhang.«

»Es ist einen Versuch wert«, sagte Therkelsen und stieg aus dem Auto.

»Und ich werde Jensen einen Besuch abstatten, denke ich«, sagte Høyer, als sie auf den Eingang zugingen. »Ich glaube, dass er uns vielleicht doch noch ein bisschen mehr erzählen kann. Aber erledigen wir erst einmal das eine.«

Jensen öffnete ihm selbst. Er stand kauend in der Tür und trocknete sich schnell den Mund mit der Rückseite der Hand ab, als er Høyer erblickte.

»Zum Teufel, wenn das nicht Høyer ist!«, rief er und sah nicht unbedingt begeistert aus. »Sagen Sie mal, Sie glauben doch nicht etwa, dass ich Perletand das Lebenslicht ausgeblasen habe?«

»Nein, aber der Gedanke ist vielleicht eine Überlegung wert«, sagte Høyer, ohne eine Miene zu verziehen, und Jensen warf ihm einen unsicheren Blick zu.

»Also, Høyer!«, sagte Frau Jensen vorwurfsvoll. »Mit so etwas spaßt man nicht.« Sie kannte Høyer besser als Jensen.

Jensen lächelte erleichtert.

»Nein, ich bin gekommen, um ein bisschen mehr über das Fahrrad zu erfahren, Jensen«, erklärte Høyer, als er im Wohnzimmer stand, wo Jensens gerade zu Abend aßen.

»Das Fahrrad?« Jensen sah ihn verständnislos an. »Welches Fahrrad?«

»Können Sie sich nicht erinnern, dass Sie mir erzählt haben, dass Perletand Sie gefragt hat, warum man ein neues Fahrrad ins Hafenbecken wirft?«

»Ach, das!«, rief Jensen. »Entschuldigung, wenn ich das sage, aber ist es keine Zeitvergeudung, wenn Sie versuchen, einem kleinen Versicherungsbetrug auf die Schliche zu kommen? Ich meine, wenn überall Leute umgebracht werden.«

»Wollen Sie das nicht mir überlassen?«, sagte Høyer geduldig. »Ich möchte nur, dass Sie sich zu erinnern versuchen, was er gesagt hat.«

»Das habe ich Ihnen doch erzählt«, sagte Jensen. »Er hat mich gefragt, ob ich mir vorstellen kann, warum jemand ein Fahrrad ins Hafenbecken wirft.«

»Das klang neulich aber anders«, wandte Høyer ein. »Versuchen Sie, sich einigermaßen an den Wortlaut zu erinnern.«

»Sie meinen, was er genau gesagt hat?«, fragte Jensen und sah Høyer forschend an, als wäre er sich nicht sicher, ob der das ernst meinte.

»Genau.«

»Ja, zum Teufel nochmal, Høyer, das ist eine ganze Weile her. Zwei Monate!«

»Versuchen Sie es trotzdem«, forderte Høyer ihn auf.

»Okay«, sagte Jensen. »Also, er hat gesagt: ›Jensen, kannst du …‹« Er hielt inne und lachte verlegen. »Nein, das ist einfach zu verrückt, Høyer«, sagte er.

»Du bist verrückt«, sagte seine Frau, die dem Experiment mit ungeteiltem Interesse folgte. »Nun mach schon.«

Jensen nahm sich zusammen.

»Also, er hat gesagt: ›Jensen, kannst du dir vorstellen, warum jemand ein funkelnagelneues Fahrrad ins Hafenbecken schmeißt?‹«

»So erinnern Sie sich daran?«, fragte Høyer. »Ein funkelnagelneues Fahrrad?«

»Ja«, sagte Jensen und sah ihn an. »Ja, ich glaube schon. Funkelnagelneu oder blitzblank. Vielleicht eher blitzblank. Wie man das von einer Münze sagt, nicht? Du bekommst einen blitzblanken Taler.«

»Und sonst hat er nichts gesagt?«, fragte Høyer. »Ob es ein Damen- oder ein Herrenfahrrad war oder …«

Jensen schüttelte den Kopf. »Nein, kein Wort. Ich habe gesagt, dass ich das könnte, denn wenn einem gerade tausend Kronen fehlten, und da hat er gesagt, dass es nicht ums Geld ginge.«

»Versuchen Sie sich genau zu erinnern.«

»Das kann ich nicht, Høyer«, sagte Jensen. »Das war doch völlig unwichtig. Damals. Ich dichte mir nur irgendetwas zusammen, wenn ich das versuche. Es hatte was damit zu tun, dass derjenige kein Geld brauchte oder es nicht wegen des Geldes getan hat, genauer kann ich mich nicht erinnern.«

»In Ordnung«, sagte Høyer.

»Ich könnte mir ja eine schöne, kleine Geschichte ausdenken«, sagte Jensen. »Aber das hier ist das, woran ich mich *erinnern* kann, verstehen Sie?«

»Ausgezeichnet«, sagte Høyer. »Ich bin auch nur daran interessiert. Aber da ist noch etwas anderes. Sie kannten Perletands Gewohnheiten und Sie haben mir gesagt, dass er oft durch den Hafen gestreift ist. Können Sie sich in etwa vorstellen, wo er gesehen haben könnte, dass das Fahrrad hineingeworfen wurde?« Høyer zog eine Karte aus der Tasche und begann, sie auseinander zu falten.

»Der Hafen, das ist ja ein weiter Begriff. Wo ungefähr hat Perletand sich immer aufgehalten?«

Høyer sah sich nach einem Platz um, wo er die Karte ausbreiten konnte.

»Hier«, sagte Frau Jensen und schob ein paar Tischleuchter zur Seite, die auf dem Couchtisch standen.

»Hier ist er immer losgezogen«, sagte Jensen und zeigte mit dem Stiel einer Gabel auf einen Punkt. »Und dann ist er den ganzen Weg hierunter gegangen und zum *Smutten* hoch und da war er so gesehen auch schon oben in der Stadt.«

»Ist er immer denselben Weg gegangen?«, fragte Høyer.

»Nein, natürlich nicht immer. Aber abends oder nachts ist er, soweit ich weiß, meistens da lang gegangen«, sagte Jensen. »Da kam er dann ja auch bei der Kneipe raus, wie heißt die noch, verdammt? Früher hieß sie *Røven.* Hier ungefähr.« Er klopfte mit der Gabel auf die Karte, um zu zeigen, wo er meinte.

»Und Sie glauben, dass es irgendwo dort gewesen sein muss?«, fragte Høyer.

»Ja«, Jensen nickte. »Das ist ja auch ein guter Platz, wenn man irgendetwas loswerden will, nicht?«

»Ja.« Høyer sah auf die Karte. Es war keine lange Strecke. Und vermutlich ließ sie sich noch weiter eingrenzen. Es musste letztendlich eine Stelle sein, an der man mit dem Auto bis ganz ans Bollwerk fahren konnte. Für ein paar Froschmänner dürfte das eine zu bewältigende Aufgabe sein. Sie mussten das Fahrrad finden. Und dann konnten sie nur hoffen, dass es wirklich Bettinas war.

Lars Frydenlund Sørensen langweilte sich gotterbärmlich. Er sah verstohlen auf seine Uhr. Noch zehn Minuten. Glücklicherweise war er clever genug gewesen zu sagen, dass er um neun gehen musste. Diese ewigen Treffen, bei denen man eimerweise Tee trank und immer über dasselbe quatschte und quatschte, hingen ihm allmählich zum Hals heraus.

Nach sechs Wochen in dem besetzten Haus hatte er mehr als genug davon, es war einfach nur stinklangweilig!

Natürlich hatte Anders das Treffen einberufen. *Evaluation der Aktion* nannte er das. Ach du meine Fresse! Jetzt hatten sie eine Stunde damit verbracht, alle Fehler aufzuzählen, die sie gemacht hatten, und diskutiert, wer den Rest des Mistes holen sollte, der noch immer in dem Haus herumlag. Durch den Mord war aus dem Lieferwagen ja nichts geworden. Aber dazu brauchten sie doch keine ganze Stunde, das hätte sich in fünf Minuten klären lassen.

Manchmal hatte Lars das unbestimmte Gefühl, dass Anders in Wirklichkeit die Revolution nur um der Revolution willen wollte.

Vielleicht um Gelegenheit zu haben, sich bedeutungsvoll zu fühlen, oder eher noch um zu zeigen, dass er doch nicht der Sohn seines Vaters war. Der Sohn *seines* Vaters. Das Lustige war, dass er es trotzdem war. Er hatte irgendetwas, was ... Lars konnte es nicht richtig erklären, aber er war sich jedenfalls sicher, dass niemand außer Anders es geschafft hätte, zwei Stadträte und einen Folketingmann dazu zu bewegen, heute Abend hier zu erscheinen. Per Toft gehörte nicht einmal derselben Partei an wie die beiden anderen, aber Anders kannte ihn bestimmt von früher.

Und trotzdem ... Man sollte doch verdammt nochmal glauben, dass solche Politiker etwas Besseres zu tun hatten. Lars fasste es nicht, dass sie Lust dazu hatten. Hier zu sitzen und zu quatschen und mit Tee zu kochen und

Käsebrote zu schmieren und eng zusammengequetscht in Anders Wohnung herumzuhängen.

Vor allem wenn es nichts mehr zu reden gab.

Übermorgen würden die Bulldozer das Haus platt machen. Und das war's dann!

Und die Gemeinde *hatte* ihnen ein Haus versprochen. War es da nicht gleichgültig, ob es das eine oder das andere war?

»Wir haben zu leicht aufgegeben«, sagte Anders zum 117. Mal. »Wenn nicht die meisten abgesprungen wären, wäre es zu einer richtigen Konfrontation gekommen.«

Auf Lars machten die drei Politiker den Eindruck, als könnten sie es nicht mehr hören. »Ja, aber ihr habt doch etwas erreicht. Dieses Rattennest war doch sowieso als Versammlungsort unbrauchbar. Mit dem alten Kinderheim ist euch viel besser gedient«, sagte einer von ihnen.

»Ja, *falls* wir es bekommen«, wandte Anders kriegerisch ein. »Ich bin dafür, dass wir zu verhindern versuchen, dass sie das Haus niederreißen, bis wir eine schriftliche Garantie haben.«

»Wir unterstützen euch doch«, sagte einer der Stadträte.

»Meinst du, dass wir es noch einmal besetzen sollen?«, fragte eins der Mädchen ungläubig. »Du musst verrückt sein, Mann! Ich setze meine Beine nicht nochmal in das Mörderhaus. Sie haben den Mörder noch nicht einmal gefasst.«

»Eigentlich ist es doch merkwürdig, dass niemand Perletand an dem Abend gesehen hat, nicht?«, sagte Søren.

Das Haus noch einmal besetzen! Bla, bla, bla. So konnte es jetzt die nächste Stunde weitergehen. Verdammt! Lars sah wieder auf die Uhr. Noch zwei Minuten. Er rutschte unruhig auf dem Stuhl hin und her. Es war schon seltsam, dass er sich im Datum geirrt hatte. Er war sich so sicher gewesen, dass es der 2. Februar war, an dem er sie zusammen gesehen hatte, und er hatte sich gewundert, warum er das nicht der Polizei erzählt hatte. Aber als sie heute Abend einen Moment allein in der Küche gewesen waren, hatte er ihn gefragt und er hatte ihn nur angesehen und gelacht: »Am 2.! Nein, bist du verrückt? Aber es stimmt, dass ich an einem der Abende mit ihm gesprochen habe. Ich war, ehrlich gesagt, selbst im Zweifel, wann das war, aber es war am Abend davor. Ich habe in meinem Kalender nachgeschlagen. Am 2. war ich auf einer Versammlung.« Und dann hatte er wieder leicht gelacht. »Sonst wäre ich doch zur Polizei gegangen.«

Und das wäre er natürlich auch, sagte sich Lars, indem er nachdenklich die Brauen runzelte. Aber seltsam war es trotzdem, dass er sich im Datum geirrt hatte.

Neun Uhr! Lars stand erleichtert auf. Endlich!

»Ihr könnt mich anrufen, wenn ihr zu einem Beschluss gekommen seid«, sagte er.

Er drehte sich in der Tür um, um sich zu verabschieden, und nahm noch einen forschenden, nachdenklichen Blick wahr.

10.

Høyer hatte Spiegeleier zu Abend gegessen. Høyer hasste Spiegeleier. Im Laufe der letzten fünf Wochen hatte er rund gerechnet fünfzehnmal Spiegelei gegessen. Natürlich war Essen in der Gefriertruhe, aber er vergaß morgens immer, etwas aufzutauen, und außerdem hatte er, wenn er abends nach Hause kam, nicht die geringste Lust, für sich allein Frikadellen oder gebratene Leber zu machen. Es war einfacher, nur ein Spiegelei in die Pfanne zu hauen, das er mit vor den Fernseher nehmen konnte. Selbst wenn er den Geruch allmählich als Übelkeit erregend empfand und überzeugt war, dass irgendetwas Schreckliches mit seinem Cholesterinspiegel geschah.

Mein Gott, wie er sich darauf freute, dass Rigmor mit ihrem Kurs fertig wurde. Sechs Wochen! Das war auf jeden Fall mehr, als er ertragen konnte.

Høyer sah sich die erste Sendung nach den Nachrichten an, stellte jedoch aus, als er merkte, dass er keine Ahnung hatte, um was es ging. Er sah nur uninteressiert auf die Bilder, so wie man sich die Fotoalben fremder Menschen ansieht.

Dann wanderte er durch das Haus. Rastlos. Es war zu früh, um ins Bett zu gehen, fand er, aber eigentlich hatte er auch zu nichts anderem Lust.

Es endete damit, dass er die Sonntagszeitung hervorholte. Er könnte das Kreuzworträtsel lösen und dann ins Bett gehen.

Er setzte sich mit der vor sich ausgebreiteten Zeitung an den Schreibtisch. Er hatte sich in der Speisekammer eine Tüte Rosinen geholt, die er jetzt aus der Hand in den

Mund kippte. Als Kind hatte er oft davon geträumt, eine Tüte Rosinen ganz für sich allein zu haben, und nun ging ihm auf, dass sich der Traum zu spät erfüllt hatte. Als er die halbe Packung vertilgt hatte, ging er ins Badezimmer und putzte sich gründlich die Zähne. Dann kehrte er ins Wohnzimmer zurück und schenkte sich einen trockenen Whisky ein.

Er kam mit dem Kreuzworträtsel nicht weiter. Gewöhnlich fragte er Rigmor in solchen Fällen. Manchmal fiel ihr direkt das Richtige ein, und selbst wenn das nicht der Fall war, half sie ihm fast immer auf die Sprünge. Er hatte Lust, sie anzurufen, aber er hatte heute Abend schon mit ihr telefoniert und sie würde ihn für verrückt erklären, wenn er sie plötzlich anrief, um nach einem Wort im Kreuzworträtsel zu fragen.

Er seufzte. Er fand, dass es schwer und schwerer ohne sie wurde. Er fühlte sich auf die eine oder andere Weise nur wie ein halber Mensch, wenn sie nicht zu Hause war.

Geistesabwesend blätterte er in der Zeitung. Er hatte gestern nicht hineingeschaut.

Todesanzeigen.

Der Gedanke streifte ihn, dass er furchtbar einsam sein würde, falls Rigmor vor ihm sterben sollte. Dann schüttelte er ihn ab. Sie war jünger als er und außerdem waren sie in ihrem besten Alter. Sozusagen. Es gab also keinen Grund, morbiden Gedanken nachzuhängen.

Er ließ den Blick über die Spalte gleiten. Eins der sicheren Anzeichen, dass man älter wurde, war, dass man jetzt fast immer einen der Toten kannte. Zumindest vom Namen her. Er seufzte wieder.

Ja, ja, da hatte er schon den ersten. Den pensionierten Grundschullehrer Jens Christian Jensen. Sieh mal an, da war er also wirklich zweiundneunzig geworden. Høyer fühlte sich ermutigt. Es hatte etwas Tröstliches zu sehen, dass jemand so alt geworden war. Das verlängerte sozusagen seine Frist.

Und das da musste Frau Jensens alter Kaufmann sein. Er war offenbar auch ein älterer Herr geworden. *Unser lieber Vater, Schwiegervater, Großvater und Urgroßvater, Kaufmann Carl E. Christoffersen.* Dann folgten die Namen. *Hanne und Verner Toft, Per Toft, Lise, Tue und Mo Madsen.*

Mo und Tue. Was für Namen. Er hatte immer geglaubt, Mo sei eine Stadt.

Plötzlich war das Wort da. Ableben – Heideerde.

Seine Stimmung hatte sich gebessert und er löste den Rest des Kreuzworträtsels mühelos. Es war elf Uhr, als er ins Bett ging.

Bis er einschlief, lag er noch eine Weile wach. Nicht eigentlich schlaflos, eher dösend. Er dachte an alles und nichts und fühlte, wie der Schlaf sich heranschlich. Per Toft. Das war doch bestimmt der Folketingmann, der Neue. So, so. Høyer gähnte. Na schön, dann war er also ein Enkel des alten Kaufmanns. Vielleicht war es gut, dass der Alte seine Wahl ins Folketing nicht mehr erlebt hatte. Für die intellektuelle Linke. Soweit er sich erinnerte, hatte Frau Jensen erzählt, dass der Alte Anhänger der konservativen Fremskridts-Partei gewesen war. Høyer gähnte noch einmal und seine Gedanken wanderten weiter. Zu Rigmor. Und Rosinen. Und zu Träumen. Den Träumen der Leute. Träumen. Er schlief.

Am entgegengesetzten Ende der Stadt lag ein anderer schlaflos in seinem Bett.

Was nun?

Lars hatte also doch nicht vergessen, dass er sie an dem

Abend zusammen gesehen hatte. Er hatte sich daran erinnert – und an das Datum ebenfalls.

»Du … äh … war das nicht der 2. Februar, wo ich dich mit Perletand gesehen habe?«

Er hatte das Gefühl, das alles schon einmal erlebt zu haben. Erst kam eine kleine, leichthin gestellte Frage und dann, wenn man meinte, es sei vorbei, kamen neue Fragen.

Misstrauische Fragen.

Das hier war erst der Anfang.

War Lars mit seiner Antwort zufrieden gewesen?

Ja, zunächst einmal. Aber wenn er trotzdem keine Ruhe gab. Oder wenn ihn irgendetwas zu der plötzlichen Einsicht brachte, dass nicht er sich falsch erinnerte. Dann …

Er konnte dieses Damoklesschwert nicht über seinem Haupt schweben lassen.

Aber was nun? Was sollte er tun?

Bei Perletand war das anders gewesen. Er war schließlich nur ein alter Penner. Der Welt ging nichts verloren, als er sie verließ.

Aber Lars? Ein Junge von fünfzehn Jahren?

Andererseits … er hatte bereits so viel riskiert. *Zu viel.* Es gab keinen Weg zurück.

Aber es durfte nicht wie Mord aussehen.

Ein Unfall. Ein unglücklicher Zufall.

Eine Idee begann in seinem Kopf Form anzunehmen.

Das leer stehende Haus. Übermorgen kamen die Bulldozer.

Wenn nun einer der Besetzer aus dem einen oder anderen Grund sich in dem Haus aufhielt, wenn sie mit ihrer Arbeit begannen? Ein Aufrührer, ein Märtyrer oder einer, der seinen Haschrausch ausschlief?

Niederstürzende Decken, Balken, Mauerbrocken.

Es wäre ein bedauernswerter Unfall. Ein tragischer Unfall.

Er nickte im Dunkeln vor sich hin.

Ja, so könnte es gehen.

Sie hatten sich am Dienstagvormittag in einer kleinen Gruppe unten am Hafen versammelt.

»Wonach tauchen sie?«, fragte ein Passant, als die Froschmänner sich wieder ins Wasser gleiten ließen.

»Keine Ahnung«, antwortete der Gefragte.

»Bestimmt nach einem Auto«, meinte ein Dritter. »Jemand hat gesagt, dass gestern Abend ein Auto ins Hafenbecken gefahren ist.«

»War jemand drin?«, fragte der Erste.

»Davon kann man ausgehen, wenn sie so viel Aufwand betreiben«, antwortete der Mann.

Høyer stieß einen tiefen Seufzer der Erleichterung aus, als einer der Froschmänner an der Oberfläche auftauchte und sagte: »Wir haben es.«

Kurz darauf hing ein triefnasses, rostiges Mädchenfahrrad einen kurzen Moment in der Luft, bevor es langsam auf den Kai heruntergelassen wurde.

»Verdammt! Das ist doch nur ein altes Fahrrad«, sagte einer der Zuschauer enttäuscht.

Langsam zerstreute sich der Auflauf.

»Ehrlich gesagt, habe ich nicht wirklich daran geglaubt«, sagte Therkelsen gut gelaunt. »Meiner Meinung nach stand es eins zu einer Million, dass es sich um Bettinas Fahrrad handelte. Ich hätte nie darauf gewettet. Manchmal kann ich mich des Eindrucks nicht erwehren, dass dir die Dinge einfach in den Schoß fallen«, fügte er kopfschüttelnd hinzu.

»In den Schoß fallen! Habe ich das richtig verstanden?«, rief Høyer. »Das ist Brainwork, mein Freund.«

»Ja, ja, wenn du das sagst«, lachte Therkelsen. »Deshalb habe ich auch für ein bisschen Brainfood gesorgt, obwohl ich das Wort Glück nicht ganz aus meinem Wortschatz streichen mag.«

Er legte eine Bäckertüte auf den Schreibtisch und öffnete sie.

»Und ich hatte mir vorgenommen, schlank und schön wie ein Adonis zu werden, während Rigmor nicht da ist«, seufzte Høyer. »Aber wie ...?«

»Das kannst du gleich vergessen«, sagte Therkelsen. »Es sind nur noch drei Tage, bis sie nach Hause kommt. Außerdem wäre es doch traurig, wenn sie dich nicht mehr wiedererkennen würde.«

»Genau«, sagte Høyer. »Genau. Ich rufe nur gerade unten bei Bach an und frage, ob er heraufkommen will. Letztes Mal hat er uns eingeladen.«

Høyer hatte kaum den Hörer aufgelegt, als auch schon Larsen auftauchte.

»Ich hatte es doch im Gefühl, dass es hier Kaffee gibt«, sagte er. »Und Kuchen.«

Er setzte sich und wenig später schloss sich Bach der Runde an.

Die Stimmung in Høyer Büro war fast euphorisch, als wenig später alle mit einem Becher Kaffee dasaßen.

»Ich habe mich wirklich kaum getraut, die Rahmennummer zu kontrollieren, als sie das Fahrrad heraufgeholt hatten«, sagte Høyer mit einem schiefen Lächeln. »Ich glaube, ich hätte geschrien wie ein kleines Kind, wenn es die falsche gewesen wäre.«

»Was für ein Erlebnis«, lachte Therkelsen. »Aber es war die richtige.«

»Ja.« Høyer schüttelte leicht den Kopf, als könnte er ihr Glück noch immer nicht fassen.

»Und das heißt, dass wir jetzt hundertprozentig sicher sein können, dass Perletand dieses Fahrrad gesehen hat«, sagte Therkelsen. »Und dass er uns das erzählen wollte.«

Bach räusperte sich. »Es fällt mir schwer, euch auf den Boden der Tatsachen zurückholen, aber ... Nun ja, im Grunde genommen bringt uns das auch nicht weiter, nicht? Wir haben noch immer keine Ahnung, wen Perletand an diesem Abend treffen wollte oder wer Bettina überfahren hat.«

»Spielverderber!«, rief Høyer vorwurfsvoll. Er biss in seinen Kuchen und kaute nachdenklich. »Aber ich muss zugeben, dass du mit dem, was du sagst, nicht ganz Unrecht hast. Andererseits wissen wir jetzt, dass es sich um ein und dieselbe Person handelt. Das dürfte das Ganze etwas übersichtlicher machen.«

»Und dafür spricht nicht nur das Fahrrad«, warf Therkelsen ein. »Das Labor hat Fischblut an Perletands Kleidung gefunden.«

»Die Theorie ist also immer noch die, dass ein paar Burschen das Fischauto für eine Spritztour gestohlen haben?«, sagte Bach. »Und dass sie Angst vor den Konsequenzen bekommen haben, nachdem sie Bettina überfahren hatten, und sie deshalb in der Laubenkolonie versteckt haben?«

»Jaa«, sagte Høyer gedehnt. »Ich glaube allerdings, dass wir die Theorie, dass sie zu zweit waren, aufgeben sollten. Es ist durchaus möglich, dass es nur einer war. Jedenfalls kommt mir das am wahrscheinlichsten vor.«

»Warum hat er Bettina nicht auch einfach ins Hafenbecken geworfen?«, fragte Larsen. »Zusammen mit dem Fahrrad?«

»Sag mal, glaubst du, wir bieten dir Kaffee und Kuchen an, nur damit du dumme Fragen stellst?«, fragte Therkelsen.

»Ich halte das eigentlich für eine gute Frage«, lachte Larsen.

»Ich im Grunde genommen auch«, sagte Høyer. »Und ich glaube auch, dass ich eine Antwort darauf habe. Ich weiß nicht, ob es die *richtige* Antwort ist, aber es ist eine Möglichkeit. Stellen wir uns zunächst einmal vor, dass er zuerst zum Hafen hinunterfährt, um das Fahrrad loszuwerden. Und was passiert? Er entdeckt, dass er nicht allein ist.

Perletand kommt den Kai heruntergeschlendert. Dass er gesehen hat, wie das Fahrrad über Bord ging, lässt sich möglicherweise noch wegerklären, aber es wäre der reine Selbstmord gewesen, hätte er auch Bettina gesehen. Und zu warten, bis er weg war, wäre genauso gefährlich gewesen, denn in dem Moment, wo Bettina an dieser Stelle gefunden worden wäre, hätte Perletand zwei und zwei zusammengezählt. Was er auch so getan hat. Also fährt der Typ weiter und in seiner Not fällt ihm die Laubenkolonie ein. Wie klingt das?«

Larsen dachte eine Weile über Høyers Erklärung nach. »Ja, das klingt plausibel«, sagte er dann.

»Ich gebe mich geschlagen«, sagte Therkelsen. »Es war eine gute Frage.«

»Ja, sicher«, kam es überlegen von Larsen.

»Ich war der Meinung, dass du vielleicht ein wenig zu oft mit Politikern zusammen warst«, sagte Therkelsen. »Mit den Stadträten und so.«

»Apropos Politiker«, sagte Høyer. »Bach, du weißt doch alles oder zumindest fast alles über diese Leute. Kannst du mir sagen, ob Per Toft, der Folketingmann, mit dem alten Kaufmann Christoffersen verwandt war, der neulich gestorben ist?«

Bach sah ein wenig verblüfft aus. »Ja, war er. Christoffersen war sein Großvater. Was hat das hiermit zu tun?«

»Gar nichts«, sagte Høyer. »Ich habe nur gestern Abend darüber nachgedacht. Und war mir fast sicher, dass du das weißt.«

»Wer zum Teufel war Kaufmann Christoffersen?«, fragte Larsen. »Musste man den kennen?«

Høyer lachte. »Ich denke nein. Ihm gehörte der kleine antiquierte Kaufmannsladen in Perletands Haus.«

»Ach, der«, sagte Larsen.

»Darf ich jetzt auch eine Frage stellen?«, fragte Bach.

»Ja, wenn sie gut ist«, sagte Therkelsen.

»Das wage ich nicht zu garantieren. Aber soweit ich das verstanden habe, hat Perletand zu Jensen gesagt, dass der, der das Fahrrad ins Hafenbecken geworfen hat, nicht in Geldschwierigkeiten steckte. Irgendetwas in der Richtung, nicht?«, sagte Bach.

»Ja«, sagte Høyer und sah ihn fragend an. »Und?«

»Da sind zwei Dinge, die mir etwas merkwürdig vorkommen. Zum einen dass Perletand den Typen gekannt hat. Wenn wir einmal davon ausgehen, dass es ein junger Kerl war, und das tun wir doch. Und zum anderen dass Perletand gesagt hat, dass er genug Geld hat. Wer hat das schon? Meiner Meinung nach würde ein junger Kerl, der ein Fischauto klaut, doch auch ein Fahrrad ins Hafenbecken werfen, um an tausend Kronen zu kommen, nicht?«

Høyer sah ihn leicht unsicher an. »Ich bin mir nicht ganz im Klaren, worauf du hinauswillst.«

»Ich eigentlich auch nicht«, räumte Bach ein. »Nur stört mich irgendetwas daran. Es ist unlogisch, nicht?«

»Tja«, sagte Larsen. »Ich glaube, ich verstehe, was du meinst.« Er runzelte nachdenklich die Brauen.

Eine Weile war es still im Zimmer.

Therkelsen kratzte mit langsamen Bewegungen seine Pfeife aus, dann sagte er: »Wäre es vorstellbar …? Nein, wäre es nicht.«

»Wäre was vorstellbar?«, fragte Høyer. »Was wolltest du sagen?«

»Mir kam gerade der Gedanke, ob es vorstellbar wäre, dass das Fischauto erst zu einem späteren Zeitpunkt ins Spiel gekommen ist?«

»Wie das?«, fragte Bach.

»Ich habe den Gedanken noch nicht richtig durchdacht«, sagte Therkelsen. »Aber wäre es nicht vorstellbar, dass sie gar nicht von dem Fischauto überfahren worden ist. Dass es mit anderen Worten nur gebraucht wurde, um die Leiche zu transportieren. Vom Hafen in die Laubenkolonie. Es ist und bleibt doch merkwürdig, dass niemand dieses verdammte Fischauto dort gesehen hat, wo sie überfahren wurde. Ich meine, dieses Auto ist schließlich so groß wie ein Haus und die Buchstaben darauf scheinen nahezu zu leuchten: *Frischer Fisch*. So etwas vergessen die Leute doch nicht. Und mindestens ebenso merkwürdig ist, dass es, soweit wir feststellen konnten, überhaupt nicht beschädigt war. Das mit dem Seitenspiegel ist laut Arbeitszettel der Werkstatt erst eine Woche später passiert.«

»Du meinst, dass sie vielleicht von einem ganz anderen Auto überfahren worden ist?«, sagte Bach.

»Ja«, sagte Therkelsen. »Da war doch die Rede von einem, der fuhr, *als sei der Teufel hinter ihm her*. Der Fahrer dieses Autos hat sich nie gemeldet und von der Zeit her könnte es passen. Und es könnte derselbe sein, den der

Busfahrer wenige Minuten später gesehen hat. Nachdem der Unfall bereits passiert war.«

»Der, der am Straßenrand gehalten hat?«, fragte Bach.

»Ja.«

Man konnte die Stille im Zimmer förmlich hören.

»Aber das Mädchen?«, wandte Høyer ein. »Wie willst du so das Mädchen erklären? Der Busfahrer behauptet, dass der Fahrer vor dem Auto gestanden und mit dem Mädchen gesprochen hat?«

»Vielleicht erinnert er sich falsch?«, schlug Bach vor.

Larsen stand von seinem Platz auf und kramte in den Protokollen, die sich auf dem Schreibtisch stapelten. Er zog eins hervor und las darin, während er gedankenversunken auf den Tisch trommelte.

»Ja«, sagte Høyer und nickte Therkelsen zu. »Das würde erklären, warum der Fahrer des Autos sich nie gemeldet hat. Da hast du Recht. Und es würde auch erklären, warum keine anderen Autos gesehen wurden.« Er schwieg kurz. »Aber das würde auch bedeuten, dass wir möglicherweise nicht mehr nach ein paar jugendlichen Autodieben suchen – wo es verschiedene Möglichkeiten gäbe –, sondern nach jemandem, der in seinem eigenen Auto unterwegs war.«

»Und der genug Geld hat«, fügte Bach hinzu.

»Und der möglicherweise die eine oder andere Verbindung zu dem leer stehenden Haus hat«, sagte Therkelsen.

»Und der mindestens einmal gelogen hat«, sagte Larsen, der noch immer in das Protokoll guckte.

Høyer sah ihn fragend an. Plötzlich zeigte sich ein Funke von Verständnis in seinen Augen.

»Du hast Recht«, sagte er zu Larsen. »Das hat er. Und warum hat er in diesem Punkt nicht die Wahrheit gesagt. Denn das hat er nicht. Weiß Gott … weiß Gott …?«

Lars Frydenlund Sørensen blieb neben dem Telefon stehen, nachdem er den Hörer aufgelegt hatte, und biss nachdenklich auf seinem Daumennagel herum. Warum um Himmels willen rief *er* jetzt plötzlich an? Sonst machte das immer Søren. Und was war das für eine irrsinnige Idee, sich in dem leeren Haus zu treffen? Was zum Teufel sollte das?

Lars nahm sich den Zeigefingernagel vor.

Er hatte Søren getroffen, als er von der Schule nach Hause geradelt war, und der hatte erzählt, dass er und Anders gestern Abend in Anders' alter Blechkutsche drüben gewesen waren und das abgeholt hatten, was sich noch gebrauchen ließ. Er hatte kein Wort darüber verloren, dass sie sich heute Abend dort treffen wollten.

Ging es in Wirklichkeit um eine neue Besetzung?

Lars spuckte einen Rest Nagel aus und begann den Mittelfinger zu bearbeiten.

Dann wollte er das verdammt nochmal wissen.

Er würde sich nicht zu irgendeiner bescheuerten Aktion verleiten lassen. Außerdem hatte er seine Wehrpflicht abgedient. Sechs Wochen in dem alten, verfallenen Kasten mussten genügen.

Und dass er mit niemandem darüber reden sollte.

Verdammt nochmal!

Wenn sie glaubten, er sei nur einer dieser gewöhnlichen Lakaien, dann würden sie ihre Meinung wohl ändern müssen.

Lars hatte sich bereits den Ringfinger vorgenommen, als er den Finger entschlossen aus dem Mund zog und eine Nummer wählte.

Als er den Hörer wieder auflegte, sah er noch nachdenklicher aus.

Auch ohne das Verbot zu übertreten, mit niemandem

darüber zu reden, war es ihm gelungen, sich an das Thema heranzutasten.

Und etwas ließ darauf schließen, dass nicht alle den Bescheid bekommen hatten, sich heute Abend dort einzufinden.

Es hatte ganz den Anschein, als sollte es eine kleine geschlossene Gesellschaft werden.

Eigentlich nur zwei.

Und was zum Teufel hatte das zu bedeuten?

Lars warf einen Blick auf seine linke Hand. Er hatte sämtliche Fingernägel heruntergekaut und eigentlich gab es keinen Grund, sich auch noch die andere Hand vorzunehmen.

So begriffsstutzig war er nun auch wieder nicht!

Er hatte die ganze Zeit das Gefühl gehabt, dass irgendetwas nicht stimmte. Dass die Erklärung nicht stimmte. Jetzt war er sich absolut sicher. Es war also der 2. Februar, als er sie zusammen gesehen hatte. Ihn und Perletand.

Plötzlich fiel ihm ein, dass er ihm erzählt hatte, dass er allein zu Hause war. Lars sah sich im Wohnzimmer um und fröstelte mit einem Mal.

Dann schüttelte er über sich selbst den Kopf.

Es gab keinen Grund, Angst zu haben. Noch nicht.

Doch was zum Teufel sollte er tun?

Was, wenn niemand ihm glaubte? Er konnte ja nichts beweisen.

Und es klang so unwahrscheinlich, dass er selbst Schwierigkeiten hatte, es zu glauben.

Ausgerechnet er! Er von allen!

Und warum?

Welchen Grund konnte er gehabt haben, Perletand … Perletand umzubringen?

Es wirkte so völlig falsch.

Aber er war sich sicher. Jetzt war er sich ganz sicher.

Gedankenversunken bearbeitete Lars Frydenlund Sørensen nun auch den Daumennagel der anderen Hand mit den Zähnen.

Doch dann besann er sich eines Besseren und streckte erneut die Hand nach dem Telefonhörer aus.

Høyer und die anderen drei hatten ein paar geschäftige Stunden hinter sich. Jetzt saßen sie wieder in Høyers Büro und nahmen das Resultat ihrer Anstrengungen in Augenschein.

»Er muss es sein«, sagte Høyer schließlich. »Es kann niemand anderer gewesen sein. Alles, einfach alles deutet in diese Richtung.«

Bach kratzte sich hinter dem Ohr. »Ich denke nur, dass es … na ja, es scheint völlig idiotisch, so viel aufs Spiel zu setzen.«

»Vergiss nicht, wie viel er schon aufs Spiel gesetzt hatte«, sagte Larsen.

»Haben wir genug, um ihn festzunehmen?«, fragte Therkelsen.

Høyer schüttelte den Kopf. »Nein, noch nicht.« Er schwieg kurz. »Und es ist die Frage, ob sich das ändern wird.«

»Er war an dem Abend, an dem Perletand verschwunden ist, auf einer Versammlung. Was auch von Zeugen bestätigt wird. Natürlich erst ab acht, aber …« Larsen zuckte mit den Schultern.

»Und wir wissen, dass er an dem Tag, an dem Bettina überfahren wurde, aus dem südlichen Teil des Landes nach Hause unterwegs war.«

»Er wird natürlich behaupten, dass er nicht diesen Weg gefahren ist«, sagte Therkelsen. »Und wenn niemand das

Auto gesehen hat, wird es schwer sein, das Gegenteil zu beweisen. Denn das Natürlichste wäre doch, dass er die Autobahn genommen hat.«

»Genau«, sagte Høyer. »Deshalb könnte ich mir denken, dass es eine Erklärung dafür gibt, dass er sich an diesem Tag für den anderen Weg entschieden hat.«

»Alkohol«, sagte Bach lakonisch.

Høyer nickte.

»Ich habe nie gehört, dass er Probleme in der Richtung hat«, sagte Bach.

»Wie viele betrunkene Autofahrer haben das?«, fragte Therkelsen.

»Viele«, sagte Bach. »Mehr oder weniger offiziell.«

»Aber nicht alle.«

»Würde es uns nicht helfen, wenn sich herausstellt, dass sein Auto im Dezember in der Werkstatt war?«, fragte Larsen. »Es dürfte doch bestimmt diverse Schäden davongetragen haben.«

»Das ist nur ein Indiz«, sagte Høyer. »Das ist nicht viel wert. Er kann behaupten, dass es sich um einen Einparkschaden gehandelt hat, oder was ihm gerade so einfällt.«

»Wir können ihn natürlich zum Verhör bestellen und hoffen, dass er mürbe wird«, sagte Therkelsen.

Høyer schüttelte skeptisch den Kopf. »Daran glaube ich nicht, muss ich gestehen.«

»Ich denke auch, dass ihr da vorsichtig sein solltet«, sagte Larsen. »Wahrscheinlich werdet ihr ihn wieder laufen lassen müssen, was ihm zum einen Gelegenheit geben wird, eventuelle Spuren noch weiter zu verwischen, und zum anderen ist er kein Irgendwer.«

Høyer wippte mit dem Stuhl nach hinten und lehnte den Nacken gegen die Wand.

»Wenn wir nur einen Zeugen hätten. Einen einzigen

Zeugen, der ihn mit Bettina oder Perletand in Verbindung bringen könnte. Einen Zeugen!« Høyer machte eine theatralische Armbewegung. »Ein Königreich für einen Zeugen!«, rief er.

Therkelsen lachte. »Ich setze einen Monatslohn. Das ist realistischer.«

In dem Moment schellte das Telefon.

Lars war frühzeitig gekommen. Sehr frühzeitig. Der andere hatte um acht gesagt, aber Lars war seit halb acht hier. Um sicherzugehen. Er wollte ihm ja nicht gleich in die Arme laufen.

Jetzt saß er in dem Haus auf dem Treppenabsatz vor der obersten Wohnung und wartete. Hier wollten sie sich treffen. In der Wohnung. Aber er war sich nicht sicher, ob der andere überhaupt die Absicht hatte, ihn bis dahin kommen zu lassen.

Lars' Augen hatten sich so weit an das Dunkel gewöhnt, dass er das Geländer und die obersten Stufen ausmachen konnte. Er schaltete das Licht in seiner Digitaluhr an. 19:44.

Es könnte ja auch sein, dass er sich alles nur eingebildet hatte. Dass es eine ganz harmlose Erklärung gab.

Umso besser.

Eigentlich hatte er ihn für einen Pfundskerl gehalten. Immer. Für einen, der sich für die richtigen Dinge einsetzte. Wie konnte man so okay sein und gleichzeitig …

Wenn es irgendein anderer gewesen wäre. Einer *der anderen*. Das hätte er verstanden.

Aber vielleicht war das Ganze nicht so einfach. Vielleicht gab es nicht nur Gute und Schlechte. Uns und die anderen.

Lars Frydenlund Sørensen seufzte leicht. Da war so

viel, worüber er nachdenken musste, wenn das hier überstanden war.

Er lauschte.

Raschelte da unten etwas?

Ja, jetzt hörte er, wie die Tür aufging.

Aus dem hinteren Gang klangen vorsichtige Schritte nach oben, die Tür wurde wieder geschlossen, dann war es still.

Sicher stand er jetzt da unten. Abwartend. Lauernd.

Lars erhob sich lautlos und beugte sich über das Geländer. Er versuchte, durch das Dunkel hindurchzustarren.

»Psst!«, flüsterte er durchdringend.

Die Stille schien noch tiefer zu werden. Er war sicher, dass der andere den Atem anhielt.

»Ich bin's«, flüsterte er dann. »Lars.«

Das Dunkel um ihn entspannte sich ein wenig.

»Wie bist du hereingekommen?«, fragte der andere flüsternd.

»Auf dem üblichen Weg«, sagte Lars. »Durch das Kellerfenster.«

»Haben sie nicht ...?«, begann der andere, schwieg dann jedoch. »Warum bist du so früh?«, fragte er stattdessen.

»Ich bin gerne früh«, sagte Lars.

»Komm runter.«

»Warum?«, fragte Lars. »Wir wollten uns doch hier oben treffen.«

»Ja, aber die anderen sind noch nicht da. Wir warten hier unten auf sie. Dann können wir sie hereinlassen.«

»Ach ja, verdammt«, rief Lars. »Die anderen! Die hatte ich ganz vergessen. Ich komme.«

Langsam und lärmend bewegte er sich die Treppe hinunter.

»Musst du so viel Lärm machen«, flüsterte der andere irritiert.

»Scheiß drauf«, sagte Lars. »Hier ist doch niemand. Wir sind mutterseelenallein in dem vergammelten Haus.« Er hatte den nächsten Absatz erreicht. »Uns kann niemand hören, nicht?«

»Deshalb kannst du doch trotzdem leise gehen.«

»Das ist verdammt schwer im Dunkeln.« Lars erreichte den nächsten Absatz.

»Beeil dich ein bisschen.« Der andere klang nervös.

»Ich bin fast da«, sagte Lars.

Jetzt trennten ihn nur noch ungefähr zehn Stufen von dem anderen. Sein Herz klopfte, dass er fast keine Luft mehr bekam. Er ging sehr langsam. Fast balancierend. Nahm eine Stufe nach der anderen.

Hier war es. Weiter durfte er nicht gehen.

»Es ist scheißdunkel hier«, sagte er. Er konnte hören, wie der andere heftig atmete, fast als wäre er außer Atem.

»Komm runter, verdammt nochmal«, fauchte er.

»Nein, ich stehe hier ganz gut.«

»Unsinn! Komm runter.«

»Okay«, sagte Lars. »Ich komme.«

Er machte zwei schnelle Schritte auf der Stelle und in dem Moment wurde es hell im Treppenhaus. Jetzt konnte er den anderen sehen. Er hielt irgendetwas über dem Kopf. Bereit zuzuschlagen. Das sieht wie ein Kricketschläger aus, dachte Lars. Er war sich fast sicher, dass es ein Kricketschläger war.

Hinter sich hörte er Høyers Stimme. Direkt hinter sich. Von dort, wo er die ganze Zeit gestanden hatte.

»Dann können wir diese Komödie ja jetzt beenden«, sagte Høyer. »Per Toft, Sie sind festgenommen.«

»Das hast du gut gemacht, Junge«, sagte Høyer und klopfte Lars auf die Schulter. »Du hast schauspielerische Fähigkeiten. Er ist nicht einen Moment misstrauisch geworden. Er war vollkommen überzeugt, dass du alleine warst.«

»Hat er … hat er gestanden?«, fragte Lars.

Høyer nickte.

»Ja, aber warum?«, fragte Lars. »Warum hat er Perletand erschossen?«

Ja, warum? Høyer stand einen Moment in Gedanken versunken da. Weil er ehrgeizig war. Weil er meinte, er sei mehr wert als ein alter Penner, der sich in der Stadt herumtrieb und ein wenig zu viel trank und hin und wieder ein wenig zu viel hörte und sah. Ein seltsamer alter Vogel. Oder wie der Sozialarbeiter es ausgedrückt hatte: ein freundlicher Mensch. Der Kinder mochte und Leuten einfach so zehntausend Kronen lieh, wenn sie in der Klemme saßen.

Høyer klopfte Lars erneut auf die Schulter.

»Das ist eine lange Geschichte«, sagte er. »Vielleicht kannst du Winther dazu überreden, sie dir zu erzählen. Sie fährt dich jetzt nach Hause. Wir anderen sind noch nicht fertig.«

Er ging zurück in sein Büro. Therkelsen und Toft saßen dort drinnen. Die Szene wirkte fast heimelig. Gemütlich. Kaffeebecher auf dem Tisch und die Luft schwer von Tabakrauch. Sie könnten Kollegen sein, wie sie dort zusammensaßen.

Per Toft hatte gestanden. Er hatte fast sofort die Karten auf den Tisch gelegt. Das Einzige, das er nicht zugeben wollte, war, dass er unter Alkoholeinfluss gefahren war. Vielleicht stimmte es. Im Übrigen war es nur ein Detail. Aber für ihn schien es wichtig zu sein.

»Sie war plötzlich da«, erklärte er. »Es schneite und ich habe sie nicht gesehen, bevor es zu spät war. Ich habe zu bremsen versucht, bin aber ins Schleudern gekommen und habe das Fahrrad erwischt.« Er schwieg einen Augenblick. »Ich bin ausgestiegen«, fuhr er fort. »Sie wollte gerade aufstehen. Ich habe ihr geholfen und war total erleichtert, dass ihr scheinbar nichts fehlte. Sie schien … sie schien nur ein bisschen benommen. Ich habe sie gefragt, ob sie sich verletzt hat, und sie hat gesagt, sie glaube nicht. Dann habe ich ihr angeboten, sie nach Hause zu fahren. Sie hat gesagt, dass wir das Fahrrad mitnehmen müssen. Ich habe ihr auf den Vordersitz geholfen und dann das Fahrrad im Kofferraum verstaut. Da war genug Platz. Als ich mich wieder ins Auto setzte, war sie ein wenig in sich zusammengesunken und … und schnarchte so seltsam. Ich habe sie gefragt, wo sie wohnt, aber … sie konnte nicht antworten. Und da war mir klar, dass etwas nicht stimmte – ganz und gar nicht.«

Er schwieg erneut und von dem leisen Summen des Tonbandgeräts abgesehen, war es ganz still im Zimmer.

»Ich hatte ja keine Ahnung, wo sie wohnte, deshalb … deshalb habe ich beschlossen, sie ins Krankenhaus zu bringen. Ich bin davon ausgegangen, dass das schneller geht, als wenn ich erst nach einem Telefon suche und einen Krankenwagen rufe. Aber …« Er räusperte sich einige Male. »Sie war tot, bevor wir in der Stadt waren.«

»Sie sind kein Arzt«, sagte Høyer. »Woher wollten Sie das wissen?«

»Ich … da … da gab es nicht den geringsten Zweifel«, sagte Per Toft.

»Aber das hätten Sie doch von einem Arzt feststellen lassen müssen«, sagte Høyer. »Vielleicht hätte sie noch eine Chance gehabt.«

»Sie war tot«, sagte Per Toft. »Gott im Himmel, Sie glauben doch nicht, dass ...«

Aber er hatte sich nicht sicher sein können. Nicht absolut sicher, dachte Høyer. Sie hatte keine Chance, aber das hatte Per Toft unmöglich wissen können. Høyer hätte zu gerne gewusst, wann in dem ganzen Verlauf er einen Ausweg gewittert hatte. Auch wenn das jetzt nicht mehr wichtig war.

Der Rest der Geschichte war so, wie sie bereits vermutet hatten. Im Groben. Perletand hatte gesehen, wie er das Fahrrad ins Hafenbecken geworfen hatte, und ein paar Wochen später war er unten am Bahnhof zu ihm gekommen und hatte ihn geradeheraus gefragt, ob das Bettinas Fahrrad war.

»Ich war mir nicht klar, ob er mich an dem Abend im Hafen erkannt hat, aber ... Es endete jedenfalls damit, dass ich ihm die ganze Geschichte erzählt habe.«

»Hat er sie geglaubt?«, fragte Høyer.

Per Toft nickte. »Ja, und zuerst ist auch nichts weiter passiert. Aber einige Zeit später hat er mich abgefangen. Er wollte, dass ich an die Polizei schreibe, anonym, und ihr mitteile, wo Bettinas Leiche ist. Er ... er hat geglaubt, dass sie auch im Hafenbecken liegt. Das konnte ich nicht riskieren, aber er bestand darauf. Wegen der Eltern, hat er gesagt. Wegen ihrer Eltern. Sie sollten ihren Frieden haben, hat er gesagt. Zuletzt habe ich versprochen, es zu tun.«

»Aber das haben Sie nicht«, stellte Høyer fest.

»Nein. Und dann erschien er plötzlich draußen bei mir und sagte, dass er zur Polizei gehen und erzählen wird, wo sie ist, wenn ich es nicht tue.«

»Und dann?«

»Ich habe gesagt, dass ich einen Brief schreiben werde,

den er sich ansehen kann, bevor er fährt. Wir haben für den folgenden Abend ein Treffen vereinbart. Ich habe ein Stück vom *Skarpe Hjørne* entfernt gehalten, und als er herauskam, habe ich ihn aufgesammelt. Wir sind zum Hafen hinuntergefahren. Zu dem Parkplatz hinter dem Fischgeschäft. Da habe ich ihn erschossen … und …« Er verstummte.

»Und ins Fischauto gepackt?«

Per Toft nickte. »Ja, ich musste um acht zu einer Versammlung. Das konnte ich noch schaffen. Nachts bin ich dann zu dem Lieferwagen gegangen, zu dem leer stehenden Haus gefahren und habe ihn im Schrank verstaut.«

»Haben Sie den auch an dem Abend vernagelt?«

Er lächelte schwach. »Ja, oben lief die Musik so laut, dass man die Türen hätte einschlagen können, ohne dass jemand etwas gemerkt hätte.«

Therkelsen schnitt unbewusst eine Grimasse. *Das* kannte er.

»Das Fischauto?«, fragte Høyer. »Wie haben Sie …«

»Ich hatte einen Kommilitonen, der hin und wieder für den Fischhändler gefahren ist. Manchmal bin ich für ihn eingesprungen. Das liegt inzwischen Jahre zurück. Ich habe hier in der Stadt studiert.«

»Dann wussten Sie also, dass er die Schlüssel für gewöhnlich ins Handschuhfach wirft.«

Toft nickte wieder.

»Aber Lars hat Sie an dem Abend gesehen«, sagte Høyer. »Als Sie sich vor dem *Skarpe Hjørne* mit Perletand getroffen haben. Und dann … nun ja … wir wissen ja, was dann passiert ist.«

Per Toft sah auf seine Hände hinunter.

»Ich wollte nicht …«, begann er, um dann zu verstummen. Sie wussten ohnehin ganz genau, was er gewollt hatte. Es nutzte nichts, mit weiteren Ausflüchten zu kommen. Sie hatten ihn gesehen.

»Warum ... wieso haben Sie mich verdächtigt? Hat Lars Sie darauf gebracht?«

»Nein«, sagte Høyer. »Das hat eine Lüge getan. Eine dumme, kleine Lüge. Und eine völlig unnötige dazu. Sie haben gesagt, dass Sie Perletand nicht gekannt haben. Obwohl Ihr Großvater mehr als ein Menschenalter sein Geschäft in seinem Haus hatte. Da haben wir uns so unsere Gedanken gemacht.«

Per Toft nickte stumm. Dann hob er den Kopf.

»Es sind immer die kleinen Dinge, die einen zu Fall bringen, nicht? Der Teufel steckt im Detail.«

Høyer sah ihn an.

Er wirkte ganz ruhig. Ein ruhiger, sympathischer Mensch. Vertrauen erweckend. Mit Idealen und Träumen. Deren Erfüllung für ihn wichtiger war als die schäbige Wirklichkeit. Er konnte sich nicht von einem Kind aufhalten lassen, von einem Elternpaar, einem alten Penner oder einem Jungen, der an ihn und all das, wofür er stand, glaubte.

In gewisser Weise war er gefährlicher als *die anderen.* Oder – besser gesagt – war sein Sturz bedeutungsschwerer, weil er so viel mit sich riss. Was richtig und gut war. Wie würde Lars darauf reagieren? Oder Anders Herskind? Wie viel hatte er für sie kaputtgemacht? Vielleicht würden sie das Gefühl bekommen, dass die Welt, die andere Welt, von der sie glaubten, sie um sich geschaffen zu haben, doch nur eine leere Hülse war. Wie das Haus, das in wenigen Stunden von Bulldozern niedergerissen werden würde.

Das leer stehende Haus. Ein leeres Haus. Und dann nichts mehr.

Es regnete. Høyer schaltete den Scheibenwischer ein und sah auf die Uhr. Sie zeigte elf. Er war von weitem an dem Krankenhaus vorbeigekommen, in dem Jens Olsens Frau lag und noch immer nicht begriffen hatte, was an dem Morgen in dem kleinen Haus wirklich passiert war. War Per Toft auch dafür verantwortlich? Nein, so leicht war das nicht. Es war zu einfach, einen Sündenbock zu finden und sich selbst von jeglicher Schuld freizusprechen.

Høyer schüttelte den Kopf.

Die Menschen taten ihm Leid.

In einer Stunde war Mittwoch. Ein grauer Tag.

Der Freitag schien ihm noch entsetzlich weit weg.

Er wünschte, Rigmor wäre da.

Er hatte bereits den Blinker betätigt, um abzubiegen. Nach Hause in sein leeres Haus. Dann sah er noch einmal auf die Uhr. In anderthalb Stunden konnte er unten sein. Gegen halb eins. Und Rigmor wäre bestimmt nicht einmal verwundert.

Er schaltete den Blinker wieder aus, guckte in den Rückspiegel und fuhr geradeaus weiter.

Wer sagte, dass Mittwoch ein grauer Tag war?

Krimis von Kirsten Holst

Du sollst nicht töten!

Deutsche Erstausgabe
Aus dem Dänischen von Paul Berf
ISBN 3-89425-501-3

»Die dänische Queen of Crime: Kirsten Holst sorgt mit ihrem Krimi, in dem es um eine Serie von Morden in Jütland geht, für Hochspannung.« (Neues Deutschland)

Wege des Todes

Deutsche Erstausgabe
Aus dem Dänischen von Hanne Hammer
ISBN 3-89425-510-2

»Die Charaktere sind sorgfältig gezeichnet, ihre Sprache ist authentisch und klar und die Atmosphäre sachlich und lebendig – zugleich ein bisschen wie ein Wallander-Krimi und doch mit ganz eigener Note. Bitte mehr davon!« (Lit4U.de)

In den Sand gesetzt

Deutsche Erstausgabe
Aus dem Dänischen von Hanne Hammer
ISBN 3-89425-517-X

»Aus Skandinavien entern stets wieder beste Autoren unsere Büchertische. In Dänemark sind die Romane der Holst Bestseller, Amerika hat ihr den Edgar-Allen-Poe-Preis verehrt. Vergnüglich die Motiv- und Mördersuche, genau die richtige Unterhaltung für längere Abende am Kamin.« (Blitz Leipzig)

Zu lebendig zum Sterben

Deutsche Erstausgabe
Aus dem Dänischen von Hanne Hammer
ISBN 3-89425-529-3

Ihr neuer Job als Ladendetektivin ist so langweilig, wie Bea ihn sich vorgestellt hatte. Bis sie die charismatische Marion kennen lernt und sich mit ihr anfreundet. Wenig später ist Marion tot …
»Dieser Roman ist mehr als ein raffinierter Krimi … Sehr empfehlenswert!« (Buchprofile)

grafit

Krimis von Outi Pakkanen

Macbeth ist tot

Deutsche Erstausgabe
Aus dem Finnischen von Regine Pirschel
ISBN 3-89425-509-9

»Outi Pakkanen erzählt äußerst spannend und temporeich. Stilistisch sicher baut die Autorin den Spannungsbogen und bevölkert die psychologisch dichte Handlung mit lebendigen Charakteren. Spannend und stimmig bis zum Schluss.« (do4u.de)

»Dass gerade beim Theater nicht alles so ist, wie es nach außen scheint, macht die Autorin in ihrem Krimi mehr als deutlich: Menschliche Abgründe tun sich auf. … Spannende Unterhaltung ist garantiert.« (Bergsträßer Anzeiger)

Party-Killer

Deutsche Erstausgabe
Aus dem Finnischen von Regine Pirschel
ISBN 3-89425-519-6

»Die in Helsinki spielende Geschichte ist sowohl Psychogramm der so genannten besseren Kreise als auch Kriminalroman. Ein sehr solider, lesenswerter Krimi mit überraschendem Plot.« (Buchprofile)

»Outi Pakkanen lässt dem Kriminalisten wie auch dem Leser keine Chance, lange bei einer Theorie zu verharren. Die Romanfiguren geben immer wieder neue Hinweise, die auf neue Spuren führen. Das ist spannend und macht Spaß. Erfreulich ist auch die psychologisch stimmige und lebendige Zeichnung der Figuren. Nichts wirkt hier unglaubwürdig.« (schwedenkrimi.de)

Aus dem Spiel

Deutsche Erstausgabe
Aus dem Finnischen von Regine Pirschel
ISBN 3-89425-531-5

»Vor uns liegt ein einfühlsamer Krimi, basierend auf einem Geflecht von Hass, Neid und Eifersucht. Outi Pakkanen reiht sich damit ein in die Reihe erfolgreicher nordischer Krimiautorinnen.« (Neue Luzerner Zeitung)

Krimis von Susan Kelly

Tod im Steinkreis

Deutsche Erstausgabe ISBN 3-89425-502-1
Aus dem Englischen von Inge Wehrmann

»Wie der Held, so die Schreibe: konzentriert, solide, aber trotzdem humorvoll und voller Überraschungen. Wie schön, dass weitere Romane mit dieser Hauptfigur angekündigt sind.« (Badische Neueste Nachrichten)

»›Tod im Steinkreis‹ ist spannend, menschlich sehr fesselnd, in der Nähe von Colin Dexters Inspector-Morse-Romanen anzusiedeln – und damit unbedingt lesenswert.« (Bergsträßer Anzeiger)

Und schlachtet das gemästete Kalb

Deutsche Erstausgabe ISBN 3-89425-512-9
Aus dem Englischen von Ingrid Krane-Müschen und Michael J. Müschen

»... ein außergewöhnlich gut konstruierter, spannungsgeladener, mit untergründigem Humor gewürzter und zum Teil anrührender Krimi.« (tip Magazin)

»Mit ›Und schlachtet das gemästete Kalb‹ legt Susan Kelly ihren zweiten Kriminalroman vor. … spannende Unterhaltung in bewährter englischer Manier bietet der Roman allemal.« (WAZ Feuilleton)

»Diese Serie ist das reinste Vergnügen. ›Und schlachtet das gemästete Kalb‹ ist ein weiteres Beispiel für Susan Kellys Kunst, psychologische Spannung aufzubauen.« (Yorkshire Post)

Schwesterkind

Deutsche Erstausgabe ISBN 3-89425-532-3
Aus dem Englischen von Ingrid Krane-Müschen und Michael J. Müschen

»Rachsucht, enttäuschte Hoffnungen, zersplitterte Träume und kaputte Familien sind der Stoff, aus dem Susan Kelly den dritten Fall des Superintendenten Summers strickt. Ihr neuer Kriminalroman ist eine Schatzkiste psychologischen Tiefgangs und kriminalistischen Verstands. Dabei legt die Autorin ein Talent an den Tag, durch das die Charaktere ihrer Figuren so lebendig erscheinen, dass der Leser in den Sog psychischer Abgründe gerät und sich von ihm nicht mehr loszureißen vermag.« (Rheinische Post)

grafit

Krimis von Harri Nykänen

Schwärzer als ein schwarzes Schaf

Deutsche Erstausgabe
Aus dem Finnischen von Regine Pirschel
ISBN 3-89425-515-3

Ausgezeichnet mit dem finnischen Krimipreis 2001

Der schwerkranke Nygren und sein Komplize Raid sind in einem alten Mercedes unterwegs durch Finnland und begleichen alte Rechnungen. Grund genug für Kommissar Jansson und seinen Kollegen Huusko, ihren Kuraufenthalt abzubrechen und sich den beiden an die Fersen zu heften.

»Nykänen ist realitätsnah und märchenhaft, melancholisch und komisch, knallhart und sacht auf einmal, und er schreibt schlackenfrei und ökonomisch.« (Stuttgarter Zeitung)

Raid und der Brandstifter

Deutsche Erstausgabe
Aus dem Finnischen von Regine Pirschel
ISBN 3-89425-523-4

Einer Bagatelle wegen lässt Raid, der sympathische Gangster mit eigener Moral, sich in den Knast einliefern. Kommissar Jansson von der Kripo Helsinki ahnt: Raid will keine Buße tun. Er hat einen Job zu erledigen.

»Spannung bis zum fulminanten Schluss … Raid könnte ein neuer Star in der literarischen Krimiszene werden. Er hat alles, was eine schillernde Persönlichkeit ausmacht und besitzen muss: Charisma und eine bestechende natürliche Autorität.« (Emsdettener Volkszeitung)

Raid und der Legionär

Deutsche Erstausgabe
Aus dem Finnischen von Regine Pirschel
ISBN 3-89425-535-8

Drei Tote im Kleinganovenmilieu von Helsinki. Ein Verdächtiger ist schnell gefunden: der berüchtigte Eki, genannt der ›Legionär‹. Doch Kommissar Jansson hat seine Zweifel und mithilfe des Gentleman-Verbrechers Raid macht er sich auf die Suche nach dem wahren Täter.

»Das skandinavische Gegenmodell zu Kommissar Wallander und Annika Bengtzon heißt Raid … Nykänens Held hat das Zeug zum Star.« (Bücher-Magazin)